U0840642

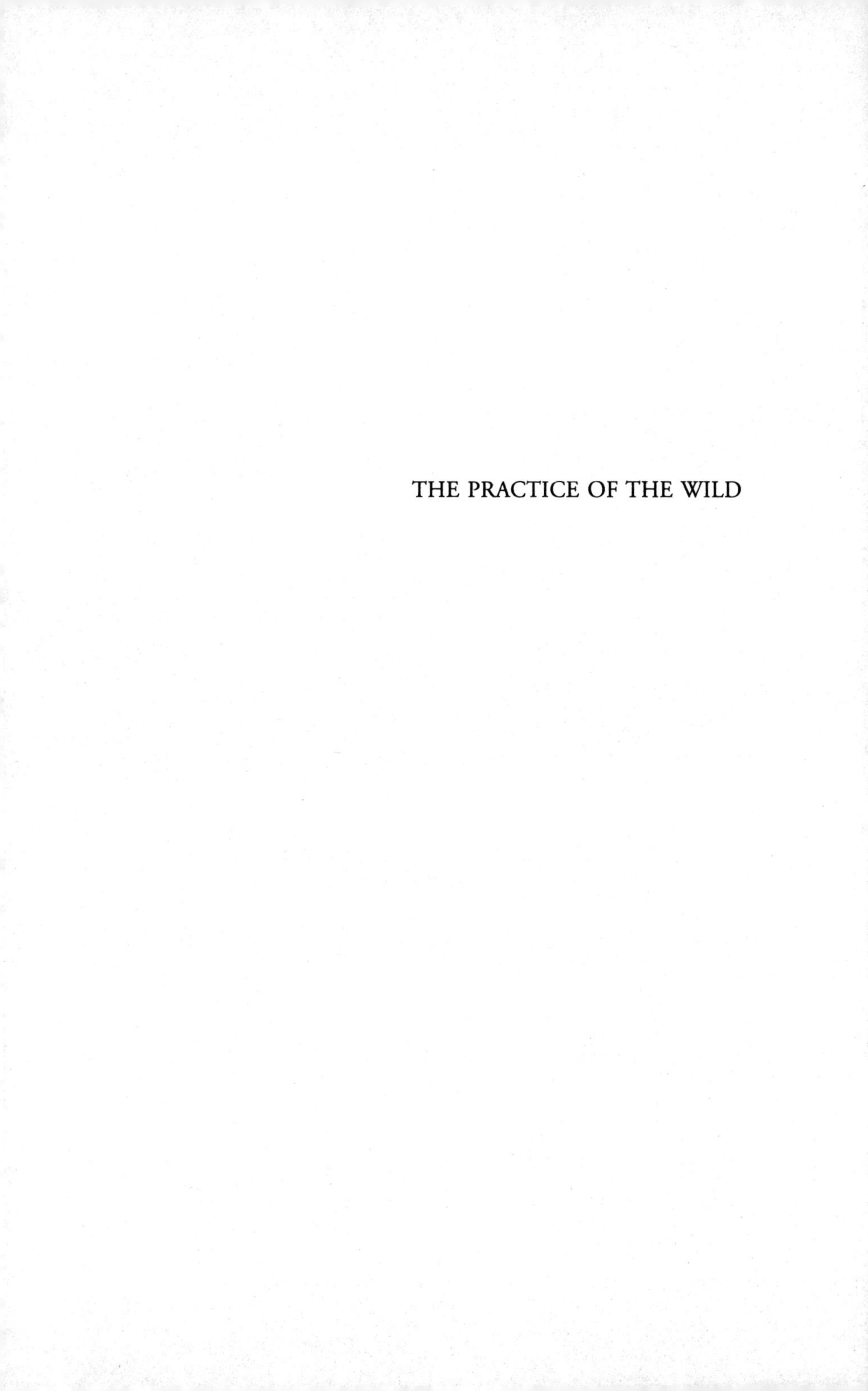

THE PRACTICE OF THE WILD

禅定荒野

[美]加里·斯奈德 著
陈登 谭琼琳 译

广西师范大学出版社
·桂林·

著作权合同登记号桂图登字:20-2012-263号

图书在版编目(CIP)数据

禅定荒野/(美)斯奈德(Snyder,G.)著;陈登,谭琼琳译.—桂林:广西师范大学出版社,2014.6

书名原文:The practice of the wild

ISBN 978-7-5495-3602-3

Ⅰ.①禅… Ⅱ.①斯… ②陈… ③谭… Ⅲ.①散文集-中国-当代 Ⅳ.①I267

中国版本图书馆CIP数据核字(2013)第064362号

出 品 人:刘广汉　　责任编辑:周　丹　黄　越
设计指导:朱赢椿　　装帧设计:艺　冉
设计执行:徐　妙

广西师范大学出版社出版发行
(广西桂林市中华路22号　　邮政编码:541001
网址:http://www.bbtpress.com)
出版人:何林夏
全国新华书店经销
销售热线:021-31260822-882/883
江阴金马印刷有限公司印刷
(江阴市滨江西路803号　邮政编码:214443)
开本:890mm×1 240mm　1/32
印张:7.5　　字数:180千字
2014年6月第1版　　2014年6月第1次印刷
定价:35.00元

目录

译者序

Gary Snyder，一个萦绕我们心头整整十年的英文名字，一个让我们举家留学英伦，彻底改变我们生活轨迹的人，一个博学睿智、平易近人，每隔数月就发邮件、寄资料，及时帮我们解惑的国际知名学者。从威尔士山谷到长沙岳麓山，每次研读他的英语散文集《禅定荒野》（*The Practice of the Wild*），我们都会被作品中流露出的那份对大自然、对人类的无限热爱深深地折服。记忆中，餐桌旁的闲谈、山林中的渐悟、研讨会间的争辩，无数次的碰撞让我们彼此走进了一个共同的天地，使我们感悟到他笔尖的荒野自然所带来的那份惊艳与神秘。读着那一篇篇清新隽永的散文，就好像随着作者一道进入北美的丛林，抵达阿拉斯加的冰川，造访印第安人或爱斯基摩人的部落，登陆日本的诹访之濑岛，踏上澳洲中部的沙漠。加里·斯奈德游历过许多国家和地区，包括亚洲的中国、日本、印度等，足迹遍及名山大川、人迹罕至的原始森林、天寒地冻的极地、文明世界尚未知晓的原始部落。这一切都生动地呈现在斯奈德炽热而睿智的笔下，书中机智幽默的语言蕴含着深刻的哲理以及耐人寻味的启示。这是一本融宗教、哲学、生态、文化、神话、政治于一体的智慧之书。我们怀着对作者的敬仰感激之情，对大自然的愧疚谦卑之心，将自己过去多年的研究成果和读书的点滴心得融入到本书的翻译之中。这是一部迟来的译作，但当你阅读此书，在斯奈德的指引下重新栖居，走向荒野，入住我们的新领地时，你定会感受到那份亲临未知，偶然邂逅的惊喜。我们将书名 *The Practice of the Wild* 译为《禅定荒野》，而非国内学术界通译的《荒野实践》，是因为 practice 暗指佛教中的“修行”，亦即日本道元禅师所说：“行即道”。只有你自己亲身体验，阅读此书，才能忘却现代的焦虑，回归到本真的状态，这就是斯奈德所述的“醉于野”的精神境界。假如你已在“道之上”，不妨先看看我们的译者序，再去神游“径之外”那充满野性的荒野世界。

下面我们先对本书作者及其散文作品进行简单介绍。

加里·斯奈德（Gary Snyder，1930—）是美国著名诗人、散文家、翻译家、禅宗信徒、环保主义者，被誉为“深层生态桂冠诗人”。他也是二十世纪五十年代美国旧金山文艺复兴—垮掉派中迄今为止创作成就最为卓著的诗人之一，曾先后出版了二十多本诗集、散文集和访谈录，并荣获多个重要奖项，包括美国国家图书奖、博林根诗歌奖、列文森奖、古根海姆基金奖及普利策诗歌奖，等等。

斯奈德在中国的名气，在一定程度上得益于他的寒山英译诗对美国社会产生的巨大影响。这使得寒山成为美国二十世纪五十年代垮掉派和六十年代嬉皮士反主流文化的英雄偶像，斯奈德也因此被誉为“美国的寒山”。早在五十年代初期，在加州大学伯克利分校学习东方语言时，斯奈德修读了华裔教授陈世骧的中文研讨课，这可能是他第一次接触中国诗歌。在陈教授的建议下，他将二十四首寒山诗译成英语作为该课程的学期作业。由于日本禅在西方的影响日趋增大，他的寒山英译诗一面世就受到英美读者的大力推崇，至今被视为翻译与文化传播的经典之作。斯奈德对地球古老文化及中西诗歌传统研究颇深，其创作作品融入了中国的儒释道、日本神道教、印度神舞、印第安神话与信仰，以及中国古典诗歌、日本能剧与俳句、西方诗歌传统等诸多因子。年轻时的斯奈德便与禅宗结下了不解之缘，曾前往日本研习禅宗达十年之久；参禅悟道后，他于一九六九年返回美国，一直坚持打坐禅修、身躬力行。这位现代隐逸诗人将东方习来的禅宗文化加以参悟，内化成自身的禅宗观，以此观照人生、社会和世界。禅宗文化是他思考与写作的一个重要思想源泉。

我国在斯奈德诗歌作品方面的研究成果不少，相比之下，对其散文的研究非常有限，更不用说对整本散文集进行系统的研究了。实际上，散文在斯奈德作品及其思想中占据了相当重要的地位。一九九〇年和一九九五年，斯奈德分别出版了两部重要的散文集《禅定荒野》和《天地一隅》，隐约暗示他越来越倚重以散文的方式来唤起人们重审人与自然关系的倾向。斯奈德共出版有十四部散文作品（访谈录一部，书信集一部，独著散文集七部，合著散文集两部，散文与诗歌合集两部，散文与访谈录合集一部），包括 *Earth House Hold: Technical Notes & Queries for Fellow Dharma Revolutionaries*《大地家族：对即将到来的佛教革命的扣问与记录》（1969），*The Old Ways:*

Six Essays《古风：随笔六篇》（1977），*He Who Hunted Birds in His Father's Village: The Dimensions of a Haida Myth*《在父亲的村子里猎鸟的人：海达族神话的特征》（1979），*The Real Work: Interviews & Talks* 1964—1979《本真之行：1964年至1979年间的访谈》（1980），*Passage Through India*《穿越印度之旅》（1983），*The Practice of the Wild*《禅定荒野》（1990），*A Place in Space: Ethics, Aesthetics, and Watersheds*《天地一隅：伦理、美学和流域》（1995），*The Gary Snyder Reader: Prose, Poetry, and Translations*《加里·斯奈德文选：散文、诗歌及翻译》（2000），*The High Sierra of California*《加州内华达高山》（with Tom Killion，2002），*Lookout: A Selection of Writing*《瞭望：诗歌散文选》（2002），*Back on the Fire: Essays*《再度火热：散文集》（2007），*Tamalpais Walking*《塔玛帕斯山漫步》（with Tom Killion，2009），*The Selected Letters of Allen Ginsberg and Gary Snyder*《艾伦·金斯伯格与加里·斯奈德书信集》（2009）和*The Etiquette of Freedom: Gary Snyder, Jim Harrison, and The Practice of the Wild*《自由法则：加里·斯奈德、吉姆·哈里森与禅定荒野》（2010）等。

《禅定荒野》是斯奈德的第一本汉译散文集。这部散文集共收录了九篇散文，其中有些文章曾刊登在《塞拉杂志》（*Sierra*，双月刊），《共同进化》（*CoEvolution*，季刊）和《安泰俄斯》（*Antaeus*，季刊）等刊物上。《禅定荒野》充满了魅力与智慧，在有关佛教信仰、荒原野性、野生生物、神话原型、土著部落、语言生态以及整个世界的诠释上展现了斯奈德的深邃思考与精深造诣。这些散文于一九九〇年首次结集出版，是斯奈德作品中思想最成熟、最耀眼的部分。这本散文集意义深远，其对荒野及自然与文明相互作用方面的阐述是举世公认的重要文本。斯奈德对人类生存环境里的众多议题进行了深刻反思与充分论述，如在“自由法则”，“地方、区域和公用地”，“棕色语法”和“远西原始森林”等中，强调对山水草木的保护及人与自然的融合，且提出了一条解决当今生态危机的重要路径——保护荒野和保持野性。本书根据二〇一〇年发行的英文新版（较之前版本增添了新序，稍有修改）翻译。

以下，简要概述《禅定荒野》一书各章的内容。

在《自由法则》（*The Etiquette of Freedom*）一文中，斯奈德讨论了自由的法则，提出“契约”（compact）的观念。“契约”是指在万事万物之间建立恰当关系的一种有效形式。在荒野世界中，万物生存所依赖的就是在生物圈的食物链上建立起各种关系，人类的生存应努力避免造成不必要的伤害——不只是对人类自身，也是对所有的生物。只有通过和谐有序、同生共荣的“契约”关系，万物（包括人类）才能长久生存。斯奈德强调探究“荒野”的含义以及它与“自由”的关联。一个人若想寻获真正的自由，就必须去体悟最简朴、最原生态的生活方式。世界是自然的，归根结底，也必然是野性的，因而作为自然进程的要素，荒野也会变化无常。长久以来，人们想象“荒野”为人类尚未涉足之地，尽管其本身变幻莫测，可人类仍可进入其中并幸存下来。相比之下，现代城市的封闭性和排他性最终将导致野生动植物无法找到安家之所，人类对自由的诉求只能在有限的幅度和短暂的时间内得以部分实现。

《地方、区域和公用地》（*The Place, the Region, and the*

Commons）一文提示我们，荒野和野性不是抽象的，而是具体的，保护好荒野则须正确理解“地方、区域和公用地”。斯奈德的“地方”观是在当地独特性的基础上构建的。一个“地方”应具有一种流动性特质：它能穿越时空，而不是由地图上点线构成的国家或行政意义上的抽象概念。自然区域之间的分界线从来不是那么简单、泾渭分明的，每一区域均有荒野之地。“公用地”指的是一个群体与其居住的当地自然系统所签署的“契约”。美国公有土地是二十世纪的产物，具体沿袭了欧亚大陆上曾广为人知的一种制度——“公用地”。这是一种古老的模式，可用来保护和管理自然生长区域里的野生动植物；它为野生生物的飞翔与奔跑增添了大片栖息地，提供了维持荒野生态平衡的必备条件。斯奈德试图将这一作法运用到对“自然区域”的划分上，认为在世界范围内可建立各种形式的有偿使用的“公用地”。

“棕色语法”一词源自西班牙术语 *gramatica parda*，表示一种大自然母亲的智慧，一种极具野性的、幽暗的知识。在《棕色语法》（*Tawny Grammar*）一文中，斯奈德重新思考梭罗在其散文《书写荒野》（*Writing the Wilderness*）中所提出的“棕色语法”之观点，讨论了文化在口头和书面传递之间的联系，并从民族文化独特性的角度来阐述生物区域实践的思想。他认为，口头文化的精髓和价值是通过长者讲故事的方式来传递的。尽管数世纪以来，“图书馆”和“大学”都是非常重要的知识库，但在这庞大而又古老的西方文化中，智慧的长者都是书本。基于这样的认识，斯奈德对自然书写进行了思考，认为世界到处都充满了各种标记，但这并非是一个集注本档案馆中的固定文本。过于注重书籍作用的范式之所以被广泛接受，是因为存在着这样一个假定：

在书写的历史出现以前不存在很有价值的东西。书写体系的确被赋予了优势：那些能写作的人认为自己比不能写作的人要优越；那些信仰圣经的人认为自己比信仰本地宗教的人要高贵，因而他们无视本地亦有丰富的神话和宗教礼仪这一事实。因此，语法不仅属于语言，也属于文化、文明和大地本身；这样的语法就如同森林中长着苔藓的小溪，沙漠中散落的砾石。

在《优良、荒芜和神圣》（*Good, Wild, Sacred*）中，斯奈德认为，通过对荒野之地、优良之地、神圣之地这三类土地的研究，人们能洞悉乡村栖居、生计维持、荒野保护等问题。我们对"优良之地"的理解源于农业。在这里，"优良"（如优质土壤）狭义上是指一小部分优势品种的土地生产力，故与"荒野"相对，指可栽培植物。对于前农业时代的人们来说，他们认为荒野是神圣的，远古时期原始森林中的某些树林曾被视为"圣地"。纵观世界，在沙漠、丛林和森林里生活的原住民正面临着一波又一波的无情入侵。于是，他们抵制企业和财团砍伐树木、勘探石油或开采铀矿的行为。这里不仅是他们的家园，而且其中有些地方是其先辈们遗留下来的圣地。对于美国印第安人来说，土地的丧失意味着传统生活的消失以及文化源头的枯竭。对于隶属于古老文化的这一民族而言，他们所共享的这片领地一直孕育着神圣的生命和精灵。

散文《青山常运步》（*Blue Mountains Constantly Walking*）是斯奈德对日本著名禅师道元的经典著作《山水经》进行的精辟诠释，其标题源自北宋沂州芙蓉道楷禅师一则公案中的箴言。我国南宋时期，道元曾在中国南部海岸陡峻叠嶂的山峰居住与修行，并在这片山水之中行走了数千里。道元禅师据此而作的《山水经》表现了有情与无情的一体无二，用桑田变沧海的事实来否定青山无情不动的看法。这本书的英译本对一些西方现代作家产生了巨大影响。斯奈德在其诗作《留在雨中：新诗 1947—1986》（*Left Out in the Rain: New Poems 1947—1986*）中就把山与水之间的联系视为生物圈里生命的持续过程，认为最重要的并不是要在自然的不同方面创造联系，进行诸如大山像血管、身体像河流这样的类比，而是要认识到非整体的自然只是自然化的一种相互作用与相互转换过程。山与水的确互生共存、浑然一体。斯奈德在这篇散文中把对山朝拜的历史知识和个人经历巧妙地结合起来。

在《远西原始森林》（*Ancient Forests of the Far West*）一文中，斯奈德回忆起自己早年的伐木经历，叙述美国林业管理的历史、分析西部古树所具有的神奇生态功能、强调伐木应采取的正确方式、对林区规划应具备的敏锐见解，以及对树木砍伐应持有的审慎态度。同时，他警醒人们：太平洋西北部的沿岸森林是现在温带地区仅存的森林，而地中海和东亚类似的森林早已灭绝。斯奈德批评美国政府和各个部门的一些政策与行为给幸存森林所带来的一系列威胁，并指出森林砍伐给孟加拉国和泰国带来了毁灭性的洪灾，造成了成千上万动植物的灭绝以及全球变暖等恶性后果。他告诫人们：不久之前，森林还是一个深不可测、阳光斑斓的世界，一个不会枯竭、永恒长存的源泉。而现在，森林正在消失，原住民日益减少，我们也全成了濒危的“乡巴佬”（*Yokel*）。在斯奈德看来，世界上的树木待在森林里自由生长远比被人类恣意砍伐成木材更具实用价值。

《道之上，径之外》（*On the Path, Off the Trail*）一文主要涉及

中日文化，尤其是禅宗思想，具体体现为两个互为关联的概念：“行”与“道”。文中两个小标题“以行代寓”（Work in Place of Place）和“行之自由”（Freedom at Work）中的“行”并非指普通意义上的“工作”。它隶属于斯奈德的一个特殊术语“the real work”，指在这个现实世界中人们所做的一切真实之事，既包含身体在客观世界中的“行”，又包含心灵在主观世界中的“行”。它既是“身”（body）、“行”（practice）、“心”（mind）的高度浓缩，又是对大标题《道之上，径之外》的具体阐释。关于“道”，斯奈德认为，整个人类世界就是一个密织交错的道之网。“道路”意为有迹可循，引领你去某地的“线路”。在中国，自然和实践过程是用“道”或“路”的词语来描述的。汉字“道”本身就意指“路、径或引领/遵循”。就哲学层面而言，“道”指的是真理的本质和方式。斯奈德强调禅修为我们提供了一个寻求真理、超越自我的途径。但是，修炼、训练以及奉献不应局限于寺院或禅修，因为有些真知灼见也源于非寺院的经历，如可从工作、家庭、爱情和失败中获得。我们不应忽视人类与其他生物之间所存在的生态上的及经济上的关联。诚如道远禅师指出：“行即道”。登山运动员攀登顶峰的目的在于一睹壮美之景，享受合作之趣，体验爬涉之苦。然而，“道”引你至山顶，让你亲临未知，邂逅惊异。真正的快乐源自不遵循常人所走之路。

《和熊结婚的女人》（*The Woman Who Married a Bear*）一文是斯奈德根据美洲土著人中盛传的关于人与其他动物交配的神话而撰写的故事。这个故事大约有十一种版本。斯奈德在故事中不但以自己独特的视角重述了人与熊的婚姻神话，而且以现实的笔触告诫人们应正确认识熊的生活以及它与周边环境的关系。此外，斯奈德还回叙了他在一九七七年亲眼目睹美洲熊在林中跳舞的场景，揭示了神话可以影响现实生活，有助于人与动物间友好桥梁的构建。通过《和熊结婚的女人》中人与动物的彻底融合，斯奈德的作品展示了传统与创新、神话与现实的交合。在斯奈德眼中，若想保护荒野和保持野性，就应力图消除人与自然环境及野生动物之间的紧张关系，实现人与自然、人与动物的融合。

在《生存和圣餐》（*Survival and Sacrament*）中，斯奈德指出，现实中每一物种都如朝圣者一般，历经了四十亿光年的进化。因而，任一物种的灭绝都是无法挽回的损失。漫漫长路，有如此之多的动物曾伴我们同行，其生命的终结自然给我们留下无限的伤痛。斯奈德指出，人们只了解自己所认知的事物。在他看来，认知分两种：一种是主体置身于真实情境之中，对一切都熟知的状态；另一种则源于主体对荒野的追寻，一个人背井离乡，走进一片危机四伏、野兽成群、充满敌意的异族的原始荒野里去探寻；然而，正是荒野给了人们自由、扩展和释放的天地。从精神层面上来看，荒野要求个人拥抱他者，如同拥抱自己、跨过界线。这不是简单的与他者“融为一体”，而是在内心深处，精致微妙地坚持事物间的同一性和差异性。人类自古以来就是通过剥夺其他动物的生命而得以生存的，但原始人有他们自己的方式去理解“不伤害”戒律。他们懂得，剥夺其他生命必须心存感激、真诚关爱。任何人都可根据他们自己的传统方式进行感恩，并赋予其真正的含义，甚至创造出属于他们自己的感恩方式。

斯奈德感兴趣的是那种认为文化本身具有野性元素的看法。他认为佛教的教义主要关乎修行，而修行意味着进行深思熟虑、持之以恒、自觉主动的努力，更好地调整自身，以适应现实世界的运行方式。“世界”除了人类很少的一点干涉外，本质上还是一个野性的荒野。正是我们生命中天性（野性）的一面支配着我们的呼吸与消化，所以当我们对其进行深入探究时，便会发现原来它也是深邃智慧的来源。

荒野常被“文明”的思想家视为野蛮和混乱而加以排斥，可实际上荒野既合乎规则又随性自在，呈现出十分真实的面目。荒野作为文明不曾涉足之地，濒临灭绝的物种能在此寻获栖息之所，心神疲惫的现代人能在此追寻自然与精神的家园。荒野有种神圣的价值，能在人与自然之间建构一种新颖、本真的对话，使人类对天然淳朴怀有敬畏谦逊之心。

《禅定荒野》是我们合作翻译的成果：“前言”、《自由法则》、《棕色语法》、《青山常运步》、《远西原始森林》、《和熊结婚的女人》、“致谢”均由陈登翻译；而《地方、区域和公用地》、《优良、荒芜和神圣》、《道之上，径之外》、《生存和圣餐》则由谭琼琳翻译。另外，各篇的注释、查证和统稿由谭琼琳负责。翻译此书时，我们两人分工协作，做到相互审阅、共同协商、互为修改，以求更准确地理解原文和传达原意，且力求译作在行文风格上大体一致。译文几易其稿，字斟句酌，尽管如此，仍会有不尽如人意之处，我们衷心希望此书的读者能提出宝贵的批评与建议，以便再版时进一步完善。

最真挚地感谢斯奈德本人在过去十年里的支持与帮助，尤其我们二〇〇九年回国后每年仍不断收到他本人从美国邮寄来的亲笔签名的著作和相关评论的文章。同时，感谢国际知名学者墨菲（Patrick

D. Murphy）教授的关心和解惑。此外，我们还特别感谢几位研究生帮助校对译稿并参与讨论，他们是仇艳、谢之昀、廖中慧、张子茉、张新宇、邓瑛瑛、廖志华、孙彦娜、毛琴、周宁。为了确保译文质量，周丹编辑和黄越编辑对照原文认真细致地进行校核，提出了许多宝贵的修改意见。他们一丝不苟的严谨态度让我们肃然起敬，在此表示深深的谢意。

陈登、谭琼琳

二〇一三年三月于长沙岳麓山

cdchen@hotmail.co.uk

joantan@hotmail.co.uk

前言

每一个人，尤其年轻时，都会被这样的问题所困扰：我是谁？此时此地我在做什么？周围正在发生什么？我在一个小农场里长大，农场位于北美太平洋西北的龟岛上，附近是盛产鲑鱼的普吉特海湾水域。“周围正在发生什么？”我当时提出的这一问题是针对地球上最大的温带森林正遭受无休止的恣意砍伐而发出的质疑。

太平洋西北海岸生长着一望无际的参天大树，那是一片辽阔的生态林，植被覆盖范围甚广。稍远的南部还长着红杉林，它们一起构成了世界上最繁茂的针叶林。欧裔美国人的介入影响了这片野生植物的奇异演变过程，他们很快就破坏了这些百年老树的生长，将其转变成那些迅速崛起的西部海滨城市里的一栋栋房屋。对我而言，“我是谁”这一问题与我年轻时生活在一个扩张的社会里休戚相关，那时我对所处环境的过去和未来还茫然不知。我们在乡下的农庄离原始的野生世界非常近，近到我能直接领悟到来自沼泽、森林和高山的启示。后来，随着对知识的学习，我愈发增强了这种体验。于是，我开始热衷于研习历史和自然史，专注了解压迫和剥削的进程。

十七岁左右，我加入了荒野协会（The Wilderness Society），该组织至今仍运转良好。稍后，我又参加了一个名叫“短角鹿”（Mazamas）的登山俱乐部，其址位于俄勒冈州。当时的我不仅是一名登山者、林业季节工（工作内容包括砍伐树木），还是一名野生环境保护者。多年来，我一直在山林工作，走遍了美国西部的山脉和森林，后来去了日本的山林；在中国台湾地区和尼泊尔时，从某种程度上讲，也是待在山林里。我穿梭于北美地区，为少数团体和小部分人群开办工作坊，讲授一些（有关野生世界的）规则、知识和技能。我认为，这些对于理解野生世界那残忍野蛮而又井然有序的原始状态来说，是十分必要的。

从阿拉斯加内陆到曼哈顿和东京的市区，我与许多人探讨了有关生态学、濒危物种、原始社团、东亚宗教和环境策略的问题。这些文章就是讨论和思考后的成果。

本书的另一方面是对灵性的思考。我所走的路遵循了古代佛教之道，此道至今仍与万物有灵论和萨满教的起源有着一定的关联。尊重万物生灵是这种传统里最基本的部分。我努力向别人讲解这种传统教人如何进入冥想，如何进入心灵中的野性之处。正如我在其中一篇散文里所提及的，语言本身甚至就可以被看成一个野生系统。

书中还有一个关键词——修行（practice）：这意味着要有意识地进行持之以恒和自觉能动的努力，更好地调整自己以适应现实世界的运行方式。这个“世界”，除了人类一点很少的干涉外，本质上还是一个野性的天地。正因为我们生命的天性（野性）支配着我们的呼吸与消化，所以当我们对此进行观察和了解时，才会发现它原本也是深邃智慧的来源。佛教的教义确实主要关乎修行，甚少涉及理论——尽管理论是那么富有吸引力，以至于在整个历史长河中使许多人差点深陷在这迷人有趣的歧途里。

《禅定荒野》一书旨在倡导我们应具备比环境保护论者更多的美德，在政治上保持更敏锐的眼光，或是在行动上采取更加有益、更加必要的措施。我们必须在自我最深处的幽暗部分根植自己。在后来出版的一本散文集《天地一隅》（*A Place in Space*）中，我指出这种根植行为大部分发生于生物群落中间，无论我们知道与否，它总存在于由山脉、河道、平地和湿地所形成的“天然部落领土”（natural nations）之中。

这里所谈及的，绝非是想将优雅、精致、美丽和耐人寻味的复杂性从我们所说的“文明”身上剥离，特别是那种讲究质量胜过数量的文明，同时也不是一味地替跨国公司的全球性掠夺行为进行辩解。我感兴趣的是那种认为文化本身具有野性元素的看法。正如克劳德·列维－斯特劳斯（Claude Lévi-Strauss）多年前所说的，在文明思想中，艺术如同国家公园，是滋养想象的荒野之地。求爱的狂热与愉悦，如平日歌里所唱，是我们心中令人愉悦的野性中的一部分。既性感又有艺术范儿！对此，我们一直确信无疑。但或许有一点我们还尚未理解透彻，那就是自我实现，甚至开悟得道，也是我们野性的另一面，一种心中自我的野性与世界的（野性）进程的联结。

生活在这片新大陆，一个尚存不少荒野的地区，激发了我作为一名欧裔美国人思考与写作的欲望。纵观这颗星球，人们会发现，这些林林总总的问题在地球各地其实都没多大差别。就在几百年前，整个地球还生长着繁茂的森林，到处是野生动植物；人类社群也有着充足的生存空间、丰富的饮用水源和富饶的农耕土地。不过，约一千年以来，在人类历史的绝大部分时间里，我们一直都生活在一个小型的社区里，有着自给自足的文化。当然，这种生活方式的确存在着缺陷，但也有在历史长河里积淀下来的经验和技能，只是我们尚未见其价值所在，也没有将其应用于日常活动。

荒野——常常被所谓的“文明”思想家视为野蛮和混乱而加以排斥，可实际上它不偏不倚、始终如一、近乎完美地合乎规则且自由自在。荒野展示了地球上动物、植物以及包括我们人类自身在内的丰富多彩的生活，呈现出暴风雨、狂风、宁静春晨的景致。对我们赖以生存的世界来说，这是一个真实的写照。我深怀感激，为能走上这条道路，能与老师们一起探寻东西方的奥秘，能对所有愿意聆听的人说出及写下我的所思所想。

加里·斯奈德

一九九八年十月二十五日

二〇一〇年五月十二日（修订）

自由法则

契约

二十世纪七十年代初，一个六月的下午，我穿过一片松脆的金黄草地，来到一座小木屋前。这座小木屋坐落在北加州南尤巴河排水区附近的一个牧场后面，简洁雅致，却未曾漆过，窗户上没有玻璃，连门也没有。小木屋被一棵大黑橡树遮盖着，看起来像一座废弃的建筑，我朋友径直走了进去。他是一名学生，在大学攻读加州印第安文学和印第安人的部族语言。屋内靠里的一边摆着一张原木桌子，旁边坐着一位印第安老人，头发灰白，身体硬朗，手里端着一杯咖啡。他认出了我们，便向我朋友问好，还请我们喝速溶咖啡与罐装牛奶。老人说，他身体很好，再也不想回到退伍军人医院去了，哪怕以后病了，也要待在自己居住的地方。他喜欢待在家里。我们和他聊了一会儿内华达山脉北边西坡地区，也就是印第安民族康考与尼士南人领地的风土人情。聊到最后，我朋友透露给他一个好消息：“路易，我又找到了一个说尼士南语的人啦。”那时会说尼士南语的人很可能只有三个还健在，路易就是其中一个。“是谁呀？”路易问道。朋友说出了她的名字。“她就住在奥罗维尔[1]后面。改天我可以带她来，你们俩可以聊一聊。”“我很早就认识她了，她不会来这儿。我不想见她。再说，她家和我家一直就合不来。”路易说道。

这让我大吃一惊，居然有人为了坚持个人的价值观而宁愿让本部族的文化灭绝。对心存善意、富有同情心的白人来说，这种反应简直不可理喻。在路易他们部族的世界里，尽管人烟稀少，可橡子、鹿、鲑鱼、扑动䴕羽毛等物产十分丰富，所以人们坚守如此纯粹的信念，对家庭或宗族的事务如此力求完美，这种近乎奢华的追求是可以理解的。路易和那位尼士南族人彼此都觉得有比闲谈更重要的事情要做。我觉得，路易认为这关乎他们的尊严、自信和生活方式——不管遇到什么样的困境，他都会一直坚持到最后。

郊狼和地松鼠没有破坏彼此之间的“契约”：它们一个是捕食者，一个是猎物。在野外，一只幼小的黑尾野兔或许能随心所欲地穿过草地，无须提防天敌，但这样的机会只有一次，绝不会有第二次。刀子越锋利，划出的线就越清晰。我们会感激那种创造生命和世界的神奇力量，它塑造出了我们身体的每一部分：牙齿、指甲、乳头和眉毛。我们也明白，无论是对同伴，还是对所有的生物，我们在生活中要力求避免无谓的伤害，千万不要自私自利，也不要剥削他人。世界如果

① 奥罗维尔（Oroville）：美国加州布尤特县县府所在地。——译者注

按照现在的样子继续下去，将会充满痛苦。

这就是荒野给予我们的教诲。能够传授这些教诲的学校（荒野），以及驯鹿和麋鹿、大象和犀牛、逆戟鲸和海象的生存空间，正在一天天缩小。从古至今，与我们相伴的生物正濒临灭绝，它们赖以生成的环境——也是人类远古时期的栖息地——在不断扩张的世界经济逐渐走向危机的情况下全面崩溃了。我们当中的男孩和女孩，有谁知道这个恶魔隐秘的心藏在何处，请告诉我们，到底要把箭射向哪里才会让它放慢扩张的速度。如果这颗隐秘的心依然无人知晓，我们的努力就难有成效，但我仍将为保护荒野而奋斗不息。

“野性与自由”，这一蕴含着美国梦的词语给人展示出这样的画面：一匹长鬃马在草原上奔驰；一队排成 V 字形的加拿大雁在高空中鸣叫；一只松鼠在橡树上一边跳来跳去，一边吱吱地叫着。它听起来同样像是为哈雷·戴维森[①]摩托车做的广告。尽管这两个词的政治意蕴深刻、敏感，但早已成为消费者的装饰品。我想探究“野性”的含义，探究其如何与“自由”相关联，以及人们理解其意蕴后会去做什么。一个人想要获得真正的自由，就得置身于最简朴的生存环境之中，经历痛苦不堪、迁徙不定、露宿野外、不如人意的生活；然后，面对野性赋予的这种变化无常和自由自在，还要心怀感激。因为在一个固定不变的世界中是没有自由的。一旦有了那种自由，我们就能改善营地、教育孩子、赶走暴君。世界是自然的，归根结底，必然是野性的。

① 哈雷·戴维森：美国有名的摩托车品牌，通常写作 a Harley-Davidson 或 a Harley，译为哈雷摩托。——译者注

作为自然的过程和本质，野性也是变幻莫测的。

“nature”（自然）一词本身并无胁迫之意，但“wild”（野性）的观念，无论是在欧洲还是亚洲的文明社会中，却常常与无序、混乱、暴力联系在一起。与“nature”对应的汉语词是“自然”（日语 *shizen*），意为“自然而然的”，词义显得温和、宽泛。与“wild”对应的汉语词是“野”（日语 *ya*），本义指“旷野”，但还有很多别的含义。在各种合成词中，它指涉非法关系、荒芜乡野、私生子（野种）、妓女（野花）等等。还有一个有趣的例子，“野蛮自由”（“野蛮的南方部落所倡导的个人自由”）意为“极度放纵”。此外，“野史”就是指“虚构的故事或传奇”。在其他情况下，此词往往带有野蛮粗俗的含义。在某种程度上，“野”是指“自然界最坏的情况”。长期以来，中国人和日本人虽在口头称赞自然，但只有早期的道士可能认为智慧源自荒野（自然）。

梭罗说：“给我一片文明无法容忍的荒野。”显然，这并不难找，难的是想象一种荒野能够容忍的文明，而这正是我们心向神往之事。荒野不仅仅意味着“保护世界”，它本身也是世界。很久以来，东西方文明与野性自然一直在发生碰撞。现在，尤其是发达国家行事愚昧，不仅在毁灭一个一个的生物，而且也在摧毁地球上的全部物种，破坏地球的整个进程。我们需要的是能与荒野融为一体，并富有创造力的文明。在这片新的大陆，我们要起而行之，促使这种文明发扬光大。

今天，在美国，每当提及荒野，我们就会联想到偏僻，其可能会是某些特定的地区，通常指高山、沙漠或沼泽。就在几个世纪前，北美几乎全是一片野生的世界，荒野绝非罕见之地。叉角羚和野牛穿过草地，小溪中满是鲑鱼，还有大量的蛤蚌；在北美低地，灰熊、狮子、大角羊随处可见。而且，也有人类。北美大陆到处都有人居住。或许，有人会认同这种观点，但有点底气不足，这涉及根据谁的说法提出这一问题。事实上，当时的北美大陆到处都有人。一五二八至一五三六年间，西班牙步兵阿尔瓦·努涅斯[1]和两个同伴（其中一个是非洲人）在今天的加尔维斯顿海岸搁浅，接着他们走到了格兰德河谷，随后向南抵达了今天的墨西哥。在这八年里，他们很少只待在某个印第安人的住地或营地，而总是前往不同的地方。

在荒野文化中生活的经历一直是人类基本经验的一部分。从来没有一片荒野几十万年都不曾留下过人类的足迹。大自然不是旅行之地，而是“人类之家”——这个家园，有些地方广为人知，有些地方鲜为人知。虽然常有一些艰苦偏远之地，但毕竟都为人所知，甚至被冠以大名。有一年的八月，我抵达位于科尤库克河上游源头，阿拉斯加州北部的布鲁克斯山脉的一个山口。在那里，一条三千英尺宽的绿色苔原带穿过广阔的山脉，显得空旷而宁静，它将自育空河流向北冰洋的水域分开。这是北美最偏远的地区，没有道路，除了一些北美驯鹿迁徙时留下的小径。然而，北面山坡的伊努皮克人和育空地区的阿萨巴斯克人长年累月地使用这些小道。这条南北贸易的固定路线至少已有七千年的历史。

根据吉姆·卡里（1982；1985）等人的研究，阿拉斯加所有的山和湖都是用当地的印第安语命名的，这些印第安语有十几种之多。而

[1] 阿尔瓦·努涅斯：全名为 Alvar Nunez Cabeza de Vaca（1490?—1557?），西班牙探险家，曾任殖民地行政长官，开拓了美国现今佛罗里达州、得克萨斯州和墨西哥州的一部分。——译者注

在美国本土四十八州[①]的地图上，欧美制图师标注地区所采用的名称则出自某些来去匆匆的开拓者、他们的女友或家乡的名字。重要的是，每个地区的命名都有其民间传说，然而这只是人类留下的一丝踪迹。人们在讲述这类基于地方的传说及其命名时，会涉及古代遗迹、建筑风格以及土地所有权。当然，也会顺便提及这类生活中的轶闻趣事。

荒野文化的形成根植于过去那种自给自足经济中的生死教训。然而，我们现在使用“wild”（野性）以及“nature”（自然）时，它们的意思又是什么？语言像大河一样缓缓地蜿蜒流动，在被遗忘的河床上留下了 U 字形的痕迹。这些痕迹只有从空中才能看见，只有靠专家才能辨认。语言又像某种可以无限杂交的物种在不断地扩展，或是随着时光流逝而神秘地衰亡，或是肆无忌惮、漫无止境地繁殖，或是在繁殖过程中改变自身的规则。语词用作符号及代码是任意的、暂时的，正如语言反映（并呈现）出人们不断变化的价值观；这种价值观栖居在人们的心里，并贯穿始终。我们相信“意义”，就像偶然听人说见过貂熊，或是依据某人曾经见过貂熊的报道，就相信此地有貂熊。不过，有时候去弄清真相是值得的。

词语：自然、野性和荒野

首先以“nature”（自然）为例。该词源自拉丁语 *natura*，意思是“事物的产生、构成、特征和过程”，归根结底可追溯到词根 *nasci*（出生）。由此，我们有了“nation”（国家）、“natal”（诞生的）、“native”（本土的）和“pregnant”（怀孕的）等词。在印欧语系中，其可能的词

| ① 美国本土四十八州（Lower 48）：指除阿拉斯加、夏威夷之外的州。——译者注

根是*gen*（梵文*jan*）（由希腊词根*gna*衍变而来，故有衍生词cognate和agnate，“同源的”）。这就说明“generate”（产生）与“genus”（种类）是同词源的，就像“kin”（家族，同族）与“kind”（种，类）一样。

该词有两种略为不同的含义：一是指“野外，户外”——自然界，包括所有的生物。按照这种定义，“nature”指的是一种与文明和人类意志的特征或产物没有任何关联的世界范式。机器、人工制品、设计产品以及异常的东西（如长了两个脑袋的小牛）都被认为是“unnatural”（非自然的）。另一种含义更广，是指“物质世界，或者指物质世界中所有的物体和所有的现象”，包括人类行为和意图的产物。作为一种力量，“nature”被定义为“物质世界中一种具有创造性和规律性的自然力量，这种力量被认为是在物质世界中所有现象产生的直接原因”。科学和某些神秘主义理所当然地认为一切事物都是自然的。按照这种观点，纽约市、毒废料或核能均是自然的。因而，但凡我们所做的任何事，或是在生活中的任何经历，从定义上来说，没有什么是不自然的。

（那么，“超自然”是什么呢？有一种观点认为，“超自然”指的是那些来自少数人的传闻而其真实性遭到质疑的现象。但是，对鬼魂、神灵、奇异变化等诸如此类事情的频繁描述则足以使其继续变得扑朔迷离，并且，对有些人来说，它们是真实可信的。）

在这个意义上，对于物质世界及其所有属性，我更喜欢用“自然”这个词来表述。然而，有时即使是在这里，该词依然蕴含着“外在世界”，或“与人有别”的意思。

wild（野性）这个词就像一只灰狐一路小跑而去，穿过森林，钻入灌木丛，时隐时现。近观，犹见其身影为“wild”，但一旦遁入树林，再见到时，它却变成了“*wyld*”，从古诺尔斯语的 *villr* 和古条顿语的 *wilthijaz*，则可追溯到前条顿语的 *ghweltijos*①，其意是“寂静的”、“荒野的”，或许还有“树木繁茂的”（*wald*，德语词，森林）之意；它还可能与另一些词有潜在的关联，如 will（欲望），拉丁语 *silva*（森林，野蛮），印欧语词根 *ghwer*，即拉丁语 *ferus*（野生的，凶猛的）的根词。这让我们联想起梭罗所说的，“令人惊叹的野性”，这是君子和恋人都在使用的表达方式。在《牛津英文词典》中，对 wild 就有以下几种描述：

有关动物的：不被驯服的、未经驯养的、不受约束的。

有关植物的：非种植的。

有关土地的：无人居住的、未经开垦的。

有关粮食作物的：非种植或生产所得的。

有关社会的：未开化的、野蛮的、抵制政府机构的。

有关个人的：不受约束的、不顺从的、放荡的、无节制的、松散的。“野蛮放荡的寡妇”——一六一四年。

有关行为的：暴力的、破坏性的、残忍的、不受约束的。

有关行为的：不做作的、自由的、自然而然的。“用柔和的颤音唱出家乡林间音乐的野性”——约翰·弥尔顿。

① 古诺尔斯语（Old Norse）：古斯堪的纳维亚语，十四世纪前使用的北日耳曼语。古条顿语（Old Teutonic）：原始的日耳曼语。前条顿语（pre-Teutonic）：前日耳曼语。条顿语是盎格鲁撒克逊人、荷兰人、德国人以及斯堪的那维亚人所使用的语言。——译者注

词典中对 wild 的界定，大多是从人类立场出发的，而非其本身。借由这种方式是难以探寻其内在意蕴的。下面是另一种界定的方式：

有关动物的：自由主体，每一个个体都具有殊异禀赋，生活在自然系统中。

有关植物的：自我繁殖、自我维生、随性滋长。

有关土地的：某一区域，其动植物群落，无论是原生态的还是将会成形的，都完好无损，能充分发挥相互间的促进作用，且地貌完全是自然形成的，非人力所为。原始状态的。

有关粮食作物的：因自然资源充足，食物供应无虞；野生植物，四处繁衍，其果与籽十分丰富。

有关社会的：社会秩序是自内部形成的，靠社会共识与习俗的力量来维系，无须立法进行规范。原始文化群落自认为是这片土地原初的和永久的居民。这种社会凭借文明来抵御经济和政治的支配，其经济体系与当地的生态系统有着密切、持久的关系。

有关个人的：遵守当地习俗、风尚和礼仪，而不考虑大都市或邻近商贸城的标准。无所畏惧、独立自主。“自尊自重，追求自由。”

有关行为的：强烈反对任何压迫、禁锢和剥削。标新立异的、蛮横无理的、“道德败坏的”、令人敬佩的。

有关行为的：单纯的、自由的、自然的、绝对的。富有表现力的、肉欲的、性开放的、心醉神迷的。

第二组定义中，大多含义与中国人说的“道”——“大自然之道”

极其相近，即：远离分析、超越分类、自我组织、自我探寻、随性自如、出人意料、因时而变、虚幻莫测、独立自主、完美无缺、井然有序、无须调和、任意展示、自我甄别、固执己见、错综复杂、相当简朴。同时，既是空又是真。在有些情况下，我们称其为“神圣”。其原初意义“自然形成”和“坚守信念”与佛教术语 *Dharma*（达摩、佛法、天地万物之法）差别不大。

关于 wilderness，早期的词形为 *wyldernesse*，在古英文中则是 *wildeornes*，此词可能是源自 wild-deer-ness（其中 *deor*，指的是鹿及其他森林动物），但更有可能是由 wildern-ness 演变而来的。该词有下列几种意义：

一大片蛮荒土地，到处是原始植被和野生动物。从茂密的丛林或热带雨林到北极冰川、高山雪地一类的“白色荒原”。

荒原旷野，从未用于或无法用于耕种或放牧的土地。

一片海域或天空，如莎士比亚作品中所言，“我独自站在礁石上，周围是茫茫大海”（《泰特斯·安特洛尼克斯》）。海洋。

一个险象丛生、艰难困苦之地：要想抓住机会，全凭自己的技能，无法指望外援。

与天堂有别的世界：“我走过人世间这片茫茫的荒野。”（《天路历程》）

一个物产富饶的地方，如弥尔顿作品中所言，“一片甜美的荒原”。

弥尔顿使用“wilderness”（荒原）一词，是因为他能领悟到活力与富饶是野生环境中十分常见的真实状况。故“一片甜美的荒原”有如海中数以亿计的鲱鱼或鲭鱼幼仔，成群成群的磷虾，大草原上野生植物种子（今天的食物面包就是用植物种子的胚芽做成的）——所有异常丰富的幼小动物和植物，给这一自然环境系统提供了养料。但从另一个角度看，“荒野”又暗含以下意义：混乱、情欲、未知、禁忌以及快乐与罪恶之源。从这两种意义上看，荒野是一个充满着原始力量的地方，既给人以启迪，又让人面临挑战。

野生

我们可以说纽约和东京是“自然的”而非“野生的”，因为这两座城市并没有违背自然法则，它们只是在让谁栖居于此和提供何种庇护的问题上享有着独断权，它们不容许其他生物闯入，以至于到了不合常情的地步。“荒野”这种地方能让潜在的野性充分发挥，各种生物和非生物在这里依其自性，繁衍生息。在生态学上，我们称之为“荒野系统”。当一个生态系统充分运作时，所有成员都会参与其中。因此，荒野就是万物一体。人类原本来自于这个整体，故而考虑重新回归其中成为一员绝不是一种退化现象。

到十六世纪，西方世界、亚洲诸国以及从印度半岛延伸至北非海岸一带的文明小国与城市，其生态环境都已日趋恶劣。人们对自然越来越无知。由于扩大放牧或耕种，原始植被大多毁坏殆尽，留下的土地经济价值甚微，多是一些“不毛之地”、山区或沙漠。一些濒危的大型物种，如大型猫科动物、沙漠羊和黑羚羊之类，只能退避到更为恶劣的环境里勉强生存。这些文明国家的统治者在其成长过程中，对动物习性的了解越来越少，也不再像从前那样深入、广泛地学习有关植物方面的知识，而这些知识在过去是相当普及的。通过物物交换，他们学会了"以人为本的管理"、经营以及能言善辩。只有那些偏远地区的农夫，即当地的乡民，仍保留着往昔一些有关动植物的实用知识和对古老生活方式的记忆，而城镇居民或豪门士绅则少有机会了解野生系统的运作。为此，在之后的都市神话（伴随中古时期的基督教和后来兴起的科学而生）的主要文本里，先是否定灵魂，然后否定意识，最后竟连对自然界的感知也否定掉了。当时否定自然的机械论思想盛行，欧洲广大民众由此一步步丧失了直接体验大自然的机会。

于是，就出现了一种新型的自然探险者：这些人为了探寻资源，在豪门贵族或商贾大亨的资助下，深入人迹罕至的蛮荒之地。他们是征服者和传教士。欧洲人杀绝野狼和黑熊，大肆砍伐森林，任意放牧畜养。为了蓄奴、捕鱼、制糖和开采稀有金属，他们走遍天涯海角，远至亚洲、非洲和北美大陆。这些高度文明且好战的国家屡次掠夺野生自然资源，攻击土著部落，因为这些部落是由一群没有教会，没有国家的人组成的。为了黄金或原糖，这些白人只好放弃他们值得珍惜的东西：他们应当探寻做人的意义，怀疑等级制度的合理性，寻问自己为了国王的荣耀，或者为了获取黄金而付出生命是否值得。（一个陷入困境、饥肠辘辘的人站在佛罗里达的沼泽中，打量着自己残缺的剑刃和破损的西班牙式斗篷。）

有些人，像努诺·德·古兹曼[①]，变得疯狂无度、残忍成性。"最

① 努诺·德·古兹曼：全名Nuño Beltrán de Guzmán，十六世纪西班牙征服者，墨西哥殖民时期的独裁者。——译者注

初，古兹曼统治这个省时，这里还有两万五千名印第安人，面对命运的改变，这些印第安人屈服顺从，默然无言。后来古兹曼将其中一万人贩卖为奴，其他人担心同样遭此厄运，只好背井离乡。”（托多罗夫，1985，134）科尔蒂斯，这位墨西哥的征服者，最后沦落为一名丧失权利、受尽折磨的乞丐。阿尔瓦·努涅斯衣不蔽体地穿越得克萨斯州和新墨西哥州，长途跋涉达八年之久，最后脱胎换骨变成了一名新大陆人。他重新选择了古老的生活方式，完完全全改变了自己。他有一颗悲悯之心，自给自足地过着简朴生活，还能替人看病。像古兹曼和努涅斯这两种类型的人，在我们生活中比比皆是。还有一个人也登上了龟岛（北美大陆）历史的能剧舞台，与在历史进程最远端的努涅斯相遇，这个人就是雅希族人伊什；他走进文明社会，正如努涅斯因绝望而走出文明社会一样。努涅斯是最早进入北美大陆、深入了解土著人神秘心灵的一名欧洲人。伊什则是充分了解这神秘心灵的最后一名北美土著人——可悲的是，他最终不得不弃之而去。然而，那种存在于两者身上的神秘心灵不会消失，也不会被遗忘。它长期蛰伏在我们中间，就像一颗坚实的种子在沉睡，等待着烈火或洪水再次将它唤醒。

在介于其间的几个世纪里，南北美洲成千上万的印第安人不是过早夭折，就是在被征服的过程中死于非命（就像无数欧洲人一样），而且，世界上最大的哺乳动物——北美野牛灭绝了，一千五百万只叉角羚也消失了。草原及其表土大量流失，只有一些残留的草丛在古老的原生树林，如美洲东部的阔叶林、西部的针叶林中存活了下来。其实我们都清楚，真实的破坏远比这严重。

人们常说，边疆在美国历史上起了特殊的作用。它既是一个冲突爆发的边缘地带，一个破烂不堪的地方，又是两个完全不同世界之间的一个奇特的交易场所。这一地带的交易从动物皮毛、猪舌牛舌到各种鸟类应有尽有。有一条依稀可辨的界线，文化入侵者能从此跨过：走出过去的历史，进入永恒的现在，这一生活方式适应于一种更为缓慢、更为稳定的自然进程。在欧洲，几乎无人知晓能够进入神秘时空的通道，因为它们大都被人遗忘。当欧裔美国人在北美很多偏远的地区垦荒修路时，他们重新发现了这样的通道——自然本身那种飘忽不定的景象，这常常让他们深感迷惑。

现在，对许多北美人来说，“荒野”指的是被官方认定的公有地，由森林服务处或土地管理局掌管，或归属于州立公园、国家公园。有些小型而重要的土地则由一些私立的非营利性组织持有，像自然资源保护机构、公用土地信托基金会。这些是整个北美大陆所保留下来的圣地。北美大陆曾经是美洲原住民非常熟悉的栖居之地，现在只有小片小片的土地还保留原貌。在最后残留的小片土地上，原生态的自然在悲叹、在开花、在筑巢、在闪烁。这类土地只占美国领土的百分之二。

但是，野生状况（wildness）并非仅限于这百分之二的公认荒野区。如果变动一下界定的标准，野生状态则无所不在：生活中不可或缺的各种真菌、苔藓、霉菌、酵母菌等等，不仅生活在我们周围，而且也寄居在我们体内。鹿鼠在后门廊活动，野鹿穿越高速公路，鸽子在公园里嬉戏，蜘蛛在角落里织网。记得我在“沙巴溪”号油轮当机舱清洁工时，曾看到过这样一幕：当时轮船正驶离中太平洋，我在清洗刷子，突然发现了藏匿在油漆间里的蟋蟀。可以说，能量之网中的奇异复杂的生物，依循荒野系统的生存法则，栖息在城市土壤肥沃的偏僻处。这些生物随处可见，如空地和铁路边的耐寒花茎与叶柄，一队队坚忍生存的浣熊，滋生在沃土与酸奶里的各种细菌。culture（文化、培养）一词从未脱离其在生物学上的基源义：一方面，它是指“一种悉心保存下来的唯美和智慧的生活”；另一方面，意指“传承下来的所有社会行为方式”。正如该词在yogurt culture(酸奶菌种培养)中的含义所暗示的那样，它需要一个有利于其滋长的生存环境。文明是可以渗透的，正如荒野会有人入住一样。

荒野可能会暂时缩小，但野性绝不会消失无踪。一个荒野幽灵在全球游荡着：原生植物成千上万的小小种子正潜藏在北极燕鸥脚下的泥土中，在干旱大漠里的沙粒里，或是随风漂浮。这些种子都能以独特的方式适应特定的土壤或环境。每一颗种子形状微小，长着细细的绒毛，能浮在水面，冻于地下，亦或被吞噬，不论怎样，总会有胚芽保留下来。荒野一定会再获重生，但绝不会美好如初，不会像全新世[①]的清晨那般阳光明媚了。人类的所作所为将导致众多生命从地球上消失，尤其是在二十世纪和二十一世纪。土壤的恶化和水源的枯竭早已使危机显露：

“水里黑色的东西是什么？

① 全新世（Holocene）：地球地质史的最后阶段，时间从一万年前到现在，特点是气候比较温暖。在这一时期，人类技术有所精进，逐渐走向现代文明水平。——译者注

那不是沾满油污的水獭吗？”

我们从何处着手去消解文明与荒野之间的对立呢？

你真的认为自己是一种动物吗？学校就是这样教的——人是动物。这种说法很不错，我一直很是赞赏。而且，我一再回过头去对此重新进行探讨与检验。我在一个小农场里长大，那里有牛有鸡，后院篱笆外是一片次生林。因此，我有机会看到人与动物生活在同一个环境里的情形。然而，很多人虽在童年时就听说过“人是动物”，但并未理解其真正含义。也许他们认为自己与人类外的世界相距遥远，对自己是动物这一说不能确信。也许他们更愿意假想自己是某种比动物更高级的生物。这一点是可以理解的，其他动物可能也会觉得自己并非“仅仅是动物”。但是，在强调人与动物的区别之前，我们必须思考一下我们作为生物所具有的共同特征。

我们的身体是具有野性的。听到呼叫时，我们会不由自主地回头；看到悬崖时，我们会感到眩晕；危急时，心会怦怦直跳，紧张得透不过气来；安静时，会放松心情，凝视前方，沉思冥想——这些都是所有哺乳动物共有的生理反应，在各种哺乳动物身上都能观察得到。动物的身体，无须意识的介入，即可自行呼吸，保持心跳。在很大程度上，这可以说是一种自我调节，是生命的本性使然。感觉和知觉不完全来自外在，而持续不断的思维和不断涌现的意象也不完全出自内在。世界是我们所感知的实在，与我们紧密相连，息息相关。意识和想象里有不少成分是我们无法明了的，如想法、记忆、意象、愤怒、喜悦等都是自发产生的。心灵深处和无意识是我们内在的荒野之地，而且也是（美洲神话中的）短尾猫时下的栖身之地。我不是指个体心灵中的个体短尾猫，而是指在梦与梦之间穿行的短尾猫。那种有意识按部就班的自我只占据小小的区间，就像大门旁边的小隔间，用来留意某些物类的进出（有时会扩大范围），而思维中其他意识的自我则只关注自身。可以说，体在心中，两者都是天性使然。

有人会说，这一切都理应如此。“我们虽是灵长类哺乳动物，但我们有语言，而动物却没有。”从某些定义看，动物或许是没有语言的，但它们确实能进行广泛的交流。而且，通过呼叫系统，我们也开始能够明白它们的意思。

有人认为，人类在某些方面比（其他动物）更“聪明”，先是创造了语言，然后建立了社会。这种看法其实并不正确。语言和文化是源自我们生物—社会的自然存在，无论过去还是现在，我们都是动物。语言是一种心身兼备的系统，随着我们生存的需求和神经功能的完善而不断发展。如同想象和身体一样，语言也是自然演化的。且语言错综复杂，是我们理性思维无法理解的。正如描写语言学派所坦承的那样，但凡试图科学地描述自然语言的做法，都是有缺陷的，毕竟小孩很早学习母语，实际上到六岁时就已掌握了。

语言是在家里和实际使用场合中习得的，而不是在学校。未学过规范的语法，我们照样能说出语法正确的句子，一句接一句，我们一生中所有醒着的时刻都是这样。我们没有特意去记单词，却总能在无意识中不知不觉地积累大量的词汇。无论是作为单一个体还是单一物种，我们都不能认为语言能力是与生俱来的。这种能力的形成曾受益于其他方面：天上行云聚合消散（以及臂状的云气缓缓地翻卷，先是向后，接着向前）；枝上菊花分解再生；育空河水从育空高原流出，其河床下闪现古河床的水痕；山风在松针之间穿行；松鸡在鼠李丛中啼鸣。

学校的语言教学就是选定一小块规范语言行为的领地，培养一些最受人喜欢的特性——凭借这种文化上界定的精英标准，将有助于你寻求工作，或在聚会上帮你赢得社会信誉。有人甚至可能学习如何制作被称为专业论文的拜占庭艺术品。为何要精通此技，自然有许多冠冕堂皇的理由。然而，那种驱动力，即“艺术造诣”（*virtu*），仍是天性使然。

社会秩序在大自然中无处不在——先于书籍与法典的出现，是我们人类与生俱来的；其模式遵循层次交叠和相互制衡的原理，如同肉体或石头的结构。我们在管理上所谓的社会组织和社会秩序，是参照自然运行规律且深思熟虑后选择的一套结构形式。

世界在注视

世界锋利如刀——这是北美西北海岸流行的一句谚语。有些人认为他们的文化与大自然没有多大的差异，他们生活的社会在经济上仍然依赖着天然生态系统；那么，在他们看来，世界会是什么样子呢？人迹罕至的荒野世界是一所非同寻常的学校，经历过这种环境的人会成为顽强而幽默的教师。远道而来的人经常能在这里接触到无数的动物和植物。要想学识渊博就得学习各种民谣、谚语、传说、故事、习语、神话（还有技艺），因为这些记载了人们接触当地生态社区各种动植物的生活体验。在野外，这一“空旷区域”里，实际行动最为重要。在这里，徒步行走是伟大的探险、最初的沉思，一种需要全身心投入的行动，它对人类至关重要。徒步行走强调勇气和谦卑之间的平衡。野外远足，人们会发现哪里有食物，而且还会亲身感受到“自己也会是他人的盘中餐”——此语直言不讳地表明，相互依存、相互关联和“生态平衡”是休戚相关的；另一方面，它也告诫我们要保持警觉，有所防备。与此同时，我们还能获得特别的教益：一些特别的动物和植物，凭借它们实用与完美的价值，从未被沦为猎获的对象和出售的商品。

稍微回顾一下西方思想史，我们可以发现其发展路径似乎出现过分叉的现象。西方思想史上标志性的人物有笛卡尔、牛顿、霍布斯（认为原始社会中的生命是“恶劣的、野蛮的、短暂的”——他们都是城镇居民），他们的思路完全排斥有机世界。他们用缺乏生机的机械装置和产品经济的模式取代了生生不息的有机世界。这些思想家极其仇视“紊乱”，就像他们的前辈，一百年前那些迫害女巫的检察官一样。他们不仅不喜欢世界可能会像刀尖一样锋利，而且想从大自然中把刀刃拿走。西方世界的科学家—工程师—统治者，利用操纵生死的权力不断地做着愚蠢的修补工作；他们不仅未使人类感到世界更安全，反而使整个地球濒于崩溃的边缘。大多数人——采食者、农民或工匠——一直采取另一种思路。更确切地说，他们理解真实世界的游戏以及其中的种种苦难，认为不能简单地将世界描述为“腥牙血爪的自然世界”[①]，其中也有互谅互让、互利互惠的庆典场面。“我们所有的人都参加了北美印第安人的冬季盛宴！”我们每一个坐在餐桌边的人最终将成为这种盛宴的一部分，承认这一点不仅仅是“真实的”，而且这也使进食成为一种神圣的仪式，并接受我们脆弱、短暂的个体生命成为圣餐的一部分。

世界在注视：人穿过草地或森林，所走过的路不可能不传出一丝丝信息。画眉疾驰而过，松鸡尖声鸣叫，甲虫在草地上爬行，这类信息会传递下去。每一种生物都知道，鹰什么时候在空中盘旋，人什么时候在地上行走。这种信息在自然环境中的传递是很迅捷的。

在印度教和佛教的图像中，动物的图案呈现在神灵、佛陀或菩萨的画像上。大智文殊菩萨骑着一头狮子，大行普贤菩萨骑着一头大象，被称为“妙音天女”和“辩才天女”的萨拉斯瓦蒂女神骑着一只孔雀，湿婆神在蛇和公牛的陪伴下舒展身躯。有些菩萨在头冠或头发上佩戴一些小动物形象的饰物。在普世性的精神生态学[②]中，有人提出，其他动物的生态位[③]不仅体现在“热力学”（能量转化）方面，而且也呈现在精神方面。但是，它们的意识是否和人类完全一样仍是一个争

① 此句出自英国维多利亚时期桂冠诗人阿尔弗雷德·丁尼生（Alfred Tennyson）的代表作组诗《悼念》第五十六诗章（Canto 56, *In Memoriam*）中的诗行“Tho' Nature, red in tooth and claw”，借以描写野生世界。——译者注

② 精神生态学（spiritual ecology）旨在从精神层面研究人类和谐、均衡、持续的发展，强调当前外部世界的生态危机实质反映了人们内心世界的生态危机。——译者注

③ 生态位（ecological niche）：亦即小生境，指一个物种所处的环境及其本身的生活习性。每个物种都有自己独特的生态位，借以区别于其他物种。生态平衡时，各个生物的生态位原则上不重合。一旦重合，必然会通过物种间的竞争来削减生态位的重叠，直到平衡为止。斯奈德在原文中强调动物不仅具有能量转化生态位（thermodynamic niche）的特点，而且也具有精神生态位（spiritual niche）的特点。——译者注

论未决的问题。为什么要以人类意识的独特性作为衡量其他生物的狭隘标准呢？“谁说‘心灵’指的是思想、意见、想法和观念？心灵指的是树木、篱笆、砖瓦和青草。”道元禅师（日本哲学家、日本禅宗曹洞宗创始人）幽默而隐晦地说道。

我们都具有非凡的转化能力。在神话故事中，这种能力体现为由动物变人、人变动物、动物变动物，甚至更神奇的变化。但在这种转化过程中，其本质特征一直是清晰的、稳定的。伊努皮克人（即“爱斯基摩人”）生活在白令海（这里指它的另一边），他们的动物偶像上通常有一个很小的人脸露出来，这种人脸有的缝在偶像的皮毛上，有的缝在羽毛下，有的刻在背部或胸部，有的甚至刻在眼睛里。这就是通常被人称为“精灵”的因纽雅[①]，而“精灵”恰好被视为那类生物的“本质特征”。尽管精灵会有一些幽默可爱、转瞬即逝的变化，但那张脸始终如一。如同在佛教中，选用一个坐在现象世界中间的人像来表现我们所处的境遇，他稳重坚强、和蔼可亲，并且在沉思冥想。伊努皮克人使用各式各样的动物偶像来达到同样目的，每一个偶像上都隐藏着一张小小的人脸，这与人类中心主义或人类的傲慢行为有着天壤之别。他们正是用这一方式说明，每种生物都像我们人类一样是非凡的智慧精灵。而佛教的肖像画家把小动物的面孔隐藏在头发中，则在提醒我们，人类也是用原始荒野的视角去看待世界的。

世界不仅在注视，而且也在倾听。任何对地松鼠、扑动䴕或豪猪所说的粗鲁轻率的话，肯定会被它们觉察到。其他生物（来自于古老

① 因纽雅（*inua*）：传说中的吃人精灵。——译者注

生活方式的智者告诉我们）并不介意作为食物被宰杀和吃掉，但它们希望我们说“请”和“谢谢”，不愿意看到自己被浪费。反对不必要的滥杀生命之戒律肯定是最重要的，也是最难实施的。土著人在猎食杀生时，都带着谦恭和感恩之心。在这一点上，他们是我们的老师。相比之下，二十世纪美国肉品加工业，在对待动物的态度及做法上，是令人厌恶并且惨无人道的，为社会带来了无穷的祸害。

一个有道德的人生是喜欢思考、讲究礼节、富有品味的人生。在所有道德缺陷和人格缺点中，最恶劣的就是思想贫乏，包括各种各样的卑劣方式。对他者、对自然的所思所为表现得粗蛮无礼，就会减少生活的乐趣和种群间交流的机会，而这些对身体和精神的发展极其重要。理查德·纳尔逊主要从事印第安人生活方式的研究，他曾说道，一个阿萨巴斯卡族母亲可能会告诫她的女儿：“千万不要用手去指山！那样做是粗野无礼的！”一个人不能浪费或漠视猎获的动物或采摘的植物，不能吹嘘或炫耀取得的成果，不能想当然地看待自己的技能。精神贫乏以及粗鲁地拒绝完成互惠互利的交易，这些会导致浪费与淡漠。（这些原则对医生、艺术家和赌徒也特别适用。）

或许我们不应该谈论（或书写）太多有关荒野世界的问题，因为引起对其他动物的关注可能会使它们陷入窘境。这种对动物的敏感或许可以解释，为何原初社会只留下少许“山水诗”。大自然书写是随着文明的兴起而发展起来的，就好像是一种对自然进行的收集和分类工作。中国山水诗大约在公元五〇〇年肇端于谢灵运的作品。此前中国已有一千五百年的诗歌历史（通常认为《诗经》——中国第一部诗歌集——可能收集了此前五百多年的诗歌），其中有大量诗描写自然，但并非广泛意义上的山水风景；因为这些诗描写的是桑树、野菜、打谷脱粒、采食者以及农民的生活起居。到了谢灵运的时代，由于当时人与山水的关系已日益疏远，因而兴起了对自然的美化。然而这并非意味着远古的先民不懂得欣赏自然景观，而是他们观赏的视角不同。

同样需要关注的是那些谈及自己的故事或诗歌。马尔科姆·马戈林是《加利福尼亚州当地新闻》（*News from Native California*）的一位出版商。他指出，加利福尼亚州的土著人不会轻易去叙述“自己的故事”。他们会说，他们的生活细节是很平常的，唯一不厌其烦的就是叙述他们的一些重要的梦，与精灵世界相遇的时刻及其各种变形情况。然而，有关他们生活的故事则讲述得非常简洁。他们谈论的是梦、省悟和医术。

回家

荒野世界的法则不仅需要慷慨大方，而且也需要乐观坚韧，这种坚韧能够忍受艰难困苦，体谅人性的脆弱，认同谦虚的品格。采摘蓝莓的捷径，追捕猎物的诀窍，选择捕鱼的佳处（“生气的人抓不着鱼”），以及知天懂海的本事——这些不是仅仅靠努力就能达到的。登山亦如此。一方面需要实际行动，需要很强的自我克制力；另一方面需要直觉指引，需要排除杂念。人只有达到了无的境界才能大彻大悟。阿尔瓦·努涅斯迷路后，在得克萨斯州沙漠中的一个坑里露宿了几晚，当时正值冬季，坑外北风呼啸。在这段经历后，阿尔瓦感觉自己真正达到了“无”的境界。（“要达到‘无’，你自己得一无所有。”诺德·巴克雷此刻大发感叹。）从那以后，他发现自己有治病的能力，并在西行途中治愈了一些生病的土著人。他的名声传到了他还尚未到达的地方。然而，当他一回到墨西哥，又成为一名文明的西班牙人时，他发现自己丧失了治病的能力——不仅丧失了治病的能力，而且也没有治病的“意愿”。这种“意愿”与治病的能力是统一的整体。正如他所说，城市里已有“真正的医生”，他开始怀疑自己的能力。要解决文明世界和自然世界的分歧，我们必须首先从整体上着手。

有人也许会遭遇这样的境况，像阿尔瓦·努涅斯一样确实失去一切。痛苦和危险的经历常常会改变那些幸存下来的人。人类是大胆无畏的。他们外出探险，力图去做一些非同寻常的事。所以，有些人试图通过瑜伽苦修或僧院修行这种循序渐进的努力达到“无”的境界。有些人从旅行中获益良多，他们置身于遥远的地方，日复一日徒步走过茫茫雪原、崩落岩石、狭窄山路、湍急川流和谷底的丛林。还有一种更复杂的修行方式是维摩诘这位传奇的佛教居士亲身践行的。他倡导：置身尘世、直悟本源、众生皆无。诚如一藏佛语录所云：“空生慈悲。”

对那些想要直接探寻的人而言，当他们走进原始的殿堂，荒野成了一位残酷凶狠的老师，迅即将心智幼稚之人或粗心随意之人的外在之物一一剥除。这样做容易犯错，会将人推向极端。但实事求是地说，立志过这样的生活——简单朴素、适度冒险、乐观幽默、感恩图报、尽力工作、纵情娱乐、徒步旅行——这会让我们贴近真实存在的世界，把握世界的整体。

荒野文明之中的人很少外出探险。如果他们特意冒险，那也是为了精神上的追求而不是为了经济上的索取。归根结底，所有这类旅程都是为了整体的利益，而非出自个人的探求。许多土著人所表现的淡定尊严就是这一情况的真实体现。佛罗伦斯·艾登肖，一位还健在的（印第安）海达族老人，劳作持家，健康长寿。一位年轻女人类学家采访时对她留下了深刻的印象——说话条理清晰、举止端庄得体、态度不卑不亢。“怎样才能保持自尊呢？”艾登肖太太说，“穿戴得体，待在家里。”当然，这个“家”，你想要多大就有多大。

我们从荒野获得的经验教训转化为自由法则。我们能够欣赏人性的各种层面：闪光的智慧和性感的声音，社交的欲望和倔强暴躁的脾气；而且，我们应把自己看得与北美大陆分水岭地区的其他生物一样，没有贵贱高下之分。我们认同所有的生物是平等的，都是光着脚睡在同一片土地上；并且放弃永生的企求，不再与尘土对抗。我们赶走蚊虫，隔开恶兽，不怀憎恨。没有任何期待的念头，无论是警觉的和充分的、感激的和谨慎的、慷慨的和坦诚的。我们的心往往是在这样的时刻变得安静而澄明：在工作中小憩时，边擦去手上的油污，边看着天上的浮云。还有一种快乐，便是最终能坐下来和朋友一起喝咖啡。荒野要求我们了解地形地貌，向植物和鸟兽点头示好，走过小溪，跨越山脊，回家后聊一聊奇闻趣事。

在盛大的节日，如美国独立日、新年或万圣节，当小孩们安稳地待在床上时，我们会提起精神，打开音乐，世上还活着的男男女女都会放松自己，真正地狂野起来。因此，这就是“野性”最终的含义——神秘的内涵，最强烈的和最可怕的疯狂。那些为之准备好的人一定会前来参加，但请不要对那些涉世未深的人重复此事。

地方、区域和公用地

行始于所悟之所在。

——道元（希玄禅师）

世界意指众多地方

贫民窟、草原和湿地均可一视同仁地被称为“地方”。地如明镜，包罗万象，映射其中。我想把地方当成一种经历来谈，并提出这样一种模式，即：我们可以先依据小孩在一个自然群落里成长所经历的不同阶段，来探讨一下“适宜居住之地”在人类历史的绝大部分时间里所蕴含的意义。尽管我们有“文化适应”（enculturation）和“文化移入”（acculturation）这样的术语，但它们无法用来描述被安顿或被重新安顿这一过程。为了达到阐释之目的，我们可能还要从另一视角来研究“荒野文明”。

绝大多数美国人不太习惯去思考“故乡”这一问题。如今，很少有人能郑重其事地宣布自己“来自”何方，因为几乎没人会一辈子待在同一山谷，跟儿时熟知的玩伴一块工作。任何地方的当地人（这个术语专指“土生土长的人”）、欧裔农民和城镇居民都有这种在适宜之地生活的经历。然而，有一点必须谨记：定居、居住在固定处所绝不意味着不能偶尔外出旅行、冒险交易或夏日放牧。像这样一群因工作而漂泊在外的人，深知自己毕竟还是有一个家，他们每每在篝火会或者聚会上纵情歌唱家乡之曲，就足以证明这一点。

地方之心是谓家，而家之心则为地炉、灶台。所有暂时的探险从那里出发，等到垂暮之年，人们又回到家中的灶边。你渐渐长大，说着一口当地的方言。你在自己家里可能还会使用一些特别的词语和发音，这与街道小巷人家所用之词、所发之音迥异。尽管 *domus*、*jia*、*ie* 或 *kum* 均表示“居所、家”之意，但显然各地发音不一。你或许听过街坊邻居的逸闻趣事，悉知身边有关岩石、溪流、高山、树木的传说。你从创世神话里得知这座山如何形成、那座半岛什么来历。勇气渐增的你，也尝试离开炉灶（每个家之中心），外出进行一番旅行，去探索一下这个世界。对山水风光的认识是由童年时代双脚的漫游而获得的，并且在大脑深处刻下了这样一幅无法磨灭的地图：一条条的山径和小道、一片片的树丛；抹不掉的记忆里还有那只凶神恶煞的狗，脾气古怪的老头的那间屋子，以及那片只养了一头牛的牧场，于是，你脚下的路越走越宽，越走越远。其实，我们所有人心里都会存留六至九岁期间粗略形成的地理版图。（依稀可辨的是一些乡村景色和街坊陈设。）你几乎可以完全回忆起曾逗留玩耍的地方，还有骑脚踏车、游泳的地方。重新想象一下那个地方所特有的气息和特征，在记忆中重回彼地、漫步徜徉，此时此刻，你可能会产生一种落地定居的错觉。时下我们或许也会猜测：当童年的山山水水正被推土机摧毁无遗，当举家迁徙使得儿时的记忆变成模糊一片时，那些人该作何感想？我有个朋友，每当回忆起年轻时曾去过的加州南部景区，一想起那一片片鳄梨果园是如何被改造成郊区一垄垄山丘时，仍情绪激动。

我们的地方早已融入我们的生活之中，成了不可或缺的一部分。然而，即使一个"地方"也可具有一种流动性特征：它能穿越时空，约翰·汉森·米切尔称之为"仪式时间"[①]。一个地方将会变成一片大草原，然后接连变成针叶林、山毛榉林、榆树林。这个地方会变成一条不完整的河床，人们将在那里凿冰开荒，然后开始耕作、修路、扩建、筑坝、整坡、盖房。但是，每一过程只会持续一段时间，这不过是在羊皮纸上再加上短短几行罢了。整个地球是个巨大的写字板，上面记载了因各种能量漩涡而形成的层层叠叠、新旧交替的痕迹。每个地方只属于它自己，永远（并且终将）充满野性的活力。归根结底，一个地方就像大镶嵌图案中的一块小镶嵌板，土地就是由这样一个个小地方连成一片，将大大小小的图案复制在一块，从而组成一个个面积精确的小领地的。通过了解自家房屋周围的一个个小领地、然后到居民区，再延伸至外面的世界，孩子们开始了解"地方"的含义。

人们对一个地方的边界认识是随着对该"地区"的了解而扩大的。年轻人听说远方的故事就想外出冒险，也可能是为了维持生计——去拾柴、捕鱼、赶集或交易。由此，他们意识到还存在着一个更大的疆域。

① 仪式时间（ceremonial time）：亦即"时间穿越"，人们可在同一地方穿越过去、现在和将来所留下来的景观。该词引自约翰·汉森·米切尔（John Hanson Mitchell）颇具影响的一本著作《仪式时间：穿越一平方英里土地上的一万五千年历史》（*Ceremonial Time: Fifteen Thousand Years on One Square Mile*, 1984）。——译者注

（梭罗在《散步》一文中提到，一片方圆二十英里的地区就足以使人穷其一生去徒步冒险——你永远探究不完所有的一切。）

一群人称之为家的地区，其总规模取决于土地的类型。每一个群体都带有地区性特征，他们只在特定的范围内进行迁移，即便是游牧民也不会游离于其领地。居住在广袤无垠的沙漠或草原的民族诚邀你信步漫游，眺望远方，他们的生活范围绵延数万平方英里。或许，一片原始森林幽深茂密，却人迹罕至。长廊林和草原上的觅食民族①总是有规律地大范围活动，然而，在土壤肥沃的山谷这样如理想花园之地生活的人们，却不会越过他们最近的山脊之巅。地区大体依据气候来划分其界限，可自然分隔为植物区、土壤区和地形区。荒芜大漠、高山峻岭或宽广江河被视为一个地区的辽阔的边界线。我们横穿或跋涉过大大小小的边界领土，就像孩子们初识家乡，我们驻足宽广的河边，抑或站在主峰之巅，去观察边界另一边的异域风光：土壤迥然不同，动植物变化纷呈，谷仓屋顶面貌一新，或许降雨量也多少不一。自然区域之间的分界线从未显得那么简单分明，而是随生物区、分水岭、地形和海拔的变化而变化（参见吉姆·道奇，1981）。然而，众所周知——从某地方开始——我们居住的地方不再是中西部，而是西部。依自然划分标准，我们所见的地区有时被称作“生物区”。

（在被白人征服之前，美国印第安人经常长途跋涉、迁徙。据说，科罗拉多河下游地区的莫哈维人就觉得每个人一生中至少应徒步旅行一次，往东到达霍皮族人居住的台地，然后往南到达加州海湾，最后

① 觅食民族（foragers）：原指为动物寻找饲料的人，这里指狩猎民族和采摘者。长廊林（gallery forests）：亦译水边森林，指沿着河道等，在水边生长而不伸向内陆的森林。——译者注

抵达太平洋。）

每一区域均有荒野之地。诚如有厨房之地必有火，有地方就必有人迹罕至之处。绝大部分定居场所过去常常是混杂了诸如基本农业用地、果园、葡萄园地、崎岖牧地、植林地、森林、沙漠或荒山的地方。而真正意义上的荒野曾是所列举的地方中最为僻远的一部分，人迹罕至之处即为“野熊出没之地”。荒野向来就在步行所及范围之内——也许是三天的路程，也可能是十天的路程。大多数人就生活工作在崎岖偏远的高山、幽深的森林或茫茫的沼泽边上。人们光顾此地只是为了采摘高山草药，沿途布陷捕捉猎物，或者寻求孤隐独处的生活方式，故而在家园和荒野的两个世界之间来回穿梭。

回忆我们曾住过的地方，是当代自我重新发现的一部分。这就是“人类”（词源学上类似于“地球人”）存在的意义所在。我有个朋友有时会觉得这个世界不利于人类繁衍生息——他说这个世界令我们不寒而栗、感到窒息。但是，要不是这个星球供养了我们这副皮囊，我们又将如何存在呢？有两个条件为我们血肉身躯的存在提供了保障，其一，地球引力；其二，冰点和沸点之间适宜生存的温度范围。我们攀爬树木、在大地行走，从而进化出五个手指和五个脚趾。“地方”（place，从词根*plat*衍生而来，意即“广阔的、延展的、平坦的”）训练出我们可以远眺的双眼，而溪流和微风则赐予我们灵活之舌、螺状之耳。陆地可供我们昂首阔步，湖泊则为我们提供了潜水的场所，美妙惊奇锻造了我们的心智。因此，我们应该感恩所有的一切，欣然接受自然赋予的更严格的考验。

理解公用地

我与登山伙伴（艾伦·金斯伯格）一起站在冰川峰之巅环顾四周；视线所及，重岩叠嶂，山峦绵亘。向西望去，与普吉特海湾相对的是遥远的奥林匹克山脉诸峰。同伴问道：“你不是说有一名参议员专门管理这些吗？”这就像在美国西南部大盆地的沙漠地带，横穿那一片片荒漠、一座座山峰时，人们自然会联想到地球上仍有广阔的空地暂无人管理，它们或许已被遗忘，或许未被发现（如阿拉斯加地区和加拿大交界处那片一望无际的云杉林）——不过这些空地均已被规划而标注在某个版图里。在北美，公共领域里空地虽多，但问题不少。不过，我们好歹还有处理这些问题的权利。“地球第一！”运动的创始人戴夫·福尔曼曾声明，其激进的言行并非来自社会公正、左翼政治或女权主义思想，而是源自于公有地保护运动——这场不屈不挠、旷日持久的运动可追溯至二十世纪三十年代，甚至更早。这些空地和野生生物问题使得约翰·缪尔、约翰·韦斯利·鲍威尔和奥尔多·利奥波德所提出的观点颇具政治色彩，揭露了公有土地滥用的事实。

美国公有土地是二十世纪的产物，具体沿袭了欧亚大陆上曾广为人知的一种古老制度——英语称之为“公用地”（commons）。这是一种古老模式，可以保护和管理自然生长区域里的野生动植物。在市场经济、殖民主义和帝国主义时代到来之前，使用这种自我调节模式堪称良策。下面就让我来给您介绍一下公用地的管理运行模式。

荒山野岭和私家农场领地之间有一些不太适合作物生长的区域。早期，这些区域供某个特定的部落或村庄的成员共同使用，因生长着野生和半野生动植物而显得尤为重要。它为飞禽走兽提供了大片栖息地、多余的领地和活动空间，是维持荒野生态平衡的必要条件。甚至对于村庄的农业经济来说，这个区域也起着关键的作用，因为其自然多样性提供了许多私人领地所不能提供的必需品和便利设施，那里的猎物和鱼类丰富了原有的农产品。如同在觅食经济时期，这些共用之地提供了柴火、建筑用的柱子和石头、烧窑用的黏土、草药以及染料植物等诸如此类的原料。此外，作为季节性或全年开放的牧场，这片区域对牛、马、山羊、猪和绵羊的生长尤为重要。

从理论上讲，共享一片自然区域意味着共有“公共池资源”（common pool resources）的使用权益，理应对个人开采不设任何限制和约束。事实上，这种共享制度历经千年，并总是受到领地空间和社会环境的制约。在亚洲和欧洲的农业社会，对土地的共同使用有着一些不成文的规定。外来人员不能自由进出公用地，内部成员进入和使用公用地也受到一定的限制。公用地常被定义为“整个属于当地社区成员不可分割的用地”。这个定义没有直接说明公用地既是特别用地，也是一种传统社区制度，它决定了各下属单位的承载能力，且规定了公用地使用者的权利和义务，以及对其过失行为的处罚。由于其传统性和地方性，公用地不同于今天的“公共领地”（public domain），即归中央政府所有和管理的用地。在一个国家，这种管理方式可能是毁灭性的（如在加拿大和美国日趋恶化的情形），也可能是有益的（如过去的通常管理模式），但无论哪种方式，这些用地绝不是归地方管理的。在最近关于如何改革我们公有土地管理的讨论中，其中有一个提议就是让它们回归地方监管。

下面列举一个传统管理的例子，看看它是怎样防止家养牲畜日渐增多以及家家户户过度放牧情况出现的。在早期的英格兰和当今瑞士的一些村庄（内廷，1976），民众在公用地上牧牛的数目最多不能超过冬季在其自家畜栏里饲养的数目。也就是说，禁止民众在夏日放牧时从外界引入更多的牛群。（这是诺曼法律语言中人们熟知的“逃匿和蹲伏”条款，亦即你的饲养规模不得超出冬季畜栏实际“站立与伏睡”的牲畜量。）

所谓“公用地”指的是一个群体与其自然系统所签署的契约。该词的词源颇具教化功能：它由*ko*（“一起”）和*moin*（希腊语，“共同拥有”）组成。但在印欧语系中，词根*mei*的基本含义为“移动，走，改变”，其古老、特殊之意则为“按照习俗或法律的规定在社会范围内进行物品和服务的交换”。我想这有可能涉及远古互惠经济的原则：“礼尚往来”。这个词根在拉丁文中是*munus*，“为社区提供服务”，故谓“市政当局”（municipality）。

关于公用地，有一段翔实的与欧洲和英格兰乡村经济相关的史料记载。在英格兰，自诺曼征服开始，赐封的骑士和封建领主们就开始对当地的大片公用地加以控制，而法律（《默顿法》①，1235）则保障了他们的权益。从十五世纪开始，地主阶层与城市商会和政府官员联手，不断变本加厉圈占村庄所属用地，继而把它们转变为私有财产。圈地运动获得了大羊毛公司的支持，他们发现养羊比种植赢利更多。与欧洲大陆的羊毛出口贸易是一种早期的农业综合企业经济，给土地和被驱逐的农民带来了毁灭性的灾难。支持者们看到了英国圈地运动所产生的高效率和高产量，却忽视了圈地对社会和生态所造成的影响，

① 《默顿法》（Statute of Merton）：一般被认为是英国最早的制定法，得名于一二三五年它的颁布地萨里郡的默顿修道院。该法授权庄园领主可以对公用地进行圈占，并宣布婚前所生子女为非婚生子女。——译者注

同时，圈地也削弱了一些地区农业的可持续发展。十八世纪，圈地运动卷土重来：从一七〇九到一八六九年期间，大约有五百万英亩用地被化为私有，平均每七英亩用地就有一英亩成为私有财产。一八六九年之后，一场悲天悯人的“空地运动”使此番境况突然有所逆转，人们对十四位庄园领主诉讼成功，从而终止了圈地行为，保住了埃平森林[①]，此举可谓轰轰烈烈。

卡尔·波兰尼（1975）曾说，十八世纪的圈地运动使得一批农民无家可归，绝望中的他们被迫成为了世界上第一批产业工人阶级。圈地对人类群体和自然生态系统来说是一大悲剧。如今英格兰的森林面积和野生生物数量在欧洲所有地区中是最少的，这在很大程度上与圈地有关。在欧洲平原上，对公用地的接管大概也始于五百年前，但欧洲仍有三分之一的用地未被私有化。瑞典仍保留公用地运作模式的法律，允许公民进入私人农场采摘草莓或蘑菇，允许人们步行穿过私人领地，允许他们在农场主视线以外的地方野营露宿。然而，以前的大部分公用地如今都在政府土地管理部门掌控之下。

在日本，公用地模式仍留存可见。有些农村由于地处狭长河谷地带，稻谷就种植在谷底的稻田里，而菜地和园艺场则开垦于稍高的地段。河谷上方草木丛生的山丘就是公用地，日语叫作 *iriai*，含“共同进入”之意。邻村之间通常以山脊线为界。在位于京都辖区内的比睿山的斜坡上，在横川偏远的天台宗禅修寺庙之北，我碰巧遇到了大原村的男男女女们，他们捆着一堆细条树枝准备用来当柴火。这些人只

① 埃平森林（Epping Forest）：英格兰东南原皇家狩猎区，位于伦敦东北，现为一公园。——译者注

生活在自己村庄的土地上，而日本山林的最深处是任何村庄都无法利用的地方。在早期封建社会里，这些森林仍被存余的狩猎民族所占领，他们或许是日本原住民阿伊努族的一些混血幸存者。后来，一部分荒地收归政府所有，冠以“帝国森林”之名。到十三世纪，英格兰境内的熊早已绝种，但在日本偏远的山林里，甚至偶尔在京都的北部，仍可发现熊的踪迹。

在中国，主要由村委会管理山地，中央政府只负责收税。税收以实物形式收取，土特产尤被珍视。受金钱的驱使，他们不仅收取稻米、原木和蚕丝，而且收购翠鸟羽毛、麝香鹿腺、犀牛皮和其他一些来自山林溪流地区的奇珍异宝。村委会可能也曾制止过度开采当地资源，但是一旦滥伐森林触及他们的地盘时（十四世纪似乎是中国中心地带森林的转折点），村土地管理机构就土崩瓦解了。从历史上看，无论是东方还是西方，不管是中央政府还是来自中心经济地区的企业家，他们对公用地的掠夺导致了荒野和耕地的退化。有时，冠冕堂皇的理由的确能够杀掉下蛋的金鹅，因为投资商可以把迅速赚来的钱再投资到其他地方，以此获得更高的回报。

在美国，就在欧裔入侵者强力驱赶土著居民离开其传统公用地时，土地大门也随之为殖民者打开。然而，在干旱荒芜的西部，大片的土地从来就是荒无人烟，更谈不上土地专有权了。曾经熟知并挚爱白色沙漠和青色山岭的土著居民如今要么被遣散，要么被限制住在保留地，而初来乍到的居民（矿工和一些牧场工人）对这些土地既没有管理意识也没有管理知识。事实上，大面积地区属于公共领域。林务局、公园管理处和土地管理局纷纷成立，对这些用地加以管理。（在加拿大和澳大利亚，同类用地被称作“官地”，这反映了英国统治者试图从人民手里抢夺公用地的历史。）

如今，在美国西部，人们若谈论“山艾反抗运动”①，听起来就像是他们在为恢复公用地归地方管理而劳心劳力。事实上，山艾反抗者们还须更加了解这个地方。相对而言，他们仍是新来者，其目的不是为了管理而是为了发展。很多西部人开始从长远的角度考虑问题，他们并不赞成私有化，而是希望可以更好地管理牧地和更多地保护荒野。

欧洲和亚洲的环境历史似乎暗示着人们对公用地的管理最好以地方管理为基础。古代，对地中海盆地森林的砍伐造成了不可逆转的严重后果，这是凭暴力滥用公用地的一个极端例子，因为当局强制性地把经营权从当地村民手中抢走了（瑟古德，1981）。十九世纪和二十世纪初，美国的情形正好相反。真正的当地人亦即美国土著居民，被大批杀害，意志消沉，而新来的居民却都是些冒险家和企业家。若不是有联邦当局管理人员在场，这些侵入者、放牛仔和木材大亨们定会大显身手、放肆掠夺。大约从一九六O年开始，局势再一次发生转变：那些曾从事土地保护的中介机构逐渐沦落为采掘业的帮凶，而那些刚开始成为真正意义上的本地人的人，则向环境组织寻求援助，且自愿加入保护公共土地的运动。

破坏行为向世界范围扩张并“围圈”公用地与当地居民住处。由

① 山艾反抗运动（sagebrush rebellion）：二十世纪七十至八十年代美国西部各州掀起的运动，意在迫使美国联邦政府同意由各州管理公共土地。——译者注

于那些跨国伐木集团与政府当局沆瀣一气，居住在热带地区的村民和部落成员只好被迫背井离乡。驱逐当地人屡试不爽的陈词滥调莫过于宣称部落共有森林要么是私有财产，要么是公共领地。公用地被占之后，村民们必须在采伐公司的商店里购买能源、木材和药品，他们变得一贫如洗。这就是被伊凡·伊里奇称作“五百年对抗生计战争”的一种影响。

那么，所谓的“公用地悲剧”是怎样的呢？这个如今已被普遍接受的理论，似乎表明了一个事实，即一旦公共开放某一资源的使用权时，比如牧场，每个人都会竭尽全力去索取，过度放牧自然就不可避免地发生了。加勒特·哈丁和他的同伴们所谈论的问题应该被称作“公共池资源之困境”。这就是个人或公司对“无主”资源进行过度开采的症结所在，他们陷入一个怪圈：“如果我不这样干，其他人就会这样干”（哈丁和巴登，1977）。海洋渔场、全球水循环、空气、土壤肥力所面临的困境都属此类。当哈丁等人试图用这一模式来阐释历史上著名的公用地案例时，却并不奏效，因为他们没有注意到公用地是一种社会制度。从历史上来看，这是有章可依的，法律并不允许存在无限制的使用权（考克斯，1985）。

在亚洲和欧洲的部分地区，有些村庄的历史可追溯到新石器时代，它们至今仍通过某个委员会来监管公用地。每一块公用地都是一个有所限制的实体，每一个依赖其生存的人都很清楚过度使用所带来的后果。如今，公共池资源的命运无外乎三种可能性：第一种是私有化；第二种是由政府当局管理；第三种是，如有可能，让公用地成为一个真正意义上的公用地，规模适中，且由当地居民管理。上述第三种方案似乎不太可能实现。在当地社区或部落当中（像在阿拉斯加州）拥有土地的公司或合作社似乎比比皆是。他们本应该在世界市场有所作为，可他们却在如何平衡取得经济上的成功与保持传统性和可持续性这一问题上绞尽脑汁。地处阿拉斯加州东南部的西尔拉斯卡公司，虽隶属特林吉特美国印第安人，但因其对原始森林的肆意砍伐而饱受公众严厉指责（有些谴责甚至来自其内部）。

我们有必要同海洋、空气和天上的鸟类签署一个世界级的“自然契约”，其挑战在于将“公共池资源”整体受损情况纳入到人们的公用地意识之中。就现状来看，那些来自大阪、鹿特丹或波士顿的木材商抑或石油地质学家们，均会把地球上尚未明晰权责的资源视为合法猎取的对象。人口日益增长的压力和经济体制根深蒂固的力量（尽管处于脆弱、混乱以及基本上群龙无首的状态）使我们任何人都难以看清真相。或许，我们对于其稳固程度的看法也是一种错觉。

有时，整个社会似乎不可能做出明智选择。事实上，除了呼吁“恢复公用地”，人们也别无选择，因为现代人并没有完全意识到自己究竟丧失了什么。回顾一下，比如，夜晚就是属于我们所有人的共享资源，是我们更大的自我存在形式。没有什么比“公用地悲剧”更悲剧的了。假若我们不恢复公用地，不作为野生世界之网中的“生命”去重拾个人、地方、群体和民族所拥有的直接参享权，那么野生世界就将会悄然消失。最终，错综复杂的工业资本主义和社会主义将混合在一起，摧毁我们赖以生存的大部分生命系统。显然，一个地方公用地的丧失预示着自给自足经济的结束，也标志着该地区本土文化厄运的来临。这种事情在世界一些边远角落仍持续发生着。

公用地是一种新奇且很有讲究的社会制度。在这种制度里，人类曾过着一种与自然系统交织且不被政治干涉的自由生活。公用地是包括非人类在内的人类社会组织的一种层级。高于当地公用地的层级就是生物区。理解公用地及其在更大区域文化中所扮演的角色就是朝生态与经济的大融合迈出了新的一步。

透视生态区

区域是承载文明的另一个地方。

——马克斯·卡福尔德

在各自领地休养生息的小民族，过去习惯遵循某种自然规律。正如人们预料的那样，北美洲当地主要群体的文化区域几乎与广义上的大生态区相重合（克鲁伯，1947）。人们曾生活在流动变化、界限模糊却又实实在在的故土上。后来，欧亚大陆上相继出现的民族国家不断用暴力手段恣意划分边界，于是，之前那种更为古老的人类生活经历就渐渐被取代了。有时，这些强加的边界以同样强制性的手段将完整的生物区和种族区分隔开来。从此，居住者失去了生态知识，丧失了群体凝聚力。在古老的文化中，人们习惯把动植物种群和地貌看成文化的一部分。事实上，现在的文化和自然世界几乎成了一个影子世界，而所谓的现实世界也只不过是政治司法行政辖区和纯经济化再现的非实体世界。可以说，我们生活在一个倒退的时代。不过，通过发现原始的疆域，依靠它们的存在而不是那些随意划分的国界、州界和县界之地，我们至少在故土和心灵上能重拾昔日那种归属感所带来的微妙感受。

区域是“半共时空间内的相互渗透体”（卡福尔德，1989）。定义一个区域时，生物群、分水岭、地貌和海拔只是其中的某些方面。同样，文化区域也有它的子集，比如方言、宗教、各种放箭器、各类工具、神话主题、音阶、艺术风格。植物可以标记一个区域的轮廓，太平洋西北地区的标志性树种——花旗松就是一个例子。（当我还是一个小男孩时就熟知它，那时我生活在位于华盛顿湖和普吉特海湾之间的一个农场里。当地的斯诺荷米什人管它叫 *lukta tciyats*，“宽针”之意），其覆盖范围自北环绕着不列颠哥伦比亚省境内的斯基纳河，自西穿过华盛顿州、俄勒冈州和北加利福尼亚州的山脊西部，而南部海岸线生长的花旗松与鲑鱼生活的区域大致相同，并没有越过大苏尔河南部。在内陆，花旗松从内华达山西坡向南一直延伸到圣华金河的北分叉处。这种植物的生长区域穿越了三个州界和一个国界，故而勾勒出一个更加广阔的自然区域。

花旗松的出现预示着降水量和温度的范围，示意人们可以种植什么作物，屋顶该倾斜多少，该准备什么样的雨衣。但在波特兰或贝灵汉姆这种现代都市里生活，你就无须了解这些细节。不过，如果懂得植物和天气所传达的信息，像掌握小道消息似的，你就会生活得更加自由自在。我们把大地上各种力量的总和笼统地称为“地方精神”。要想了解一个地方的地方精神，就要意识到你是部分中的一部分，而整体是由部分组成，每一个组成部分又共同构成一个整体。你源自你作为整体参与的那部分。

貌似有点堂·吉诃德式荒诞不经的观点背后，其实蕴藏着巨大的力量和可能性。一九八四年的春天，春分后的一个月，我和加里·豪尔萨斯驱车从安克雷奇前往阿拉斯加的海恩斯。我们绕过育空河部分支流，沿着库珀河流域盆地的上部边缘行驶，开过了海恩斯顶峰。一路驶来，黑云杉、白云杉针叶林带依然被冰雪覆盖。顺着山的隘口向下行驶至奇尔卡特盐水区的入口，马上置身于一大片阿拉斯加云杉林和沼泽中伸出的臭菘之中，这里已是一番春天的景色。我们跨越了生态区分界线。第二天，我有幸受邀到一家名为暗鸦的咖啡馆，和奥斯丁·哈蒙德以及一群印第安特林吉特族老人一起喝咖啡，听他们谈论一些意味深长的话题，有关于人们对其生存地方所应承担的责任。当我们透过哈蒙德前面的窗户，远眺盐水区那边山顶的悬冰河时，哈蒙德正用冰河比喻帝国与文明之间的关系。他形容外部力量如何强大——就像工业文明——进步与倒退同时上演，而定居下来的人们如何静候其结束。

二十世纪七十年代中期，蒙大拿州波兹曼曾举行过一次美洲土著领导人和活跃分子的会议。在这次会议上，我听到一个克劳族长者讲过一些类似的话："你知道，我认为人们如果在某个地方待得够久，即使是白人，地方精神也会开始影响他们，这就是来自大地的精神力量。这些精神和古老的力量不会消逝，它们只需人们一直守候在四周，最终这些精神会逐渐影响他们。"

生态区意识以独特的方式使我们明白，仅仅"爱自然"或者想"与大地女神盖娅和谐相处"是远远不够的。我们与自然界的相互关系因为“一个地方”的存在而形成，它必须植根于知识和经验。例如，“真正的人”轻而易举就熟知当地的植物。在欧洲、亚洲和非洲，人们过去常常认为每个人具备这种植物知识是理所当然的。然而，现在很多美国人甚至都不知道自己不“了解植物”，这的确是一个衡量异化的标准。如果我们掌握一些关于植物种群的知识，就会乐于思考类似这样的问题：阿拉斯加州和墨西哥在什么地方交汇？它会在加利福尼亚州北海岸的某个地方交汇。在那里，加拿大松鸦、阿拉斯加云杉与熊果树、蓝橡树混杂一起，自由生长。

对于加州北部山脉，我们会称之为“沙斯塔山生物区”，而不是“北加利福尼亚”。如今的加利福尼亚州（即古老的上加利福尼亚地区）至少可分为三个自然区。正如花旗松那个例子所表明的一样，特定的植物种群在北部第三个自然区往北长势喜人。它的边界大致可从克拉马斯印第安部落与罗格河交界处划分，向南至旧金山港湾，向上到萨克拉门托和圣华金河交汇处的三角洲。分界线向东到达内华达山顶，并以此为一个明显分界线，向北延伸至苏珊维尔。至此分水岭分叉，大致沿着莫多克高地边缘延展到华纳山和鹅湖，并朝东北方向倾斜移动。

分水岭的东部是大盆地，沙斯塔山北部是卡斯卡底古陆/哥伦比亚地区，继续向北有一个叫作伊什河村的地方，那里是普吉特海湾和乔治亚海峡的排水口。为什么我们要如此构想呢？我会再一次说明：身临此景让我们有一种宾至如归的感觉。尽管有数百万人出生在北美，但他们的思维力、想象力或道德观念并不是在这里发展形成的。这样看来，美洲土著人确实更有使用“当地”这个词的优先权。正是因为他们深爱这片土地，所以他们会欢迎数以万计的移民从内心深处转变为同他们一样的“美洲土著人”。对于那些非美洲土著人，要这片大陆成为他们真正的家，他们就必须在这个半球上——在这片大陆上，准确地说在“龟岛”上，重新出生一次。

也就是说，我们必须自觉地完全接受，并认识到这里就是我们的居住之地，同时牢记这样一个事实，即在未来的千年里，我们的后代将在这里继续繁衍生息。此外，我们必须尊重这片土地遗留下来的伟大古风——原始野性，我们必须去了解它、保卫它，让其生物多样性（包括所有物种的后代）健康完整地代代相传。到那时，欧洲、非洲或亚洲将被视为我们祖先的发源地，是我们可能想去了解和拜访的地方，但它们不是“家”。家，就是从内心深处、精神高度上必须根植于此的地方。“美国”是以一个陌生人的名义命名的地方，而“龟岛”则是美洲土著人依据创世神话为这片大陆所取的名字（斯奈德，1974）。美国、加拿大、墨西哥这些暂时性的政治实体，毋庸置疑是具有合法性的。然而，如果他们在这片土地上继续肆意妄为，就会丧失这种托管权力。那就真的是“国破山河在”的情形了。

然而，这项运动的任务不仅仅是为了西半球、澳洲、非洲或西伯利亚的新移民，在全世界范围内发起一场心灵净化运动同样迫在眉睫，该运动旨在希冀人们自发地去观察地球表面的真实活动情况。假若有了这种意识，人们便可出席各种听证会；为了保护大地和树木，他们就会在卡车和推土机前挺身而出，显示与区域共存的坚定决心！最初这一想法显得多么古怪。生物区域主义成为进入历史辩证法的入口。我们也许会说，曾经一直被忽视的“等级物种”，如动物、河流、岩石和草地，如今正登上历史舞台。

这些观点会引起一些蒙昧无知的反响，也是意料之中的事。人们害怕小社会群体，害怕针对国家的批评。对生于斯、长于斯的人来说，要想觉察这个国家与生俱来的贪婪、动荡、无序、混乱、非法之特性也绝非易事。他们不以为然地援引诸如狭隘主义、地区冲突的观点，以及那些无法让人心悦诚服的文化多样性的表达方式，去阐释这些问题存在的根源。我们的哲学、世界宗教和历史都偏向于统一性、普遍性和集权化，简而言之，就是一神论的意识形态。当然，在特定条件下，相邻群体的争执已经持续了几个世纪——冗长乏味的记忆和敌意就像放射性废物一样持续有害。迄今为止，这种情况在中东地区仍在上演。在欧洲的部分地区和中东地区，持续不断的种族和政治灾难有时可以追溯到罗马帝国时代。这不能归因于人类本身的好斗性。早期帝国扩张之前，部落和自然形成的民族就偶有冲突，这几乎是与生俱来的。国家的出现，使战争带来的恶果与破坏性急剧增加。

当人们身处没有过剩积存的时代，强行进入其他地区的诱惑也就不是很大了。下面就以我所处的这部分世界举例说明。（我这样描述自己的位置：地处尤巴河流域，北内华达山脉西坡，海拔三千英尺的南分叉处的北面，坐落于一个由黑橡树、翠柏、浆果鹃、花旗松和西黄松环绕的群落里。）内华达山脉西坡有冬雨和降雪，而干燥的东坡却被另一些不同的植被所覆盖。在土著人未被白人驱逐之前，居住在这片区域的当地人很少有外出冒险的欲望，因为他们的生存技能只适用于其所居之地。假若他们进入一个陌生的生物群落，也许就会挨饿。他们花了很长时间才学会识别什么植物能吃，在哪儿能找到这些植物，怎么去储备它们。所以，内华达山东部的瓦肖人用松子和黑曜石与西部米沃克人和迈杜人交换橡树子、紫杉弓箭和鲍鱼壳。夏天，他们在领地的交界处，内华达山草地上安营扎寨几个星期，在这块公共地上彼此进行交易。（“野蛮人”，掠夺文化的专属品，逐渐演变为一种对附近文明及其财富的回应。据说成吉思汗在贝加尔湖附近的圆顶帐篷内接受觐见时曾说：“中国的堕落和奢侈惹怒了老天爷。”）

世界上小文化间和平共存的例子不胜枚举。总有使用多种语言的人们横跨大区域去进行和平交易或旅行。共享的精神感悟或仪式习俗，以及跨越语言障碍的神话故事，淡化了人们之间的文化差异。但宗教导致的深度分化又是怎么回事呢？必须提到的是宗教中的排他性是犹太教、基督教、伊斯兰教信仰的怪异特征，在世界范围内它是最近的（从整体而言）少数新生事物。亚洲宗教以及遍及世界的民间宗教、万物有灵论和萨满教均赞赏或至少包容多样性的存在。（人们对食物不同口味的偏好似乎导致了真正严重的文化差异。我在俄勒冈州东部安装套木索时，其中有一个同事是沃斯科人，他的妻子是西边的奇哈里斯人。他跟我说，他们夫妻俩吵架时，妻子骂他是“该死的吃蚂蚱的家伙”，而他总是吼着回敬她：“吃鱼的家伙！”）

文化多元性和多语言性乃是全球的共同规范。我们在世界性的多元化与深层地方意识之间寻求平衡。我们一直在追问，在等级制度和中央集权制剥夺了公民权的几个世纪后，整个人类如何才能在适当的位置重获民族自决权。我们不应将这一运动与“民族主义”混为一谈，它同民族主义恰恰相反。民族主义简直就是个骗子，国家的傀儡，一个在失落的群落里咧嘴狂笑的幽灵。

这是一个新的起点。生态运动不仅仅是一个乡村运动：它对于恢复城市邻里生活关系、绿化城市也同样功不可没。我们所有人都能自由自在地穿梭于多个领域，这包括灌溉区、固体废物处理区、长途区域代码地区，等等。位于旧金山港湾区的行星鼓基金会[①]，为了把城市重建为宜居之地，与当地许多地方组织一起，进行了有关城市河流鉴定和修复治理等数个项目的合作（伯格等，1989）。世界上还有很多组织同第三、第四世界的人们一起重新构想地域领土问题，同时饶有兴趣地为他们新发现的老区域寻找合适的名字（《提高风险》，1987）。后来，生态区域大会在龟岛召开了多次。

当然世事无常，我们最终需要对“世界各民族”进行更为谨慎的定义；同时，为了维持蓝色地球的地貌特征，也需我们开始考虑重塑（改变）政治主张。人们对可持续发展型经济、生态友好型农业、充满活力的社区生活、野生栖息地的要求——以及热力学第二定律[②]——所有这一切都决定人们应采取这种行动。现在，我也意识到这是一种生态政治，亦是一场戏剧。它不仅仅只是街头戏剧，更是一部拥有梦幻的山脉、田野和溪流的戏剧。正像吉姆·道奇所说：“生物区域主义成功与否……都无关紧要。如果一个人，或一些人，或一个群落中的人们，在践行生态区域实践过程中过上一种更加充实而有意义的生

① 行星鼓基金会（Planet Drum Foundation）：由美国著名生态学者彼特·伯格（Peter Berg）于一九七三年创立，旨在让人们意识到城市可持续性发展的重要性。“生物区”、“重新栖居”术语最早由彼特提出。——译者注

② 热力学第二定律（the second law of thermodynamics）：指的是孤立系统熵恒定的定律。熵（entropy）指的是物质系统的热力学函数，当宇宙的熵达到最大值时，宇宙中的其他有效能量已全部转化为无效能量，所有物质的温度达到热平衡。这样的宇宙中再也没有任何可以维持运动或是生命的能量存在。因此，斯奈德认为世事无常，瞬息万变，能源耗竭，不可逆转，这个恒定不变的事实需要我们重塑政治主张，即发展一种生态政治。——译者注

活，那就是成功。”但愿它能加速瓦解超级强权。诚如“超级地方主义宣言”所声称的：

> 区域政治不会出现在华盛顿、莫斯科和其他“权力宝座”之上。区域政治不会“静坐不动”，它四处漫延，经由水域和血液，穿过神经系统和食物链。区域无处不在，却又无处可寻。我们都是一群非法移民。我们是本土人，却又漂泊无定。我们没有国土，却又生活在国土之内。我们远离国家政权内部。区域反对政权——任何政权。区域是无政府的。（卡福尔德，1989）

探访“尼士南县”

开了多年的自卸货车、铲土机、平地机和履带式拖拉机后，伯特·海巴特终于退休了。对他而言，昔日修筑过的道路、池塘和平地犹如雕塑品，即使房屋不复存在，它们也将留存在大地上。（挖掘一方池塘究竟需要多久？）伯特仍在用占卜杖勘探水源。上次我见到伯特时，他正抱怨自己的肺备受煎熬：“那些日子我在海边工作时，拖拉机后面总是尘土飞扬、黄土滚滚，什么都看不清。还有柴油机冒着难闻的油烟。”

我们当中的一些人曾在华纳山散步，它位于加利福尼亚州的东北远角，是皮特河上游与大盆地北部真正的分水岭。站在华纳山九千英尺的悬崖高处，俄勒冈州、鹅湖的美景尽收眼底。从华纳山的西面到奇妙谷的北端，再到东边的连绵沙丘，所有景致都一览无遗。

这真是一片沙漠山脉。这里生长着少许落基山的植被，经俄勒冈州东南部的斯蒂恩山脉、蓝山山脉，或许还有沃拉沃斯山脉，一路绵延起伏穿过沙漠盆地到达东边。伊格尔维尔古镇发迹于十九世纪八十年代，饲养的羊群数目可观。伊格尔维尔酒吧的老板告诉我们，在三月初，牧羊人把羊群从内华达的洛夫洛克赶往华纳山，一路上母羊们不断产下小羔羊。六月下旬，他们到达山脚下，牧羊人便把羊群赶往海拔八千英尺高的山脉的西侧牧场。到了九月，羊群被赶到山下的麦德兰，在这里羊羔们被直接装上运肉卡车。然后，母羊被装上长卡车运往洛夫洛克过冬。绵延数英里的草原上开满了骡耳花，在那里，我们看到了成群的绵羊。巴斯克人经营控管了整个羊肉生意。小径两旁是一片古老的山杨林，树皮上还留有牧羊人刻下的文字和图案，有些文字和图案的历史甚至可追溯到十九世纪九十年代。

佩特森湖是华纳山脉的瑰宝，湖水溢满了最高峰悬崖下那个古老的天然圆形山谷。峭壁上许多凸出的部分是老鹰们的窝巢，小鹰们严阵以待蹲伏在鸟巢边。沙斯塔山占据了整个辽阔的西部景观，绵延数里遍布着美国黑松、黄松、火山岩、秣草地带、地下暗河。啊！这就是“上游源头”的最高点，水从这附近流向两边，一边倾斜流向克拉马斯河的高地，另一边流向皮特河和萨克拉门托河。不管是从海岸山脉，还是从唐尼维尔镇下方的塞拉比尤特山，都可以看到远处的沙斯塔山——它孕育了整个北加利福尼亚州水系的源头。

老约翰·侯德过去常沿着河床溜达，喜欢对着它喃喃自语：“瞧你们干的好事！”从地质学的观点看，沉入泥沙的重金属，未因其被冲刷及沉积而变得暗淡无光或锈迹斑驳的便是金子。这里的新式采矿者也络绎不绝。有一阵子，圣·约瑟夫·麦勒斯在第三纪砾石[①]中探寻那些“采掘物”。该县的监察员们最终批准了他呈递的“环境影响报告”，于是前期的勘探钻井工程开始破土动工。他们说，十八个月后他们将会带着大方案回来。目前，暂时只剩下一座小塔架和一辆拖车，被遗弃在昔日水力挖掘时留下的砾石峡谷和山脊之中。这些矿区转眼成了四轮摩托和越野车停放的乐园。后来，另一家机构西斯科恩金矿勘探公司跑来开采，沿着一条砾石路用栅栏将这里围了起来。这家公司破产后，矿区又被扔在那里，无人打理，月光下的熊果树、自然盆松和砾石只好听天由命了。

萨克拉门托－灰狗车站里逗留着两位老绅士。在我旁边的那位老人轻轻地摆动着他的拐杖，拐杖尖顶着地面来回旋转。他四处环顾房子，来来回回，游走不定。他的下巴上长着一个蛋形的肉瘤。时不时老人身上惯有的一股尿味向我袭来。另一位老人从身边经过，向外走去。他穿戴整洁，肩上耷拉着一卷用塑料包裹着的防水毯，头上戴着一顶毡帽，下巴长着白色的胡须，看上去活像个阿米什人，脖子上围着一条红色的扎染印花大手帕，身上披着一件挂肩工作装。罩衫下面露出好几条裤子，或许是西装裤。原来他就是这样保暖和保持衣服干净的啊！于是，我想起了自己过去在外旅行的日子，人们总说：“对，到萨克去过冬。”

① 第三纪砾石（tertiary gravel）：距今六千五百万年前到一百八十万年前地质时期的岩石。——译者注

我坐上了去奥克兰的汽车。在伯克利的卢卡斯图书公司大楼的墙上有一幅壁画，画中展现的是上加利福尼亚州境内从西北海岸到莫哈韦沙漠的一个截图。我往回走，穿过停车场来一睹它的全貌——海狮、郊狼、红尾鹰、三齿叶灌木丛。这时，我发现画的一角有一个人正在补画，便过去跟他交谈。他叫卢·席尔瓦，是这幅画的作者。他正在为这幅画添上一只老鼠，他说他时不时会回来在画上添些小动物。

圣胡安岭位于尤巴河中部和南部的交汇处，其行政管辖权隶属于内华达县。自从二十世纪六十年代后期以来，不断有人来此定居。内华达山周边各县分界线杂乱无章：它们相互重叠，排成一列在山顶交汇，冬天通往两边的道路通常都被大雪封锁。我们可用一条明显的界线，把内华达山脉东部、内华达县东部以及普莱瑟县东部各县划到一起，重新界定为一个新的“特拉基河县”，首府就设在特拉基。普莱瑟县西部与位于尤巴河南分叉处南边的内华达西部各县将会形成一个新的县。这样，西内华达山县加上尤巴河县的一部分以及内华达县的北部将在尤巴河三个交叉处形成分水岭。我用昔日居住于此的土著居民的名字将它命名为“尼士南县”。这些原著居民大多都被当年的淘金者们杀害或是驱逐了。

这里的人们之所以居住在山脊，是因为山谷里岩石嶙峋、灌木丛生、崎岖不平。在内华达山脉，并非其谷底，而是其峡谷间的一条开阔平缓的山脊，造就了一处绝佳的人类栖息地。

棕色语法

歌舞依旧

一九四三年夏天，一个星期六的黄昏，我站在木质结构的社区大厅门外。这一刚落成的住房建筑项目位于俄勒冈州波特兰市的圣琼斯森林地区。大厅像一只巨大的水母，跳动着、闪耀着、呼啸着，原来这里正在举行一场舞会。住在圣琼斯森林地区的人，大多在造船厂工作，也有一些是回家休假的军人，还有许多十几岁的中学生。他们大多数是从中西部或南部来的。我来自更遥远的北方，靠近普吉特海湾北部（上部），以前从未听人提起过南部的事情。我先是在大厅周围转悠，最后才鼓足勇气走进大厅，聆听现场的乐队演奏摇摆舞和吉特巴舞音乐。期间，他们还演奏了一首安德鲁斯姐妹组合表演的歌曲《喝着朗姆酒和可口可乐》。就在那时，来自圣琼斯中学的一个女孩看到了我，（不知出于什么原因）硬是将坐在地板上的我拉起来和她一块跳舞。当时我个子小，才十三岁，还是个刚上中学的新生，而她已是一个成熟的女孩，身材高大，性格温和。

我没什么社会经验，在社交上也缺乏自信，平时的消遣就是沿着哥伦比亚河看看沼泽地中迁徙的水鸟，或者缝缝鹿皮鞋。这场战争及其带来的新工作使得我家搬离农场，来到了城市。跳舞时，我先是感到兴奋，后来就惊恐不安了。我绕着这位仅有一面之交的女孩跳舞，她个子比我高，我能感受到她丰满的乳房贴着我的肋骨。我把手放在她那宽大的背部下端的三角区，我从未触摸过这样的部位。而且，我也闻到了她体内散发出的芳香味。性的直觉，女人的气质，异性之间身体的差别，这一切使得我不能自已。我以前从未跳过舞，也没有搂过女人，我几乎喘不过气来。她只是非常有耐心地引导我在舞池中移动、旋转、摆动。当我喘过气缓过神来时，我明白我此刻是在跳舞。当时我非常开心，知道自己能跳得好。这是“我们的时代，我们的舞蹈，我们的歌声”。后来，我没再和她跳。她很快就去和一个比她年纪大的男孩跳舞了。这个女人给了我接近舞蹈的机会，因而，我非常幸运地克服了在一个热情的成熟女士面前会出现的那种恐惧和战栗。我已经进入了成人的世界，进入了成人的阶段。

每一场舞蹈及其音乐都属于某一个时期和某一个地方。舞蹈可能来自别处，或来自另一个时期，但绝不会停留在过去。当这些文化的小小花朵逝去时，它们就成为民族的或怀旧的东西，但绝不会非常完整地再次呈现和显示出它们最初的联系与意义。

玉米、大米、驯鹿、甘薯，这些东西都带有地域和文化的特征。植物显示出当地的土壤和降雨量的情况，而食物来源则可反映出社会及其生产安排。另一种标志性的东西就是当地的“歌舞”。歌手、乐师、说书人、面具艺人和舞者聚集在一起成为日常生活中的炫美之景。不仅人类翩翩起舞，而且连乌鸦、鹿、母牛和暴风雨也纷纷登场表演。因为有了舞蹈，人类与非人类能尽情展示，互显风采，同时，人类与非人类也能对栖居的大地尽显风姿。这个地方自给自足。艺术和经济两者皆可交换，互惠互利，尤其舞蹈表演已成为一种正当的交易形式，可换取水果、粮食或猎物。而且，这样的交易还能帮助我们克服吝啬与傲慢的禀性。

每一种传统文化都有着自己的舞蹈。那些学习舞蹈的年轻人表现出无与伦比的永恒魅力和力量。他们必须学会打节拍，记歌曲，分辨某些植物，观测季节变化，理解动物的表情动作，并且弯着腰像猎鹰一样及时地移动。这样，他们就在其文化孕育下成长为文化的传承者。瑜伽这种舞蹈可能是自我实现的一种途径（正如伟大的婆罗多舞[①]表演者和指导老师巴拉撒拉花堤说的那样）。

但是，这只是舞蹈的精神层面。舞蹈的中心或主要部分则是尘世神圣感的永恒化身，并且舞蹈会将其传承下去。事实上，当今很多民族并非完全拥有自己的歌舞。现在的音乐太趋于商品化，变化太多，无法感染我们，以至于我们都不太清楚我们家乡的音乐是什么。在日本，男人们晚上一起喝酒时，有时会开始轮流唱自己家乡的歌谣。然而，如果从一群美国人中邀请一位来唱歌，他却很难确定该唱什么。（我过去常常唱普吉特海湾最典型的民谣《数不清的蛤蜊》。）

① 婆罗多舞（Bharat Natyam）：最具代表的印度四大古典舞蹈之一，由情绪（*Bhava*）、音乐（*Raga*）、节拍（*Tala*）、动作（*Natyam*）组合而成的南印度泰米尔纳德邦的传统舞蹈艺术。传说仙人婆罗多为祖师。——译者注

显然，舞蹈正因为有这种文化和宗教的含义，所以常常遭到一些人的攻击，如为帝国主义列强服务的行政官员，（基督教）原教旨主义传教士，或（伊斯兰教）阿亚图拉教士[①]。十九世纪末期，传教士进入了伊努皮克“爱斯基摩人”的领地，该领地濒临白令海和（北冰洋）楚克奇海的阿拉斯加海岸以及阿拉斯加的北部海岸。他们要禁止的第一件事就是跳舞。今天，当地人仍然在打猎、捕鱼、缝制爱斯基摩皮靴、用桦树皮做容器，但却没有舞蹈。在白令海沿岸稍远点的南部是尤皮克“爱斯基摩人”的领地。在有些尤皮克人的村落中，俄国东正教派遣的传教士负责传教，他们并没有禁止舞蹈。于是，舞蹈复兴一直在这些村落里蓬勃开展。这是一场生机勃勃的文化复兴，它使人们远离电视，回到社区大厅里去排练和表演舞蹈。

在夏威夷，本土文化的政治复兴有两个非常明显的文化焦点：一是恢复芋头传统种植技术，一是恢复古老的或“卡希科”（*kahiku*）草裙舞。在名为“哈劳”（*halau*，夏威夷语）的学校里，教授草裙舞的老师接受来自不同种族的学生，但他们坚持要求学生应该掌握夏威夷语舞蹈专门词汇。学生还必须用夏威夷语记住口诵史诗，会制作自己的服装，学会如何祭供舞蹈之神拉卡（*Laka*）。正是这种对多元文化的开放态度，才使得新来夏威夷群岛的人能够融入到夏威夷的传统文化意识中。

婆罗多舞是南印度的一种舞蹈，融合了诸多元素，它将古老的民

① 阿亚图拉（Ayatollah）：指伊斯兰教什叶派中高级的宗教权威，被追随者视为同一年龄层中最博学的人。——译者注

间传说、宫廷赞助、源于北方的宗教虔诚、专业的寺庙祭祀舞蹈表演以及二十世纪的文化复兴融为一体。传统的婆罗多舞有着非同寻常的高标准，光是音乐就需终生学习；同时，还要研习手势与表情的分类和特点，而击鼓伴奏则是这种舞蹈的特色。伴随着某种舞蹈，吟诵源自神话的叙事诗，的确能再现一个广阔永恒的宇宙。一九六二年三月，我在印度的斋浦尔市第一次观看巴拉撒拉花堤女士演出的婆罗多舞，当时我对这些全然不知。演出时，正刮着大风；马戏团帐篷在风中摇晃着，我们就在帐篷内席地而坐。接着，开始下起倾盆大雨，有一半的观众走了，而表演仍在继续。我看着巴拉撒拉花堤表演着、舞动着，只见克利须那神的母亲正试图从他那张婴儿的小嘴里除去乳牙上的泥土，她往他嘴里看，看到的并不是泥土，而是深邃的宇宙，繁星点点。伴着音乐，怀着对神的敬畏，她挺直身子，退了回去（这是克利须那神对他妈妈搞的恶作剧）。面对这一场景，我顿觉毛骨悚然。

我跟着巴拉撒拉花堤到孟买，再次观看她的表演。这一次，我应邀到一幢公寓参加一场私人的午夜音乐会。我问巴拉撒拉花堤："当你跳舞跳到能看到克利须那神的嘴巴时，你真的看到了星星吗？"她略带嘲讽地笑了，说道："当然没有。我必须从泥土开始，它一定会变成星星的。有时，我所看到的只是泥土，那么舞蹈就失败了。但那天晚上，我看到的是星星。"

十年后重返北美西海岸，我们发现巴拉撒拉花堤，又名"小萨拉斯瓦蒂"（萨拉斯瓦蒂女神是梵天的妻子，也是诗歌、音乐和知识的守护神），将会在（美国加州）伯克利市授课。我们联系到她，了解到很多关于她的经外传说。根据英国法律，婆罗多舞实质上是非法的，因为一些舞女充当了神庙妓女，即“神奴”（Servants of the God）。有些年轻女人在孩童时期就被送到印度教寺庙学习舞蹈。她们的主要职责是每天在寺庙神殿内表演祭祀舞蹈。祀奉湿婆神时，偶尔需要与十分富有的寺庙赞助人发生性关系。据说，在她们不再为寺庙服务后，她们的婚姻都很美满。新的法律完全禁止女人在印度教寺庙里跳舞。

巴拉撒拉花堤以及她的同道中人力图恢复婆罗多舞在印度社会中的尊贵地位。有些印度南部的保守派成为了清教徒，他们对其中的色情成分感到不安，而巴拉撒拉花堤则为婆罗多舞辩护，并净化其中的色情成分，使舞蹈变得圣洁。她是一名舞蹈瑜伽修行者，很早就开始了舞蹈生涯。作为一名十七岁就开始跳舞的表演者，她度过了多年的暗淡时光。她十分渴望能在提路坦尼寺庙里的湿婆面前跳舞。湿婆在南部被称作“穆卢干”（*Murugan*，战争之神）。她收买了寺庙的门卫，深夜进入寺内，在神殿里独自起舞。她说，那晚她把自己和自己的艺术（舞蹈）献给了湿婆，献给了世界。巴拉撒拉花堤先是在印度出了名，接着闻名欧美。她把自己的时来运转归结于那天夜晚在圣殿内跳了舞。

巴拉撒拉花堤的全部剧目来自于民间舞蹈，从宇宙神话到乡村生活，构成了一个完整的循环。在印度南部，青少年负责驱赶鹦鹉，不让它们吃掉正在成熟的庄稼。人们把追赶鸟雀的活儿看作是情人幽会的好机会。伴着一首古老的泰卢固民歌合唱曲，舞蹈者吟唱着，在园地里来来回回跨步，挥动棍棒，惊起了成群的鸟儿。庄稼、土地、鹦鹉、劳动、舞蹈和年轻的恋人都聚集于此。印度南部本土文化中的许多细节都被浓缩在这一场小小的表演中。

库范缪特和人性

在阿拉斯加州费尔班克斯镇，有一家西夫韦公司的零售商店。这个商店，无论冬夏，全天二十四小时营业。事实上，阿拉斯加商店里的所有食品都是空运过来的。四月的第二个星期，我们凌晨两点开始购物，买了菠萝、芒果、花椰菜和猕猴桃作为礼物送给朋友，他们住在申纳克和科伯克的伊努皮克人的村庄里。第二天清晨，我和史蒂夫·格鲁比什一起帮助汤姆·乔治给他的塞斯纳一八二型飞机加了油，接着飞机退了出来，滑过土路，抵达机场跑道。跑道正好位于他在西娜·玛丽娜机场[①]的住处对面。我们往北飞过育空河，然后朝西沿着布鲁克斯山脉的南部边缘和科伯克河流域的盆地飞行。科伯克河最后流入楚克齐海。当时，那里到处都被冰雪覆盖着。我看过报道，知道在（阿拉斯加）“葱港”（Onion Portage）发现了考古遗址。于是，我们这位经验丰富的飞行员顺着河流多飞了二十英里，然后转向飞过科伯克河一个巨大的U形河湾。当飞机倾斜时，我直往下看，结果看到了这个有着一万五千年历史的营地和住宅的基址。当时这里可能居住过人，他们是跨过西伯利亚那边的一座陆桥[②]到达这里的。科伯克河谷从未被冰川的雪覆盖过。这里有前更新世时期出现的蒿属植物“北极蒿”（*Artemisia borealis*）和豆科植物“疯草”（*Oxytropus kobukensis*）。这些植物只能在科伯克生长，在别的地方无法生存。

飞机转而沿着上游往回飞，从一只孤独的驼鹿上方飞过。我们在科伯克的积雪地带以飞机轮子着陆，而不是用滑行装置着陆。我在那

① 西娜·玛丽娜机场（Chena Marina）：位于美国阿拉斯加州费尔班克斯镇。原文误将 Chena Marina 拼写成 China Marina。——译者注

② 陆桥（land bridge）：指连接两块大陆板块的狭长陆地；地峡。——译者注

里拜访了学校的老师以及土著的首领，与他们交流了一些意见，并了解了西方神话、民间故事、诗歌和哲学这些因素对他们村落里正在成长的年轻一代可能产生的影响。此前，我和史蒂夫·格鲁比什曾探究过这些问题。他在阿拉斯加大学进行一项跨文化方向的研究项目，他与科伯克河流域的人们也有些老交情。大约二十年前，他乘着一艘长木筏顺流而下，木筏被急流冲垮。经过几周的努力拼搏，他抵达了科伯克村，在那里受到了友善慷慨的款待：美味的食物、暖和的衣裳、舒适的休憩之所。史蒂夫也是汉斯和邦尼·伯尼斯的朋友，他们在科伯克教书，将为我们安排食宿。住的地方离村庄只有几百码距离。一辆雪地车拉着装满邮件的雪橇陪伴在我们身边。太阳鲜红鲜红的，小孩黄色的衣服晾在晒衣绳上，冻得硬邦邦的。拴着绳子的雪橇犬在欢快地喧闹着，几个小孩往回走，结束了课间在户外的玩耍，正在爬上教室外的阶梯。教室是由金属板组装而成的，学校的温度表显示气温已经降至零下十度。码头上方是组装式的教室，从那里可以看到更远的景色，而不再是眼前低矮的木屋。这些木屋边紧挨着装在木架上的肉类贮藏箱，木柴燃烧的烟从家家户户的烟囱里袅袅升起。

要抵达像科伯克河上游这么偏远的地方，冬天只能靠坐飞机和狗拉雪橇，而短暂的夏天只能靠来自上游的船只。附近有一个矿山，这个地方叫作“博尼特”（*Bornite*，“斑铜矿”之意），据说储藏着世界上最丰富的铜矿。这里进行过铁路和公路勘测，企业对勘测工作所需后勤准备的研究已经有好多年了。但是科伯克人民，即伊努皮克人中的“库范缪特人”（*Kuuvangmiut*），在很大程度上仍然从事着自给自足的经济活动。很多人得到了政府的资助，但他们都是以捕鱼和猎鹿为生，捕到的鱼有大马哈鱼、白鲑、黑鱼、茴鱼、北鲑，而猎鹿则是为了满足最基本的生活需求。在允许捕猎的季节，猎鹿是件很容易的事情，只需沿线布下陷阱就行了。秋天，每个人都能采摘到很多的蓝莓——他们有许多方法用来采摘、腌制和贮藏蓝莓（*asriaviich*：伊努皮克语，蓝莓）。

铜矿开采将给当地人民的经济和社会生活带来巨大变化，这一点他们十分清楚。因此，我和汉斯、邦尼、史蒂夫就什么样的学校教育才实用这一问题讨论了很长一段时间。汉斯和邦尼在当地已经生活了多年，汉斯有自己的雪橇和团队，他们非常尊重，也非常关心库范缪特邻居和雇员。

当然，我们是作为局外人在这里发言。我们都认同，重新制定学校的教学安排也许是明智的。这样，学生就能在一年中最关键的时候放假，以便从父母和长者那里学会生存的技能。这可以使他们在进入二十一世纪时仍然能保持一种可持续的、相对自治的经济。我与村民交谈时，发现他们的意见存在分歧。有些人想要使传统的技艺传承下去，另一些人却认为传统的东西都过时了，他们孩子所受到的教育，无论是在阿拉斯加还是在洛杉矶，应该同样有用。当然，“传统技艺”不是简单地继续使用原初形态的技术，现代的工具和机械也非常实用，它们服务于整个北部的土著人，帮助他们过上舒适的生活。在北极的极地地区，现代化的自给自足经济完全是切实可行的。但是，还有一种很大的可能性，对商品的喜好和欲望，对金钱的追求，会诱使下一代选择从事与矿业经济相关的职业来挣钱。

那么，这些孩子应该做好去当矿业工程师的准备吗？企业会带着自己的专家到这里来。他们是否该做好从事重型设备操作的打算吗？或者应该去做电脑操作员吗？远北地区所有的学校都有电脑和摄像机。与洛杉矶的学校相比，阿拉斯加西北部的学校也许讲授了更多的电脑知识。即使如此，世界上任何一所学校都不能保证教给一个孩子的知识在二十年后仍会有用。世界变化如此之快，也许，除了驯鹿的迁移和浆果的成熟这些特例之外。

近年来，阿拉斯加西北部的土著人专心于阐明自己的价值体系。这一努力被称为“伊努皮克精神运动”，即伊努皮克精神的复苏。在科伯克学校教室的墙上贴着海报大小的题为“伊努皮克价值观”的公告：

幽默

共享

谦卑

努力工作

关注心灵

乐于合作

重视家庭

避免冲突

猎人荣耀

家庭技能

热爱孩子

尊重自然

尊重他人

尊重长者

肩负部落责任

掌握本土语言

了解家族谱系

这些既温馨又切实可行的价值观充满了“祖母的智慧”，一直是伊努皮克人最基本的价值观。假如在某些方面做一点变通的话，这些价值观就能普遍适用了。或许，这些价值观的欠缺之处在于，并未清晰地指出究竟哪些价值观可适用于处理那些难以融洽或怪异生疏的邻里关系。当然，这里所考虑的只是伊努皮克家族内部的情况，并不涉及如何与外来人相处。

今天的人们受到来自“祖母的智慧”所遗留下来的信条与为中央集权和等级制度服务的法规的双重影响（在我看来，这其中就包括了基督教十诫中的几条和佛教十大戒律的前五条）。孩子们在成长中常接受相互矛盾的教育：一种是追求属于你的东西，另一种则是物质上的追求要有节制。教师在上课时，必须遵循政教分离的原则，只能坚持中立的态度和源于“大学”教育的自由人文主义思想。这种思维方式（对西方而言）源自希腊人通过检验那些与经验相对的传说和理论，力图从语言文字本身来探寻神话真实性的尝试。早期的哲学家让人认识到推论能力的重要性和物质客观实在的可能性。哲学家在讨论问题时，必须将两手放在桌子上，但对于是否服药、吃特殊的食物或以超乎寻常的方式（除了明智的反思外）来进行辩论是不作要求的。可在某些情况下，我想说，这还是必要的匡正之法。因此，要达到一种思维上的清晰，并不一定要摒弃神话。要使神话继续存在，就需要真实地理解隐喻和仪式的奥秘以及对故事的需求。神话的寓言化和理性化会毁掉神话，而这一幕后来在希腊历史中确实发生了。

直到公元五世纪，希腊人还未能对凡事持批判的态度。对神话与戏剧的探讨，团体间的讨论和知识界的辩论实际上是很普遍的现象。希腊人所做的一切确实使他们的精神生活具体化了，且令他们身心愉悦、思辨明晰、思想一致，并能坦然地从中享受到乐趣。他们把这种积极明晰的理性态度视为普遍而实用的，能加强和改善其履行社会公民应尽义务的能力。在这个社会中，清晰明了、有说服力的论辩是非常有价值的。互惠的友谊和学校教育有助于他们坚定继续学习的态度，而这种学习的成果最终会转化为文本和档案文献。但是，实用的分析能力并不一定需要形式上的论辩术。早期的陶器和陶器窑，早期的冶金术，设计精美的爱斯基摩人使用的皮艇和皮筏，以及美拉尼西亚人的航海术，都是人们经过精确而实用的思考后的最终产物。

那些成竹在胸的人争辩道：人文主义态度缺少道德决断。与此同时，总有些人认为，判断必须经过艰难的抉择。在印度的思想体系中，人们认为世界是由许多观点构成的集合，如印度教的“功德”（*darshan*）观。对于那些虔诚的信徒，他们会确定不疑地感觉到每一种观点存在的完整性和圆融性。一种佛教体系坚守“空性”（no particular view）观，并遵循一种超然的客观性。即便如此，这一思想学派——中观学派①仍然不

① 中观学派（Madhyamika）：大乘佛教传统的重要学派，其名为“中间”，取其介于说一切有部学派的唯实论和瑜伽行派的唯识论之间之意。该派最著名的思想家是龙树。——译者注

背离曾受训的第一条诫律，不杀生。（这一教义在伊努皮克人的信条中隐含在“谦卑、合作、共享和尊重自然”的名义之下。）在哲学家那里，贪和嗔毫无位置可言，根本不可能得到支持或赞许。显然，人文主义者也未必就是不可知论者。苏格拉底最后的举动就是提到他应实现其曾允诺供奉灵界的祭品：“我欠阿斯克勒庇俄斯一只公鸡。”[①]这位哲学家或许厌恶神秘化，但他愿意尊重神秘。

四月的北极地区，白天已经相当漫长。晚上十一点，会谈快要结束时，天色还是黄昏的样子，太阳刚从北地平线落下。第二天早上，我和斯蒂夫借来机动雪橇，开着雪橇越过雪堆和冻结的雪面，穿过白云杉的苔原和泥岩沼泽地带，朝着通往伯尼特方向的山脉和矿区驶去。前面有一条地势较低的通道，越过这条通道，我们来到了一家已经关闭的老铜矿的木井架和工棚旁边。电缆、绳线和链条吊挂在木板墙的铁钉上，史奇瓦特卡山脉盘亘向北，沉浸在一片冰晶霾之中。我们先是绕着被雪覆盖的矿区房子走，然后返回，沿着机动雪橇在雪地里留下的痕迹，边走边眺望宽阔的盆地和冻结的树林。亚北极针叶林地带里，有白云杉、黑云杉、无树沼泽、柳树和桦树散布其间。我们当中有一个人说，再过两个多星期，（北极）绒鸭就会回来了。

二十年前，史蒂夫·格鲁比什一瘸一拐地走到科伯克，累得半死。当时，邮政局长盖伊·莫耶斯收留了他，两人成了好朋友。我们一路

① 这是苏格拉底被判死刑，服毒将死前留下的一句名言：I own a cock to Asclepius。按照希腊人的习俗，疾病痊愈后，人们要向医神阿斯克勒庇俄斯献祭。苏格拉底借用给医神献祭的方式旨在告诉人们：人生就是一场疾病，死了，病自然痊愈；因此，他不是正在进入死亡，而是正在进入生命，一种更加丰富的生命。——译者注

走去拜访盖伊，他已经有八十多岁了，但现在仍然是邮政局长。其实邮政局就设在他家小房子的前厅，屋里铺着油毡地板，摆着新的烧柴铁制多眼炉灶，一张装有架子的办公桌，以及一台用于称邮件重量的磅秤。一个长着东方人眼睛的黑发婴儿躺在富有弹性的幼儿秋千里，秋千悬挂在炉灶旁边，不停地晃动着。“这是我的孙女。”他说道。随后，一个十几岁的小姑娘在我们后面走了进来，她刚放学回家。他介绍说这是万达，他的另外一个孙女。万达走进用毯子做屏风的小房间里，开始听音乐磁带。从热带地区到格陵兰岛的年轻人都听这种音乐。盖伊的妻子正跪在炉灶旁的地板上干活。她正用一把刮刀从一块兽皮上刮肉，刮刀是用磨尖的钢管做的，她笑着介绍说自己是信徒。只见屋里一堵墙上靠着一排架子，上面放着一些缝制的、可弯曲折叠的桦皮篮子。这些篮子是当地的一种手工艺品。

盖伊只是模模糊糊地记起史蒂夫，但这并没有影响到我们在喝咖啡时的谈话速度。盖伊说他来到这里纯属偶然。五十年前他从飞机上下来，来到了一个湖边，这个湖本不是他要去的湖。他好不容易到达科伯克，从那时起他就住在这里。墙壁上挂着他和妻子的照片，当时他们刚结婚。从照片上看，他的妻子是一位年轻的伊努皮克女人，骨骼粗壮，体形匀称，脸上带着美丽的微笑；盖伊是一名英俊潇洒的小伙子，连头发也帅气。“七十二年前，我出生在这里。”他妻子说，“我一直待在这里”。

假设我在科伯克或申纳克当老师，我想我必须讲授正开始对他们产生影响的这种文明的文化和历史。或许，我们会读一些莎士比亚的作品，一些荷马的著作，一段柏拉图的对话（他们已经熟谙新教的教义）。我得说，“这是他们几个世纪以来所看重的价值观”。他们会亲眼看到附近铜矿开采的情况。商人和工程师日复一日的工作程序与工作态度几乎无法反映出他们该有的西方文化。置身于这种矛盾中，就好比是靠吸食小剂量的毒药，使人在一个复杂的多元性社会里生存下去。希腊历史中记载能说会道的朋友之间常常会在晚餐后展开一场长时间的辩论，他们会对这种辩论保持一丝的敬意吗？还会记得他们自己有关神兽与人类的男男女女发生这样那样关系的传说吗？教师不应该揭露掩盖在艺术和哲学面纱之后的世袭王朝的贪婪和腐败吗？坐在阿拉斯加的一间间小木屋里的谈话使我明白了一些事情，这就是我那生活在加州圣胡安岭的儿子们与邻居的儿女们所面临的问题。看来好像除了数学、语言学、神话，所有的一切都会过时。

美国社会（像其他社会一样）有着自己毋庸置疑的假设。它仍坚持一种在很大程度上未经置疑的信念，想象社会是不断向前发展的，坚持认为可能存在着纯粹科学的客观性。从最根本上来说，这种假设是基于错觉而形成的，它认定我们每一个人都是一类“孤独的认知者”，也就是说，我们不了解地方背景知识，单纯地只是无根无源的知识收集者；意识中只有“自我”和“世界”。这种假设没有真正地认识到，我们记忆中的爷爷奶奶、地方、文法知识、宠物、朋友、恋人、孩子、工具、诗词和歌曲，其实是与我们的所思所想联系在一起的。这样一种孤独的心灵，假若存在，那将会是一个抽象无趣的囚犯。没有环境，就不会有道路；没有道路，就不会有自由。这就是为什么住在科策布盆地的这些爱斯基摩孩子的父母们会在他们的学校里贴上“伊努皮克价值观”的公告。

再想想那些可怜的文人学士。当教会、国家和各行业中那些充满活力的当权者操控了整个局势时，哲学家和作家之类的文人难道总是只能去充当毫无益处的旁观者吗？在较短的时期里，这是事实。假若用百年和千年来衡量的话，我们就可以看到哲学作为解释和批评的工具总是与神话交织在一起，可以看到一个民族所信仰的原初神话以非常缓慢的冰川速度在发生演变，而这种演变几乎是不可逆转的。深层的神话在某一方面发生变化，如同语言流漂移遵循的轨迹顺序一样：任何特定时期的社会力量都会暂时地控制和影响语言的用法，正如法国研究院试图阻止法国人使用英语外来词一样。但是，语言最终会回到连它们自己也无法解释的发展方向。

从较大的范围来概述世界哲学，就会看到同样的情况。正因为牛顿和笛卡尔所做出的贡献，我们（旁观者）才可以如此轻易地站在西方哲学这块冰川的侧碛[①]上。此时复活的女神盖娅冰川正从我们遥远的异教的过去走来，款款而下又一山谷。还有一只冰臂正从另一个角度滑落下来：佛教直接冥思的主张，它强调在空无世界中的怜悯和感悟。有一天它们可能会全部聚集到一起，但也可能（像喀喇昆仑山脉宏伟的巴尔托洛冰川一样）在（其漂移的）每一个地方留下条纹印迹，显明它们各自的发源地。一些历史学家总是说，所谓“思想家”，其观点其实落后于人们所信仰的观念和神话。我想，他们也落后于玉米、驯鹿、南瓜、甘薯、稻谷，还有人们的歌谣。[②]

① 冰碛（glacier moraine）：指冰川搬运或沉积的岩屑堆积体。根据冰川沉积的方式，冰碛分为不同类型，其中包括冰川边缘的侧碛和前缘终碛。这里用的是一个隐喻，即以冰川侧碛比喻世界上一些颠覆性的或是被世人忽略的哲学思想体系，如笛卡尔和牛顿提出的对西方哲学极具颠覆性的思想，即“我思故我在”（Cogito ergo sum）和万有引力定律，以及被世人忽略的以女神盖娅为代表的神话故事和佛教思想。它们的重新发掘就如世界哲学这块大冰川移动时撂下的侧碛。这些思想体系有可能聚集到一起，也有可能在其漂移过的地方留下条纹印迹，供世人追溯其来源。——译者注

② 斯奈德认为，以此为生的人们对大自然的了解是优于这些思想家的观点的。——译者注

忠于某一特定的冰川（哲学或思想流派）没什么不妥，但明智的做法是去调查整个水循环情况。如果明白冰川非常移，而青山却常行的道理，那就非同寻常，更为出色了。

确实，我的爷爷奶奶没有在入睡前围着篝火给我讲过故事。但他们的房里有一个燃油灶和一个小图书馆。（我的爷爷曾跟我说："读点马克思的书！"）文明人需要读书。几个世纪以来，"图书馆"和"大学"都是我们的知识库。在这庞大而又古老的西方文化中，智慧的长者都是书本。书本就是我们的祖辈！这一有趣的念头进入我的脑海时，我正乘着约翰·库珀的狗拉雪橇从科伯克出发，沿着科伯克河冰面、河岸和绝壁，抄近路通过陆上运输路线，驶向申纳克。我的鼻子、脚趾和手指都冻僵了。绑在雪橇上使之呈弯曲状的生牛皮带，发出了吱吱的响声；狗跑起来节奏不一的脚步声，就像演奏甘美兰乐器时所产生的那种急速拍打声，这之上还有一路的沙沙雪声。狗儿喘着气，神情愉悦，目光炯炯，呼吸时鼻孔里还冒着热气。这些狼狗拉着我们不停地向前滑行，欢快且充满了活力，成群结队地跑啊，跑啊。

这幅光景让图书馆显得更加有趣了。它就是我们的长者：睿智有用、要求严格、为人友好，可随时造访。这让我想起了巴托洛梅·德拉斯·卡萨斯、巴鲁克·斯宾诺莎和亨利·大卫·梭罗。我一直喜欢图书馆，里面不但暖和，关门还晚。

到达申纳克，跨过河上的冰层，我们受到一群男孩的欢迎。当看到约翰的这群雪橇犬时，他们大声地呼唤着每一只雪橇犬的名字。这群雪橇犬在前年参加了艾迪塔罗德狗拉雪橇比赛[①]，已成为当地人心目中的英雄。汉斯和邦尼·伯尼斯乘着由另一组雪橇犬拉着的雪橇紧随我们而来。我们解开套在狗身上的缰绳，将它们关进小狗舍里。然后，找到一只五十五加仑的油桶作锅子，用云杉树枝作柴火煮沸冰冻的白鲑，做了一锅炖鱼。（这时我想起自己曾经看过夏威夷人烧煮一桶一桶的芋头拿来喂猪。）我在每条狗的金属碗里放了一团炖鱼肉，边喂狗边哼吟着禅宗大殿进餐时的施食偈。我就是侍者，这感觉就好像是回到了美国加州的家中，让我想起在舍利禅堂里进餐时的情形：

炖鱼十佳法
有助雪橇犬
好运无极限
欢乐至永恒！

在一阵既甜美又哀伤的杂乱无章的合唱声中，雪橇犬也伴着这首偈颂一起哼吟起来。

我们走过去拜见了接待我们的两位老师——鲍勃和科拉·麦克奎尔。他们的小屋位于峭壁之下，冻结的科伯克河岸边。虽然温度肯定是在零度左右，麦克奎尔的两个女孩，詹妮弗和艾琳娜却还在淡淡的阳光下玩耍。

① 阿拉斯加的“艾迪塔罗德雪橇比赛”（*Iditarod*）是人类及动物对抗大自然的终极测试，被称为“世上最后的伟大竞赛”，参赛队伍由十二至十六只狗拉雪橇队组成，负责驾驭雪橇的人叫作“驾驭者”（musher）。比赛于每年三月的第一个星期六开跑，赛程起自南部的安克拉治，终达西部临白令海的诺姆。——译者注

房间里，烧油的多眼炉灶火开得很小，烧柴的炉一直燃着火。我们穿着较长的内衣，又在毛衣上套着比目鱼式的羊绒衬衫，所以，每个人待在那里都觉得很暖和。装满红色塑料桶的水是从学校所在的山上挑下来的。水存放在厨房里，所以才没有冻结。喝咖啡时，大家聊了起来。鲍勃有多年的教学经验，不久以前，他离开了北部，花了一年时间去研究世界各地偏远地区的学校教育。科拉也是一名老师，她是阿萨巴斯卡人。鲍勃和科拉是在大学期间认识的。

“如果我们真的尝试讲授西方文明的价值观，我们就只是在灌输这样的思想观念：个人主义、人类的独特性、人类的特殊尊严、人类的无限潜能以及取得成功时的荣耀。”我这样说道，希望给出另一种观点。这最终不成了输油管式的哲学吗？（“犹太人的灵性——希腊人的自恋——基督教的统治”，道格·皮科克这位研究灰熊的学者如是描述。）在经历新教教义的革新、资本主义的传播以及对世界的征服后，也许这仍然是西方文化所追寻的。

但这不是希腊学识回归历史的方式。从十五至十六世纪意大利人活跃的思想来看，希腊原文的寓意是要人类自由思索、想象丰富、体魄健壮、勇敢无畏、外表英俊。“异教徒的”、“诗意的（狂放无羁的）”，这些说法也许并没有达到人类自我膨胀的地步（除了在教会的眼中），而只是对世俗文化及人类作为自然界的自然生物的重新认识。无论如何，怀着痴迷的热情对古代进行深入的研究，就像西方思想家几个世纪以来所从事的研究一样，都类似于给传统长者当学徒。文艺复兴给欧洲中产阶级乏味的拉丁文、语言文字和文化课程注入了新的活力。然而，独特的个性和潜在的价值所具有的魅力却迷失在专制主义的体制和自以为是的心态之中。

对教孩子的老师来说——无论是本地人还是白人——且不论所教的知识来自何种文化，他们都希望有机会教点历史、哲学和文学。我在北部遇到的乡村老师，都乐意安排部落的长老来上课，大力支持讲授传统文化。有些村落的头儿们说，他们已经意识到我们都同在一艘西方文化的船上。这艘船载着间歇式前进的资本主义和运作不畅的社会主义，还有他们自己破旧的遗产——伟大的旧石器时代以来捕获猎物及采集浆果时所表现出的那种尊严感。

欧洲的人道主义者大概并不真的站在有权势的精英一边。表面上，他们是为城市里的权贵服务，但他们的“计划”，无论其是否了解清楚，实际上都是为了维护本地的利益。为了弄明白这些，我们必须避免目光短浅或固执己见，因为村落的价值观是绝对有悖于企业、大都市、商人、宗教集权机构或其他类似机构的特殊利益的。作为特定的地区，由于其所处的位置，都会有某种偏见。但是，这种偏见怎么也不过分，因为它植根于自然界神圣不可侵犯的进程之中。

因此，哲学是基于地域的（思想）训练。哲学来自于人的身心，并在人们共有的体验中得到审视。（祖母的智慧是不会信任这些人的，因为他们在应该修补渔网或干别的活的时候，待在长屋①里闲聊得太久。他们深陷麻烦之中——很可能是为了创立国家。）我们整整兜了一个圈子，才确认有必要重视村里的长者，重视西方过去的智者，因为他们在图书馆这种有点脆弱的机构中很神奇地被保存了下来。

① 长屋（longhouse）：一种公共住宅，尤指易洛魁人的住宅，其典型特点表现为：住宅是用高架木桩和树干建成的，中间有一条走廊，两侧有各家的房间。——译者注

一天晚上，我在科伯克学校上诗歌阅读课。这是约翰·库珀第一次来听课，他驾着狗拉雪橇来听几首诗。这儿往南离他在安布勒河上的小屋有四十英里。讲课是由双声道广播传出来的。约翰和他的雪橇狗抵达时，几乎弄得天下所有的狗儿都叫了起来。二十世纪七十年代早期，我在科罗拉多州遇见过约翰，那时他正在学牧场管理，准备成为荒野的守护者。听众是当地的土著人和几位白人教师，他们之前从未听过大声朗读诗歌。那天晚上晚些时候，我们谈论起给舞蹈演员伴奏伴唱的鼓手，还讨论了他们扮演的这种角色与诗人的类似点。一对夫妇，是伊努皮克人，从村落外别的地方来到这里，听有评说古老神话的阅读课。他们说，我们的祖先，像古希腊人、印度人和美洲其他土著人一样，都在讲述同样的故事。我们都有自己的古典文化。

有些听众对于远东文明表示质疑，于是我借给一位善于思考的女负责人一本老子的《道德经》，她在本地文化和教会活动中非常活跃。两天后，在喝咖啡时，她把书还给我，说道："很古老。这本书确实有哲理，也很古老。我不知道中国文化那么悠远。"我问了她在教会工作的事，因为我知道她非常支持伊努皮克精神复兴运动。"参与一些国际化的活动也不错。"她说，"过去，我并不知道有关中国或印度的事情以及他们的思想。但是由于我在教会里工作，我到处都有朋友，我去西雅图时，就见到了不少人。"

一天清晨，我和史蒂夫离开了申纳克。我们乘坐两辆机动雪橇去简易机场，两只乌鸦围绕着一条在雪地上睡觉的狗跳来跳去。寒风往回刮到了老人山，甚至更远，刮到了山谷；山谷中的那条路是通向伯尼特的。前一天晚上，学校曾举行过一场篮球赛，这会儿村子里的姑娘们正在为外地球队送行。在安布勒航空公司的飞机旁，有两位姑娘抓住机翼，为她们刚结识的男朋友的离开而哭泣，几个年龄稍大的女孩责备她们太感情用事。在飞机上还有另一支球队飞往费尔班克斯参加比赛，都是女孩子——她们是“安布勒雌灰熊”队。只要阿拉斯加的油价不上涨，乡村航班就会满载他们的球迷去观看中学篮球比赛。

“普拉德霍湾，”约翰·库珀说，“夏季我常常在那里工作。在普拉德霍湾工作的人的作息时间是‘7–12’模式，即一周工作七天，每天工作十二个小时。见鬼！做的事与可卡因有关。”

自然的书写

评定人文学科学术水平的标准之一就是对文本的审议。文本就是储存多年的信息。岩石的地层，沼泽中花粉的分层，树干向外扩展的年轮，这些都可以看作文本。河流的印迹是文本，因为河流在地上来来往往地迂回，留下了以前河床的一层层痕迹。语言的历史一层一层积淀就变成了语言自身的文本。在《原始印欧语图谱》一书中，保罗·弗里德里希通过一组词检测印欧语系的义素，这些词在一万两千年中没有发生大的变化，它们是桦树、柳树、桤木、榆树、岑树、苹果树、山毛榉（*bher*，*wyt*，*alysos*，*ulmo*，*os*，*abul*，*bhago*）（弗里德里希，1970）。这些音节可称得上西方文明的种子——比亚（*bija*，种子，梵语）。

在中国古代，占卦的人把龟壳放到火焰上烧，直到龟壳开裂，然后根据裂开的图案进行占卦，感知天意。中国人认为书写是从临摹龟壳上的裂纹开始的。每一种书写方式都与自然的材料有关。现在的汉字带着小钩和直角的笔画产生于汉代，当时中国人开始从用铁笔在削好的竹简上刻字改为用兔毛笔蘸上松烟墨在吸水的桑树纤维纸上写字。中国汉字形态的构成完全是由笔尖从纸页上提起时转动的方式所决定的。提起一支毛笔、一把刻刀、一支钢笔或铁笔，就像准备去咬一口东西或是提起一只爪子。

轻型飞机像风筝一样，在风中摇晃。北极的春天白昼很长，人们无论是在白天还是晚上都可以驾机飞行。飞机穿过贝特尔斯南部，然后慢慢地降落到地面，继续在雪地里滑行。在费尔班克斯，我拜访了埃里克·格兰奎斯特，一位芬兰标本剥制师。我去看他一件已经完工了的早期野牛的标本，这头牛死于三万六千年前。当时，标本仍在大学的实验室里。这是一只短小结实，圆鼓鼓的动物，它的皮现在是浅蓝色的。埃里克早前的项目是剥制一头在盐层里发现的波兰长毛猛犸象。

埃里克向我演示如何解读这头更新世时期野牛的情况："野牛四腿支撑，突然垂直塌倒在地。因为野牛被杀死时，不会像驼鹿那样往一边倒下，而是直立倒下。野牛皮上的抓痕是狮子从后面袭击所造成的。那只狮子与现在的非洲狮差不多。你可以看到狮子的爪痕和尖牙痕。这些牙痕与现代狮子的牙齿大小一样。野牛的鼻子上还有伤痕，颌下和颈上都有爪痕，这说明另有一只狮子咬住了野牛的鼻子，并将其头按到地上。接下来，从野牛的皮被撕开的方式可知，狮子先从野牛的臀部咬起，沿着尾部到背部撕下牛板筋，然后丢掉。狮子并没有吃野牛的头和脖子，所以，野牛保持倒地的样子，只是牛皮正好沿背脊成线状撕开。狮子吃完之后不久，天气变冷，野牛的尸体就冻结了，下沉了。来年春天（野牛在斜坡的北边），斜坡顶部融化了的泥土像雪崩似的滑落下来，覆盖住冰冻的野牛。这头野牛仍然是四肢趴着，被埋入了永冻层，密封在无氧的环境中。它一直冻结在那里，直到几年前，才因水力采矿的缘故被冲刷出来。”

埃里克还告诉我，在他生日那天，也就是在标本制作完工的当天，他像接受圣餐似的吃到了一小片野牛肉，这肉已冰冻了几千年，现在被直升机空运至冷冻柜内保存着。这只野牛的躯体就像是从古老的手稿中竭力复原出的一首抒情诗，现在已在阿拉斯加大学博物馆里展出，在那儿它被称作“小宝宝”。

假若用时间来衡量，相比一具超越时代的野牛尸体，或沿育空平原蜿蜒流淌的河流所留下的痕迹，或古代北极地区与库范缪特人的传统联系在一起的大同主义，西方文化的历史是非常短暂的。欧美人文主义就是一群作家和学者的故事，他们沉浸在早期的历史和文学中，深受启迪，故而改变了观念。在关于人类处境的问题上，他们的作品提供了有益的文化见解，而非神学或生物学上的阐释。伯里克利时期的希腊人吸收了荷马的学识，这种学识可追溯到青铜器时代，甚至更远。罗马人通过向希腊学习，扩大了自己的视野。文艺复兴的探求者也加深了自己对希腊和罗马的认识。今天，一种新的后人文主义者，正在考察地球上具有文化多样性的少数民族，体验其生活，并开始欣赏“原始的东西”。他们发现史前史是一个不断扩大、丰富多彩的研究领域。我们隐约知道了人作为最终个体时其本质的深奥之处。大自然与自我以及文化是密不可分的。术语“posthumanism”（后人文主义）

中的“post”（后）是用以解释“human”（人类）一词的，旨在探讨万物生灵之间存在的生态关系。这并非要摈弃人文主义观点，因为“正确地研究人类”本身就意味着以人为本。然而，学校所教授的知识并没有充分显示我们是其他物种的亲族——我们应始终如一地认识到这一点。这样，我们才可以说是一群没有特权意识的独特“人类”。道元禅师说过：水是水的公案，人是人的公案。灰熊、鲸鱼、猕猴或黑鼠极其希望人类（尤其是欧裔美国人）能在彻底了解他们自己之后，再对熊类或鲸类进行研究。

人类了解自己，就会了解自然界其他生物。这就是佛教徒称为“达摩”（*Dharma*，佛法）的一部分。

母豹

“语法”这个词被研究语言的学者用来描述语言结构以及支配语言结构的规则系统。语法就像一个篮子，能够存放语言中各种能起作用的句子。在较早的时期，语言学家混淆了书面语与口头语。这从语法这个词本身就可以很明显地看出，希腊语 *gramma* 的意思是“字母”，词根 *gerebh* 或 *grebh* 意指“刻划”（因此有“切口、图表、雕刻”之意）。语法来源于 *gramma techne*，意思是“井然有序的刻划”。但非常清楚的是，语言（“口语”）首先存在于人际交往的言谈中，即话语中。语言不是雕琢之物，而是一丝气息，一缕松林中的微风。

“把自然当作书籍”这个隐喻不仅不准确，而且也是有害的。世界上充满了各种标记，但这并不是一个带有版本档案的固定文本。过于依赖书籍这一范式是与一种假设并肩同行的，这种假设认为在有文字记载的历史之前不存在很有价值的东西。书写体系确实被赋予了一定的优势。那些能写作的人认为自己比不能写作的人要优越，那些信仰圣经的人认为自己比信仰本地宗教的人要高贵，而无视内容如此丰富的神话和宗教礼仪。

我从费尔班克斯往南走，回到了安克雷奇市。一天晚上，我和罗恩·斯科隆去了先锋酒吧。我谈到了我们跨过科伯克河的旅行，而他则向我展示了最近在语言学领域取得的新进展。罗恩和苏珊妮·斯科隆都是专业的语言学家，已经研究阿萨巴斯卡语系多年，并发表了一些论文。 这些论文调查了生活在亚北极村落的阿萨巴斯卡族和高加索族幼儿的语言学习能力。因此，我与他一起讨论了我的观点——语言属于我们的生物特性，而写作就像是驼鹿在雪中留下的足迹。“罗恩，”我说道，“难道语言不是在某种程度上属于生物学吗？”

罗恩的回答基本如下：“威廉·冯·洪堡特[①]，也许曾受到他弟弟亚历山大的某种影响，对有机现象和语言都先以‘物种形成’的隐喻来说明。从此，语言的每一个分支都被认为好像是一种不同的种类。早期的历史语言学家常常谈论，语言之间存在着的达尔文式竞争。但是，在生物学上物种从来不会聚合，他们只会分离。而所有的语言都属于同一种类，可以相互杂交，因此它们是可以聚合的。语言发展变化不只是语言之间的竞争，还有语言之间的相互影响和生态学因素。从语言史来看，语言并没有所谓的演化进步：所有的语言都能很好地发挥作用，并且各有所长。语言中没有哪一种是‘最合适的’。英语

① 威廉·冯·洪堡特（Wilhelm von Humboldt）：德国著名的教育改革者，语言学家及外交官。其弟亚历山大·冯·洪堡特（Alexander von Humboldt）是著名的自然科学家。——译者注

成为国际化语言依靠的只是英美两国的冒险主义。（英语是一大堆繁杂的半合成词汇的集合，在诺曼人征服并统治英国后，变得更加混杂——正是这样一种真正的混合语有幸成了世界第二大语言。）事实上，语言变化、元音转移、辅音转移以及语法变得简单或是复杂的趋向，好像并不是为了适应任何实际情况的需要。”

“看来进化原理在此并不适用。那生态的影响力呢？人类仍然是一个野生种群（人类的繁衍并没有根据特定的数量而受到有目的的控制）。你认为语言也是野生的吗？语言的基本结构不是驯化的或是培育的。它们属于心灵的野性部分。”“当然。”罗恩说，“但是，如果语言只是一个种类，那么在你的思想荒野中就一定会有与它互动的其他物种，因为荒野是一个系统。假设语言是更新世时期的野牛，那么，什么才是那头狮子呢？”

“哈！如果语言是个草食动物，”我说道，“它不会在食物链的顶端。也许有人会说‘诗歌’就是那头狮子，因为诗歌明显地将自然话语进行了诗化处理，并增强了自然话语的作用。不过，考虑到我们所有的思想几乎都被语言粉饰过，而诗歌属于语言运用的一部分，因此那头狮子肯定不会是诗歌。我认为诗歌是自然的顿悟，这种顿悟诗化、改变并超越了语言。艺术或创新的表演，有时也能做到这一点，但需要通过直接呈现即时的新鲜感和独特性，以及直接进行无中介的体验。”

罗恩用沃尔夫假说[①]来考问我：“是否存在不需要以语言为中介的经验呢？”我“呼”地一下将大啤酒杯放到桌子上，有五六个人立

① 沃尔夫假说（Whorfian hypothesis）是关于语言、文化和思维三者关系的重要理论，即不同文化、不同语言所具有的结构、意义和使用等方面的差异，在很大程度上影响了使用者的思维。——译者注

马惊得跳起来盯着我们。此时，我们只好停止谈话，笑了起来，因为这种情景似乎往往会把人带回到既寻常又神秘的氛围中。我们的桌子就在一只长着枝状犄角的北美驯鹿头颅的下方。

我在阿拉斯加知识阶层中的熟人，无论是本地人还是白人，都参与了力图复兴本土语言的行动。迈克尔·克劳斯、詹姆士·卡蕊、加里·霍特豪斯、斯科隆一家、凯瑟琳·彼得斯、理查德和诺拉·道恩豪尔、埃尔希·马瑟、史蒂夫·格鲁比什以及当地的老师伯尼斯夫妇、生态人类学家理查德·纳尔逊，他们都将本土语言的复兴问题牢记于心。克劳斯是阿拉斯加本土语言中心的主任，他对本土语言复兴的情况并不乐观，因为最年轻的本土语使用者也在一年一年地变老。科伯克村是最坚持使用本土语言的村庄，但我听说即便在那里，年龄最小的本土语使用者都已经十几岁了，而小孩在校园里玩耍时说的都是英语。虽然州政府有支持双语教学的计划，而且也有非常好的双语教材和各种本土语教材，但是本土语似乎正在逐渐消失。大多数土著家庭似乎认为使用英语是未来的趋势，是他们的孩子在经济上取得潜在成功的根本。这样一来，他们在家里更不会刻意去说本土语了。（在澳大利亚，我总是听到人们说起任何本土语时，都将其称为“语言”。“她说语言吗？”）

这也许是一个过渡阶段。本土语有可能重振雄风。在美国（除少数几个地方外）大多数地区人们都只使用一种语言，如果受过教育的老师和行政人员都清楚地知道使用双语很常见且不难，那么这对本土语的发展是会有帮助的。一个在中学时就害怕学习西班牙语的行政官员，是不可能相信一个爱斯基摩小女孩能轻松地使用两种语言的。过去，基于生物区域的小国构筑了一个多彩多姿的世界，由此形成的世界大同主义受到了当时非常普遍的多语主义政策的支持。多年前，一位年长的尤皮克族人有一次外出猎捕驯鹿，在过河时淹死了。据说他是老一辈中仅存的几个能说多种语言的人。他会说尤皮克语、德南纳语（属于阿萨巴斯卡语支）、俄语、英语和一些伊努皮克语。

谈到“语言生态学”，可能首先要承认以下语言因素在同一个说话者身上是普遍共存的：层级、语码、俚语、方言、所有的语言甚至在不同的家庭使用的语言。约翰·甘柏兹（1964）描述了印度北部一个村庄的情况：“当地的方言就是大多数村民日常使用的语言。最底层的群体可能还有他们独特的白话。除了这些白话外，还有一些黑话。有一种亚区域方言为附近城镇集市的商人所使用，而其他种类的方言则可能为流浪表演者或是宗教修行者所使用……崇拜克利须那神的流浪修行者可能会使用布拉吉语，而拉姆神的崇拜者则使用阿瓦第语。标准印度语是与受过教育的外族人交流的规范语言……在商业交易中或是与受过教育的穆斯林交谈时，就要使用乌尔都语。此外，受过教育的人会说英语，还有一些人略懂点梵语。”（第420页）

这样，我们的话题就又回到这些村子上来。方言与标准语混合使用是这些地方的特色。一切都深植于自然，但它们的枝枝叶叶却遍布全世界。（但今夜，在阿拉斯加灌木林，在麦克格拉斯，在科伯克或者在凯厄纳，人们观看卫星电视节目，也许同样的节目也在径巷深处的酒吧里播放，只是其传播的作用相应变弱了。）①

这也许是标准语（经典作品）能发挥作用的地方。标准语提供一种标准。但此“标准”不是行为主义基于统计学的标准，而是由保持权威和达成共识所认可的一种标准。自古至今，保持权威与意图、强度、专注、愉悦和协作等因素所表现的程度密切相关，而这些因素涉及媒体以往所采取的策略和标准。此外，相关的因素还有：对已认可的标准形式进行的创造性的重新使用或诠释；知识的连贯性以及超越时代的、长期的人类共通性；无意识的潜在意象所引起的共鸣。为了达到这一目标，一个文本或一个故事必须传播到很多国家，传播几个世纪，且一定要有大量的译本。

人类生活在全新世时期的气候和生态环境之中，“此刻”，从最后一个冰河时代算起，已有一万年或一万一千年历史。在传统文学里，可能仅有少数几个完整的故事是如此古老的，同时还有大量较晚时期的文学作品是借用最古老传统中的故事情节构成的。在这个时代的大多数时候，人口数量相当少，出门旅行时靠的是步行、骑马或乘船。无论是希腊、赫马尼亚或是汉代的中国，古代人生活的地方，附近总是有大片森林，到处是各种野生兽类和迁徙的水鸟，海里有大量的鱼和鲸。对每一个活跃的人来说，这些都是他们经历的一部分。动物作为文学中的角色，作为想象和宗教原型中普遍的存在出现，是因为它

① 这是比喻的说法，方言与标准语的混合使用及其对外传播就好比藤本植物向外蔓生一样。在当地酒吧观看电视节目与在其他地方通过卫星电视观看同样的节目其作用是不一样的，后者强调其传播的功能。这就是作者接下来谈到用标准语写出来的经典作品既需要通过历史保持其权威性，又需要依靠大众传播（如翻译）来验证其权威性。——译者注

们生活在那个与人类终生相伴的环境里。有关荒地、暴风雨、荒野、群山的观念和意象不是来自于抽象，而是来自于对以下地方的亲身体验：阿尔卑斯山脉南侧、极北地区、极地附近、太平洋彼岸或是更遥远的地方。这就是直到十九世纪晚期人们一直生活的世界。（什么时候全世界的人口是现在人口的一半？二十世纪五十年代。）

北极地的生活条件仍然接近于采猎者世界里的经验。这个采猎者的世界不仅是人类摇篮时期的，也是人类成年早期的世界。如今北部还有一个原始的部落，其中大多数人从来没有与外界接触过。还有很少一部分人，他们蛮勇粗陋，以打猎抢劫为生，已经学会了在行走时要保持高度的警觉，这是基于年长者的经验。北极地不是“边疆”，而是更新世时期遗留下来的最后一块领地。这片土地展示着它所有的辉煌——鲑鱼、熊、驯鹿、鹿、鸭、鹅、鲸鱼、海象和驼鹿。当然，这一切并不会持续太久。人们将在这片北极野生动物保护区钻探石油，并且已经在阿拉斯加东南部的通加斯国家森林以不可思议的速度修建了道路，砍伐了树木。

新大陆的北部地区是进入欧洲历史的一扇窗户：北欧文学中的凯尔特人、比约恩人、布劳恩人和布伦人（布伦·希尔德，巴尔熊[①]）的圣鲑，地中海的海豚，阿耳忒弥斯的熊舞，赫拉克勒斯的狮皮，若不是来自人类住所附近的荒野系统，又是从哪里来的？在文学和想象

① 括号中的词语（布伦·希尔德，巴尔熊）旨在说明德国历史语言学家雅各布·格林（Jakob Grimm）提出的格林定律，即属于原始印欧语系的语言不仅有共同的词汇和共同的形态，语音的变化也很有规律。如：*Bruns*，*Brun-*（*hilde*）（布伦希尔德，北欧神话中九位女武神之一），*bhar-bear*（巴尔熊）就呈语音递变规律，有对应关系。——译者注

中，这些奇特生物的反复出现告诉我们，它们对我们心灵的健康是多么的重要。

我和罗恩又将话题转到了中国。我和他有两个相同的观点：阿拉斯加是北部最开放、最具野性的地方，是遗留在地球上最蛮荒的地方；而中国是文明化最彻底的国家。它们在地球上相互间的距离并没有多远，但看起来都接近各自情况的极点。在中国，尽管其近代环境史也许是一部环境破坏史，但它拥有伟大的文明。也许，这种文明是依靠极少的荒野文化来保持活力的（如苗歌和禅诗）。阿拉斯加文明中的某些东西可能会继续保留下去，因为新来的欧美人被这里的种种魅力所感染，如不时之险、整日黑夜、整夜白昼、空旷广袤、贫瘠无用、人迹罕至、呼吸冻结、烟熏制鱼等，所以他们有可能转变为后工业化时代的荒野爱好者。安克雷奇市的报纸报道，有两只驼鹿又在一家大型购物中心的停车场闲逛，该购物中心正对着一片云杉林，通向楚加奇山脉。

一名年轻的白人女子问我（这是第二次）："如果我们这样充分地利用动物：食用动物、歌唱动物、描绘动物、骑乘动物、梦到动物，那动物又能从我们身上得到什么回报呢？"这是一个非常好的问题，直接切中关乎礼节和礼仪的核心，并且使我们能站在动物的立场上进行思考。阿伊努人说鹿、鲑鱼和熊喜欢我们的音乐，还被我们的语言迷住。因此，我们给鱼和猎物唱歌，跟它们说话，向它们祈祷。我们定期为它们跳舞。唱歌是感谢它们为我们提供了晚餐：表演作为酬谢在古代世界的礼物经济中是通行的惯例。别的生物也许会觉得我们有点轻浮，因为我们不断地更换衣服，吃许多不同的东西。我不禁感到，没有人类的自然更为人道，但愿现代人能更懂得回报自然，不要嗜杀生物。

我和加里·霍尔特豪斯一起走到库克船长酒店的地下餐厅吃早餐，他是“阿拉斯加人文论坛”的主管，在阿拉斯加生活了很长时间。前一天我参加了他们的年会，作了一个报告，介绍了我在库范缪特的经历。（回顾二十世纪七十年代，我和他旅行到阿拉斯加东南部阿莱克纳吉科的尤皮克村，当时我看到他正在打包整理一本马可·奥里利乌斯的书。）我们仍在讨论前天会议中的一些观点，对人文学科的项目我们都不是十分乐观。我们认为那确实不是对神话、诗歌和价值的真实生命关注的全部。希腊思想家的思考基于大量充满惊人活力的歌曲与口述故事，即荷马史诗与赫西俄德的诗歌。但是，现在的人文学科研究却演变成了奇特的形式主义，对语言的研究也过于狭窄。

在萨满教巫师、牧师、诗人和神话讲述者的世界里，一个新壁龛打开了。这个壁龛是城市和小城邦。城邦里的思想表现出一种竞争：乡村里诗意、神话般地看待世界的普遍方式，与每日在城镇生活里占主导地位的各种争论和新闻报道的方式形成一种抗争。这种抗衡实际上是自给自足经济和过剩经济之间的竞争，它把商人集聚起来了。于是，哲学家—诡辩家——成了年轻富人的导师，指导后者如何在公开场合辩驳会更有力。他们做得真的很出色。他们是整个西方知识谱系的创始导师。所有所谓的人文主义者在历史上所做的，百分之九十都是在胡乱地摆弄语言：文法与修辞，然后是语言学。两千五百年来，他们不仅信仰语词，也信仰语词的正确形式。如果一些法国人现在正试着将词拆开，那是因为他们带着同样的困扰，面对着同样的传统。但是，在这个传统中也有一些杰出的人，如希帕蒂亚和彼特拉克[①]。前者有着数学精英的智慧，热衷异教信仰，后者则是第一位现代登山家和第一位用意大利语写作的白话抒情诗人。

表述清晰、论证可信没什么错。“口才好，对于欧美人或上流阶层或受过教育的人来说，并不特别。”霍尔特豪斯说，“我参加过几百次会议，很多就是在树林里召开的。不管是尤皮克人、伊努皮克人，还是哥威迅人，他们都表达流畅、切中要点，妇女也能言善辩，但他们并不是通过在学校里阅读西塞罗的著作才学会辩论的。”

梭罗曾写道：“大自然，我们这位博大的、野性的、嚎叫的母亲，躺在周围。她是那样的美丽，对孩子是那样的慈爱，就像母豹一样。可我们却那么早地断奶，离开了她的怀抱，走向社会。”作为一个整体，人类社会与大自然更好地相处而不只是从她身上强取所需，有这样的可能吗？梭罗回答说：“西班牙语中有一个对于这种野性而幽暗知识的绝佳表述——*Gramatica parda*（棕色语法）——一种母亲的智慧，它就来自我刚提到的那只母豹。” 语法不仅属于语言，而且也属于文化和文明本身。这样的语法规则就如同森林中长着苔藓的小溪，沙漠中散落的砾石。

① 希帕蒂亚（Hypatia，约 370—415）：古希腊著名数学家、天文学家、哲学家，世界上已知的第一位女数学家， 三十岁不到就成为当时流行的新柏拉图哲学学派的学术领袖。这位聪慧的女性是一名异教徒，其在异教经院哲学领域的卓越成就及对异教的信奉使她惨遭基督教暴民谋杀，成为千古悲剧。彼特拉克（Petrarch，1304—1374）：意大利诗人、学者和人文主义者，以爱情抒情诗集《歌集》（*Canzoniere*）而闻名，由于当时西欧都是使用拉丁语写作，故彼特拉克被称为是“第一位用意大利语写作的白话抒情诗人”。——译者注

道元在一次谈话中说道："强运自己修证万法为迷，万法进前修证自己为悟。"[①]将这个观点运用到语言理论上，我想，它暗示的是，偏重逻各斯的欧美哲学家不加批判地提出语言是人类特有之天赋的观点，认为语言起着建构这个混乱世界的作用，不过是一种错觉。相反，宇宙精微而多层的秩序已然找寻到了自身进入象征结构的方式，给予了我们数以千计的有关人类语言的棕色语法。

① 引文出自道元禅师的著作《正法眼藏》。——译者注

优良、荒芜和神圣

清除荒野

自二十世纪七十年代起，我和家人就一直生活在位于加利福尼亚州北部内华达山脉的一块土地上。这儿的山脊斜坡略显“荒芜”，地貌状况不是特别“好”。在淘金热最初的几十年间，这里的原住民尼士南人（或南迈杜人）几乎都被迫背井离乡或惨遭灭绝。因而，似乎很难找到幸存者可告知我们，在这片土地上，究竟有哪些地方曾一度被视为“神圣”之地。尽管如此，只要肯花时间，留心观察，我想我们会再次感受到并发现那方圣土。

“荒野之地”、“优良之地”、“神圣之地”——无论是待在家里的山区农场干活，还是在市镇召开的政治会议上，抑或在研究原住民问题的其他领域，我都能频繁听到这些术语。通过对这三类土地的研究，或许我们能洞悉一些问题，有关诸如乡村栖居、生计维持、荒野保护以及第三、第四世界国家抵制来自工业文明的诱惑等等。

我们对“优良之地”的理解源自农业。在这里，“优良”（如“优良土壤”)狭义上是指能培育出小范围优良品种的土地,与“荒野”相对，指可栽培植物。农作物生长期间，人们需要灭虫、驱鸟、拔草。而荒野则呈现出一番令人沮丧的景象：鸟飞虫爬、动物打洞随处可见。但这并不能断定荒野之地就是不毛之地。对于庞大复杂的植物群落来说，任何一种植物，不论大小，都有其适宜生长的土地。对于以狩猎和采摘为生的民族来说，广袤无垠的富饶大地与整个野生自然系统就是他们的经济来源。在他们眼里，大片耕地似乎才显得怪异而绝非优良，起码在他们最初的认识阶段，这类土地不会被视为优质土地。采摘民族以旷野植物为生，每天外出游走，四处采摘。从事农业生产的人们，其生活局限于阡陌纵横的版图里。他们的土地是由各作物高产地（即清整开垦过的田野）与道路（即穿过幽深恐怖的森林小径）构成的点线连接——这便是“线状路线”（linear）的开端。

对于前农业时代的人们来说，荒野是神圣的，理应给予精心照料。在早期的农业文明时期，宗教仪式所用耕地或寺庙特别用地，有时会被视为神圣之地。那个时期的宗教繁荣未必会因整个自然界的兴盛而欣喜无比，宗教人士只关注他们自己的丰收。这种培养理念从概念上可延伸为保障精英阶层的人员关系而进行的某种社会规范训练。“修行”（spiritual cultivation)这一隐喻指的是剔除圣者本性中的野性部分。这就是土地神学。但一旦牛属和猪属谱系中的成员，比如牛和猪，其本性中固有的野性被剔除后，它们就会逐步退化，从生活在荒野里的聪明而警觉的动物沦为懒惰的产肉机器。

原始森林中的某些小树林以“圣地”的形式一直留存到古希腊罗

马时期。当时城邦的统治者曾带着矛盾的心理来看待这些圣地。它们幸存下来，是因为在这片土地上耕种的人们仍能依稀听见古老方式的召唤，那些前农业时期的传说依然在附近被悄悄谈论。后来，以色列诸王开始着手砍伐圣林，并将此项工作交由基督徒完成。“野性”一词或许也蕴含着“神圣”之意的观点，这可能还得追溯到西方的浪漫主义运动。十九世纪对荒野的重新发现反映了欧洲当时的一种复杂的社会现象，即反对形式理性主义和开明专制制度下所灌输的感觉、直觉、新民族主义以及伤感民俗文化等思想。在虔诚的信仰和修行并存的背景下，我们所听说的圣林、圣地这一情况仅出自于以古老地方为中心的文化。其中，还有部分原因则是出于公用地之传统，即“优良”土地变成了私有财产，而荒野和圣地则成为人类共享的资源。

纵观世界，在沙漠、丛林和森林里生活的原住民正面临一波又一波的无情入侵，且这种侵犯已渗透到他们最遥远的领地。这些土地，不管是被条约规定，还是被默认许可，均被遗弃在那里供原住民使用，因为主流社会误认为北极苔原、干旱沙漠或深邃丛林都是“非优质之地”。于是，原住民的抵制运动随处可见。这是一场殊死争斗，是资金匮乏的弱势群体与实力雄厚的财团之间的争斗。他们抵制这些财团在当地砍伐树木、勘探石油或开采铀矿。之所以坚持不懈地斗争，不仅仅是因为这里一直是他们的家园，还因为这里的有些土地对他们来说是神圣不可侵犯的。后一种情况促使他们不遗余力地拒绝出售土地，抵制巨大诱惑，比如收取现金或是接受搬迁。当然，有时这种诱惑力太大，蛊惑性太强，他们也终会屈服而选择离开家园。

因此，当前一些非常切实的政治问题是围绕某些土地是否具备传统宗教用途而引发的。一九八二年春，我在蒙大拿大学与拉塞尔·米尔斯合作了一个项目。他是美国印第安人运动的发起者兼活动家，正试图为拉科塔族的黄雷霆营以及黑山周边其他印第安人寻求支持。雷霆营所在的古老部落领地，当时还归美国林务局管辖。这些原住民想阻挡采矿项目进一步扩展到黑山地区。究其原因，是因为他们认为那片失而复得的特殊领地是先辈们遗留下来的圣地。

加州州长杰里·布朗任职期间，特地为加州印第安人创建了美国土著人遗产委员会，还委派了一些长者负责寻找与保护加州的圣地与土著人的墓地。这在一定程度上缓解了土著人与土地持有者或公共土地管理者之间的种种冲突，因为这些管理者早已将这些地方视为私有财产而开始进行开发。他们之间的纷争往往涉及传统墓地的遗址问题。这一颇为敏感的举措，虽只能勉强得到白人选民的理解，但在所有土著人社区中，还是激起了一片感激的涟漪，赢得了不少赞许。当初在美国，为了确保宗教自由的时候，白人基督教创始者极有可能未考虑美国印第安人的信仰。即便如此，多年来，一些法院的裁决均表示支持某些美国土著人的教会工作。然而，宗教与土地的联系还是一直受到主流文化和法院的抵制。对于欧裔美国人来说，这种古老的宗教崇拜着实令人费解。诚然，这或许缘起于一个事实：哪怕仅仅是一小块土地，只要被视为圣地，这些土地也将永不出售、永不征税。这对于主张无休止进行物质主义经济扩张的人来说，无疑是一个重大的威胁。

水坑

在狩猎和采摘的生活方式中，群体中的每一个成员均可在共同拥有的领地上享有非常平等的权益。那些被称为荒野且神圣的地方有着诸多用途。那里既是女人们的隐居之处，也是逝者的长眠之所，同时，还是对年轻男女实施特别教育的地方。像这样的地方一般都充满了神圣感，载负着超凡的意义与力量。关于这些地方的记忆历时久远。一九八一年秋，应澳洲原住民艺术委员会之邀，我和榊七夫[①]、约翰·斯托克斯前往澳大利亚教书，朗诵诗歌，并与当地原住民的头领们和孩子们开展一些坊间活动。大部分时间我们待在澳洲中部沙漠的南部和艾丽斯·斯普林斯市的西部。起先，我们去了皮詹加加拉部族的领地，随后沿西北方向驱车三百英里，抵达平特比部族的领地。在中部沙漠生活的原住民依然操着他们本族的语言，其宗教保存得完好无损。绝大多数的年轻男子，甚至包括那些去艾丽斯·斯普林斯市读中学的男孩子们，仍会从十四岁起开始接受宗教启蒙教育。他们会离校一年，被带进丛林，徒步旅行学习丛林生活方式，了解本族的地貌风景，积累动植物的相关知识，最后完成宗教入会仪式的教育。

在一位名叫吉米·特俊古拉依的平特比族长者的陪同下，我们从艾丽斯·斯普林斯市出发，开着一辆卡车向西边的泥路行驶。一路上尘土飞扬，颠簸摇晃。当我们在敞篷货车的长椅上坐稳后，吉米开始语速飞快地跟我讲述这里的风土人情。谈到远处的一座山时，他告诉

① 榊七夫（Nanao Sakaki）：日本流浪诗人，斯奈德的好友。——译者注

我，在澳州土著神话开天辟地时期，一些小袋鼠曾跑到那座山上去，邂逅了一些蜥蜴女精灵，发生了一些有点恶作剧性质的故事。他总是没完没了地唠叨一个个的故事，从这座山说到那座山，一个故事还没讲完，另一个就插了进来，很难收尾。当时，我完全跟不上他的节奏。半小时之后，我才意识到自己正在体验一种加速版的故事讲解方式。原本这些故事可以在徒步旅行中，悠闲地花几天工夫边走边听他讲述的。特俊古拉依先生和蔼可亲，仅仅因为我的到来，他便感觉到自己有义务和我分享这些古老的传说。

因此，谨记：当你徒步旅行几百英里，步履匆匆，且常夜间奔波，通宵行走，而白天只在金合欢树阴下打个盹时，你总会在途中听到这些故事。假若你的旅途有一名长者相随，你可能会拥有一张记忆的地图，充满了传说、民谣以及一些实用信息。即便独自一人出发，只要吟唱这些歌曲，就会把你带回原来的地方。或许，单单靠着你曾学会的歌曲的引领，你就可以去一个陌生之地游逛。

我们在一个叫作艾匹丽的水坑边露营，与来自周围沙漠之乡的许多平特比族原住民聚会。艾匹丽水坑约有一码宽、六英寸深，位于一片灌木丛生的浅沼地中，那儿栖息了许多小雀鸟。人们在二十五英里以外的地方宿营。在方圆数百万平方英里土地上，这是唯一一个在干旱季节仍波光粼粼的水坑。按习俗，这地方一年四季都对外开放。半夜时分，吉米和其他几位老人还围坐在一小堆荆棘从燃烧的篝火边，谈天说地，唱着一首又一首的旅行之歌。就这样，在美妙的歌声中，大家思绪飞扬，天马行空似的驰骋于沙漠旷野里。他们和着歌曲的节拍，用两个回飞镖，有节奏地敲打。有时一曲唱罢，他们就会停下来，哼一两段，互相争论一下歌词，然后又接着唱起来。他们彼此互相推让，让对方起个头。吉米后来跟我解释道，因为旅途歌曲唱得太多，一轮又一轮，他们没办法记住所有的歌词，只好不断练习。

他们总会如此开始每夜的旅行话题："我们唱什么呢？"接着，就有人附和："让我们唱《步行到达尔文市》吧。"然后，他们就出发，一路上喋喋不休地争论、唱歌、击拍。当时，正值满月：在清冷的月色中，朵朵白云随着沙漠里的微风漂浮着。我早已得知这些长者喜欢红茶，所以一个晚上要在火上烧好几壶开水，并按他们的习惯，在红茶里加放很多白糖。每当这些唱歌的人想喝茶时，他们就会停下来。我总是问吉米："今晚你们走了多远啦？"他总是答道："嗯，我们走了去达尔文市路程的三分之二了。"这种说话方式比较有意思，可当作在尚无文字出现的社会里，将风景、神话和信息全编织在一块的例子。

一天，当车行驶到艾匹丽水坑附近时，我们停下卡车。吉米与其他三位长者下车后，跟我说道："我们将带你去这里的一个圣地看看，我猜你也够格了。"于是，他们转身，告诉那帮男孩们留在后面。当我们攀爬基岩山时，这些平时异常活跃、高声阔谈的土著汉子们开始降低声音分贝。攀爬到较高的地方时，他们开始悄悄细语，整个举止行为都发生了变化。有个人用几乎听不到的声音说道："现在，我们大家正在靠近。"然后，他们四肢贴地、匍匐前行。当我们往上爬完最后两百英尺，越过一个稍微隆起的土包时，我们已进入了一个小盆地，四处散落着奇形怪状的碎石。他们小声言语，声音里充满了对那个地方的敬畏之情。然后，我们原路返回，在某个地方站了站，又继续往前走，一直到了另一个地方，大家的声音才明显变大。等回到车里时，每个人又开始大声喧哗，绝口不提那片圣地了。

这实在太震撼了，真是铭心刻骨的记忆。后来，我才得知，那儿的确是青年男子们被带去举行宗教仪式的地方。

我乘坐这辆敞篷小卡车沿途旅行，在凹凸不平的泥泞路上颠簸了数百英里。然后，我们徒步进入一个层峦叠嶂、怪石林立的山村，直到发现所有的路已到了尽头。我正被带去一些特殊的地方。那里，怪异的巨石比比皆是；每个石面和琢面都是鬼斧神工，令人惊叹不已。顺着一条隐蔽陡峭的隘路往前走，一个洞口突兀而至，只见两面悬崖峭壁交界处有一小块沙层，那里有葱绿的灌木丛，一些鹦鹉正在欢叫。我们离开这块沙层顺着悬崖往下走，突然来到一个水坑边，一个三十英尺的岩峰巍然屹立在那里。这里的每一个地方都超乎寻常，奇异无比，有时你甚至会觉得这里的生活是那样的丰富多彩。在这附近，还经常可以看见古老的象形文字。当地人称这些地方为“受教之地”，有些还是某些图腾原型的“梦幻之地”。在方圆数百万平方英里的土地上，传颂着许多关于这些神奇之地的歌谣与故事。

“神话梦幻”（dreaming）或“澳洲土著神话开天辟地时期”（dreamtime）指的是由于时间变迁、物换星移、种群交流、雌雄共体而产生的颠覆性创造性运动，使整个地貌风景随之发生改变的时期。我们常常把这看作“神话历史”，但它并非每时每刻都真实存在。我们不妨说“此刻”是真实的存在，与时间的因果关系模式相比，这是一种创造和存在的永恒时刻模式。时间是人类主要栖居的王国。在时光中，古往今来，多少世事成为历史，万物也在时光中得以演化与进步。

一二四〇年初冬，道元禅师在他晦涩而有趣的谈话中提及这两种模式的决定问题。这也就是所谓的“时间 / 存在”模式。

在澳洲传说中，图腾梦幻之地首先对信仰图腾的人们来说具有非凡的意义。这些信徒有时会去那里朝拜。其次，说它神圣，是因为成千上万数不清的蜂蚁在此穴居。最后，这个有点柏拉图风格的小巢穴是蜂蚁的理想居所，或许那本来就是所有蜂蚁的始源之地吧。它将蜂蚁穴居的核心特征与人类心理原型神秘地维系在一起，并在人性、蚁群和沙漠之间搭建起一座桥梁。在那些流传的故事、舞蹈和歌曲中，我们可以感知蜂蚁的穴居之地，而这恰巧也是真正适宜蚁群生存的最佳栖息地。或者，我们以一只绿色鹦鹉的梦幻之地为例吧。传说中的故事就会这么描述：我们的祖先历经艰辛万苦，穿越整个大陆，最后来到了那片梦幻之地而驻足不前；他们不由地赞叹，这儿确实是鹦鹉栖息的完美居所。所有这些表述与科学的表达方式截然不同。这也是另一套用来阐释华严教义或《华严经》的隐喻体系吧。

每次外出，我们都会碰到某些亲缘物种——小袋鼠、红袋鼠、丛林火鸡、蜥蜴。一种油然而生的神圣感使我们感到那里就是它们理想的栖息地。杰弗里 · 布莱内（1976，202）曾谈道：“这片土地本身就是它们的教堂，青山绿水便是它们的神殿，那里的动物、植物、飞鸟就是它们的宗教文化遗产。尽管当地土著居民的迁徙是受经济需求的驱动，但这也总是可以看成他们的朝圣之旅吧。”在此，优良（大多数生命的生产力）、荒野（野生自然）与神圣合为一体。

这种生活方式，尽管脆弱且饱经沧桑，但仍然存在。如今它已受到日本人的威胁，也受到了其他铀矿开采项目、大规模的铜矿开采以及石油勘测项目的威胁。神圣的话题已颇具政治色彩，以至于澳大利亚土著事务局雇用了一些双语人类学家、丛林居民，他们将与来自不同部族的长者们一起努力，试着辨认圣地遗址，并绘制出地图。这给大家带来了很大的希望，因为澳洲政府表示愿意真诚合作，向世人宣布某些地方为禁区，任何勘探队伍都不能前去开采，甚至不能靠近这些地方。在澳洲西部金伯利山区，像尼库姆巴这样的地方，因石油开采问题已经发生了好几次冲突，这些事件也促使政府作出上述种种努力。当地土著居民手牵手站在自己的地盘上，在挖土机与钻探机前排成行，以示抗议。新闻媒体对这次抗议进行的报道赢得了一些澳洲公众的支持。在澳洲，一个土地所有者的矿产权一般归属于“皇室”，从而导致某户人家的大农场也可能成为矿藏开采之地。因此，把圣地视为一种特殊的类别，即便是从理论上来说，也是一种进步，但这一观点丝毫站不住脚。在艾丽斯·斯普林斯市附近，一块“注册地”就被推土机挖掉了。这极有可能是受到了政府部门某一土地管理局局长的指使。然而，这种行径仍称得上是相对温和的联邦管辖!

神社

日本原住民阿伊努人对整个生态系统的神圣性和特殊性有着自己的一套说法。在他们的语言中，术语 *iworu* 意为“领地”，其引申义可包括分水岭区、动植物群落区以及神灵力量。神灵力量是指暗藏在万物生灵面具下或盔甲背后(阿伊努语：*hayakpe*，“披着盔甲的神灵”)的魔力。大棕熊的领地一般指高山栖息地及与其相连的低洼山谷流域。那里主要是熊出没的地方，同时暗含有关熊的神话与神灵世界。鲑鱼领地是指鲑鱼生活的低洼水域以及众多支流水域（以及相关的植物群落），向外一直延伸至大海，然后进入那些凭猜想可能存在的海洋领地，鲑鱼会在那里迂回行进。每一种动物都会有自己的领地，如棕熊、麋鹿、鲑鱼以及逆戟鲸等等。

在阿伊努人的地盘上，有些人将房子沿小溪建在山谷里。所有门口面朝东，每座房子中央有个火塘。清晨，阳光穿过东门照射在火塘上。在阿伊努人眼里，那是太阳女神正在造访她的姊妹——火塘里的火女神。任何人不许从照射在火塘上的光束下走过，据说这将阻断她们的见面。通常，人们可以就地获取食物。不过，有些动物会从深山老林里出来或从大海深处浮出水面。对于那些自己送上门而遭到捕杀的动物或鱼（或被采摘的植物），人们会径直把它们带进家中烹煮吃掉。阿伊努人称这些动物为“造访者”（阿伊努语：*marapto*）。

海洋的主宰者是逆戟鲸，它又被称为杀人鲸、虎鲸，而大山深处的统治者则是熊。熊派遣它的朋友鹿下山造访人类，而逆戟鲸则委命其友鲑鱼逆流而上。到了人类聚居区，这些动物因“盔甲破了”而身首异处。这就迫使它们抖掉身上的皮毛或鳞片，摇身一变，成为一群隐身精灵，四处游走。而后，它们开心地目睹了人类的娱乐活动，如喝日本清酒和听音乐（它们也热爱音乐）。人们一边为这些生灵献歌，一边品尝它们的鲜肉。享受完对人类的造访后，它们便重返大海或深山，向同伴们报道：“我们与人类共度了愉快的时光。”于是，其他动物深受鼓舞，继续造访人类。因此，倘若人类在款待这些鹿、鲑鱼或野生植物“造访者”时，在音乐和礼节方面没有丝毫怠慢，这些生灵便会重生，周而复始地返回。这就是一种精神狩猎管理方式。

现代日本的情况纯属另一类例子。日本是一个成功的工业化国家，因对神圣景观遗址具有保护意识，故其圣地至今保存得完好无损。日本神道教的神社星罗棋布，遍布日本列岛。“神道”意指“通向神灵之路”。从某种程度而言，神道教的“神”（日语：*kami*）是一种蕴藏于万物之中的无形“魔力”。当这种神力隐现在某些突兀醒目的物体中时，其超凡能量会大大增强，譬如，奇形交错的巨石、参天古木或声如雷鸣的迷雾瀑布。整个景地所呈现的怪诞奇异现象均为昭示“神”之威力的种种迹象，诸如魔力威猛、无所不在、心智神骸、无所不能等等。最强大的“神力”中心便是日本的富士山。“富士”现被认为取自于阿伊努族火塘女神之名。火女神地位显赫、俯视众灵，是唯一一位能训斥、纠正神威山神（阿伊努语：*kimun kamui*）熊之过失的女神。整个富士山就是日本国内最大的神道教神社，其面积可从山底的树带界线一直延伸到峰顶。（流离失所的阿伊努人所留下的许多地名，至今仍在日本使用。）

在二十世纪三十年代和二战期间，日本人自建了一所“靖国神社”旨在纪念为军国主义和国家民族主义效劳献身的人。这一行径使得日本的神道教名誉受损。许多欧裔美国人对靖国神社和民间神社的界限困惑不解。在各郡崛起之前，小神社（日语：*jinja*，*omiya*）遍布日本列岛。这些神社是新石器时代日本村落文化的一部分。在现行体制下，即便处于工业能源开发的热潮之中，神社的土地依然不可亵渎。假若看到一个日本开发商如何用推土机将一处秀丽的古松山坡夷为平地，并在其上建起一座崭新的小镇时，你一定会瞠目结舌、汗毛竖起。但日本的新岛就是这样在神户港湾拔地而起的，并使神户成为世界第二繁忙的港口（仅次于鹿特丹市）。为了兴建这个港口，人们削平了城市以南绵延十英里的山地丘陵，然后用泥土将海底填平。整个工程耗费了足足十二年时间，才把两座山的泥土全部搬移。巨型传输带将泥土运送至海边，然后一长队驳船又源源不断地将这些泥土运到施工现场。被平夷的地方就成了住宅开发区。在工业化的日本，并非“毫无神圣”可言，只有那些“圣地”才可称得上是真正神圣的。这就是所谓神圣的“全部”精髓所在。

我们感激日本挽救了这些只有精微迹象可寻的土地，因为神社选址的原则就是（远离建筑物与道路）决不砍伐、决不改造、决不清除或削平任何东西。同时，禁止狩猎、禁止垂钓、禁止削平土地、禁止焚烧山林，但不禁止燃烧柴火。所有这些举措旨在使每座城市都为我们留下只有在原始森林中才有的一片参天古树的印记。信步走进一个小神社，你就可以看到有着八百年历史的日本柳杉（日语：*sugi*）。假若没有这些神社，我们就不可能清楚地了解日本原始森林的风貌。然而，这种隔区划分制度并不那么健全。在这种父权模式下，一些土地得以挽救，如同贞洁的女祭司一样；而另一些土地，就像家庭主妇不堪重负、忙碌不停；还有一些土地则被野蛮公示、重新规划，宛如一名朝气活泼的女孩，因乱伦而被宣判遭受惩罚。就此意义而言，优良、荒野、神圣不可能再进一步分割。

类似的神社曾一度遍布欧洲和中东地区，甚至被称为“圣林”。在遥远的过去，全欧洲最神圣的地方就是比利牛斯山脉，伟大的洞穴壁画的所在地。我猜测，它们或许是三万年前某宗教中心的一部分。那里的动物均在地下“孕育”而生。或许，那是开天辟地时期的梦幻之地。还有一种可能，那就是动物的神秘心脏隐藏在地下，以此来避免物种灭绝的一种方式。不过，很多物种都已灭绝，有些甚至早在洞穴壁画时期结束前就已绝种。在过去两千年的历史中，又有更多的物种沦为文明的牺牲品。西方扩张加快了全球栖息地恶化的步伐。但有趣的是，甚至早在这种扩张之前，全球的政治和经济发展进程就已经步入了正轨。物种的毁灭、乡村居民的贫穷和奴役，以及崇尚自然传统的摧残，诸如此类现象，长期以来就属于欧洲历史的一部分。

那些旅居在北美洲的英、法探险家，早期的毛皮商人，并没有在其所留居的社区里学会有关告诫他们如何尊崇自然的教义。的确，他们发现了许多令人敬畏的东西，而且有些人对此也能描述得惟妙惟肖。甚至，有些人与印第安人为伍，成了新世界的成员。这些几乎快被遗忘的少数例外人士，因贸易商人和随之而来的定居者的大量涌入，早已变得默默无闻。然而，纵观美国历史，的确有一部分人是因为现实抑或是为了赶时髦而源源不断地加入印第安人的行列。甚至在十八世纪，就有人意识到他们所见的世界将会日趋缩小。无论在远东还是在欧洲，古老森林、原始大草原以及所有可能栖息在那里的奇珍动物，现都已成为新石器时代遗留下来的传说了。美国西部曾是我们祖母们生活的家园。对于当今我们大多数人而言，这种家园的失去就是痛苦的根源。对于美国印第安人来说，这就意味着土地的流失、传统生活的消失以及文化源头的枯竭。

真实自然

梭罗在他的湖边生活时曾干过“开荒种豆”之事。在我们的观念中，让土地多产并不是件坏事。但我们也必须考问：假若让大地母亲自己去思考一下长期发展战略，那么哪些才是她能做得最好的呢？接下来的一个问题是：在一个地方最有生长潜力的植物是哪一种？所有的土地，不管是被废弃的还是被掠夺过的，倘若让其回归自然（指汉语中的“自然”，“自我状态”），它就会达到一个介乎生物多样性与稳定性的平衡点。假设时处复杂的后工业化时期，“未来原始”农业将发出质疑：我们能否找到一种方法，可以顺应自然而非违背其发展趋势呢？如果可以，我们是不是应该将目光投向新英格兰的落叶阔叶林呢？或者，就我所居之处奇奇地斯，探讨一下这儿的松树与橡树的混合生长林，外加此地特有的地被植物？即便在这些地方，我们经营园艺、从事农业或林业生产，无悖于其自然属性，但这也纯粹是出于对人类自身利益的考虑，而非为了土地的长远规划着想。

维斯·杰克逊的研究表明，以多样化和多年生植物为基础的农业，为维持当地未来合适社区的可持续发展带来了真正的希望。这等于承认肥沃多产的源泉最终来自“荒野”。据说，“优质土地之所以肥沃是因为它本身蕴含着野性特征”。那么，如何让一个打了胜仗的国王在瓜分战利品时，授封这充满野性活力的土地呢？“西班牙分封地”和“不动产分封”实在是愚昧至极。赐予我们肥沃土壤的神圣力量，其实并非来自他人，而是来自掌管整个大地网络系统的女神盖娅自身。几乎在所有的文明中，农业生产从一开始就误入歧途，因为它们太过于依赖年复一年的单一耕种。在《农业新根源》一书中，维斯·杰克逊阐释了这一观点。对此，我表示赞同，并深知这将引发对“文明”本身更大问题层面上争辩的提出。关于这一点，我在别的地方早就做出过批判。无须赘言，只说一句就够了，当我们谈及“文明”这一话题时，我们求助的各种经济和社会组织不再被自动认可为有用的模式。然而，审视文明并非意味着全盘否定“培养”的所有含义。

“培养”（cultivation）这个词，究其词源，是“耕种”（till）和“轮转”（wheel about）之意，大致指远离自然过程的一种活动。在农业生产中，它指“停止连续耕作，建立单种栽培”体系。该词在精神层面指涉颇丰，诸如苦行节俭，对宗教权威的顺从，书呆子似的迂腐学究，或者一些传统倡导的二元献身主义精神（注重“创造物”与“造物主”的严格区别），一个权力至上且“集权化”的神性形象，一种遥不可及的绝对完美主义观点等等，均可以说是“培养”之目的。这种精神洗礼中所蕴涵的种种努力，有时就像是一种反抗自然的斗争，将人类凌驾于动物之上，精神凌驾于人类之上。最复杂的现代等级灵性体系是法国古生物学家泰亚尔大师的杰作。他声称，人类，在更高意识的名义下，经历了一种特殊的精神进化命运的演变。这些灵性进化论者中的部分顽固极端分子总是一厢情愿地将人类之外的动植物生命抛诸脑后，转而进入一个远离地球的超生物区域。新时期的一些思想家，其人类中心主义思想遭到了深层生态运动倡导者们的尖锐批判。

就社交层面而言，“培养”一词意味着对语言、知识和礼仪的吸收，以此来确保精英阶层的成员关系。该词与“通俗方式”相对。当然，事实上，山野村夫或游牧人（作家查尔斯·道蒂曾在阿拉伯西北漠地与阿拉伯游牧部落贝都因主人共饮过黑咖啡）的礼仪，犹如城市居民所讲究的礼仪一样，显得精细、复杂和任意。

此外，还有诸如“修身”（training）之类的事情。世界的发展是由一些互补因素推动的，比如年轻与衰老、愚蠢与聪明、成熟与青涩、夹生与熟透。面对获取猎物的欲望以及是否能够获得猎物，动物学会了自律和谨慎。学习和教化既有与事物特性完全一致的部分，也有与事物特性格格不入的部分。在中国早期的道教思想里，“修身”并不意味着要从自身中培养出野性，而是要摆脱恣意妄为和虚无缥缈的状态。庄子似乎说过，所有的社会价值都是虚假的，只会滋生出自私利己的自我。佛教采取中庸之道，认为贪、嗔、痴是自我与生俱来的天性，但那个自我本身就是因没有看清我们自己的“本来面目”而产生的痴与幻的映像。有组织的社会既能激发、怂恿或利用这些弱点，也能倡导慷慨、善良、信任这样的美德。因此，我们有理由从事培养美德的政治工作。然而，这也涉及个人的品格问题：一个人是否会偶尔私下发誓致力于怜悯与直觉的工作，或者是忽视这种可能性。日复一日地实现誓约需要我们的实践，因为修身有助于我们认清自己的本来面目，洞悉外在的自然。

贪将愚人置于无常幻灭之前，犹如将愚笨小鸡过早暴露于食物链中机警的老鹰眼皮之下。文字出现以前，狩猎和采摘文化需要进行高度训练，人们凭借敏锐的观察和良好的礼仪才能得以生存无忧。如前所述，吝啬是万恶之首。我们也清楚，通常早期经济对环境的操控作用远远超出了常识的理解范围。中古石器时代的英国人选择在泰晤士河流域采用清淤或焚烧杂草的方法，以此刺激榛子树的生长。在危地马拉丛林，曾经运行过一种坚果与水果的隐形生长系统。因而，在某种程度上，知识的传授和文化的传承是能够植根于荒野的。

我们所有的人都会赞同这样的观点：人类在寻找自我的过程中出了点问题。难道荒野和自然也是如此？我认为不是，因为文明本身就是一个自我。这个自我，无论在东方还是西方，都被四处播种，并以国家的形式被制度化。自然并非是作为混沌的形式在威胁着我们，威胁我们的是国家对这个“自我”已经创造了秩序的假定。而且，人类也存在着一个对自然界无知，却又近乎自鸣得意的自我。这种观念在欧美的商业、政治和宗教圈里普遍存在。自然是有序的。那在自然中显示出的混乱，只不过是秩序的一种更为复杂的形式罢了。

现在，我们可重新思考何谓圣地了。对于隶属于古老文化的一个民族而言，他们所共享的这片领地一直孕育着神圣的生命和精灵。某些地方之所以被视为精灵的高密集聚地，是因为那里的动植物栖息地相当集中，或那里与古老的传说，与人类的图腾原型有着千丝万缕的联系，或因为那里地貌怪异，或综合了上述种种特点。这些地方就像一扇扇大门，应该可以这么说，人们透过这些门，更易感受到一种超人类、超个人的观点。

全世界都在关注环境和地球的命运。在亚洲，环境运动最早关注的是健康问题。空气与水的条件能得以改善，也是众望所归。其实，在西半球，我们也存在类似的问题。尽管如此，我们庆幸在这里还有一点遗留下来的荒野，这也是为全世界人民保留的一份遗产。在西半球，类似寺庙和神社的建筑数目在全球范围内是最少的。我们西半球的这些寺庙将成为地球上仅剩的荒野区域的一部分。每当赤脚迈进这些寺庙时，我们都能感到日本神道教的“神”（*kami*）或（加州印第安迈杜人）“赤脚疾飞神”（*kukini*）的威力仍在这里显灵。这些寺庙早已成为山狮、山区野羊和大灰熊们的庇护地。在前白人时期，在较低的丘陵和平原，都可寻觅到这三种北美动物的踪迹。山区，是一片岩石嶙峋、冰天雪地的壮观景象。在这还可看到，天空中成群结队的密密麻麻的飞鸟；南部的沼泽地里，鱼儿在水中自由穿梭。这一幕幕旨在提醒我们，这个包罗万象的野生系统滋养了我们整个人类，且承担了产业经济带来的风险。虽寸草不生却美丽惊艳的高山雪地和冰川，积雪开始融化，汇集成一条条小溪，流进加州中部大谷地，浇灌了那里农业综合企业的垄垄田地。荒野朝圣者，背着行囊，气喘吁吁，一步一步地在通往雪地的山路上艰难跋涉。这些朝圣者的手势，其表达方式是那么的古老，让人深深体验到了荒野朝圣所带来的身心愉悦之感。

当然，不仅仅是背包一族热爱荒野，还有一群人同样热爱大自然。他们或者在海上航行，在海湾里及河流中驾着爱斯基摩皮艇，或者悉心打理花园，剥着洋葱，甚至只是喜欢坐在打坐的蒲团上。关键在于他们与真实的世界、真实的自我有着亲密的接触。“神圣”旨在帮助我们（不仅仅指人类）剔除小我，融进山河并存的曼荼罗宇宙之中。当我们步出教堂，灵感、兴奋和洞察力不会因此泯灭。荒野作为寺庙仅仅只是拉开了序幕。一个人不应以非凡的经历而自居，也不要奢望能远离失意落魄的政客（绝种的政治白氏斑马）①，进入一个能保持高度洞察力的永恒状态。如此探究和远足的最佳目标就是能够返回到

① 原文用的词语是 political quagg，直译为“绝种的政治白氏斑马”，意译为“失意落魄的政客”。quagg 是一种似斑马的哺乳动物，原产南非，十九世纪后期就绝种了。——译者注

低地，环顾一下我们周围所有的土地，诸如农业用地、郊区地方、都市地盘等。我们应将它们归属于同一领地，那就是完全未遭破坏、处于绝对野生状态的土地。这些所用之地可被修复，而且在它们的大部分地区能栖居相当数量的人类。到那时，当我们漫步街头，大棕熊将相随于我们，而鲑鱼将逆流而上与我们嬉戏。

回过头来看看我自己的情况：我和家人生活在加州内华达山脉的一片土地上。从经济的角度来看，这块土地“几乎谈不上优质”。不过，随着土壤改良，劳动力投入加大以及整个干旱季节蓄水池的修建，这块地开始能种出蔬菜和优质苹果了。此地的森林有较大的改观，经过千年的沉积，已形成了种植橡树和松树的独特优势。我想我该承认，此地最好还是保存其“荒野”的特性。现在，大部分地带的管理也以保持其“野性”特征为目的。松树正在逐渐长大，而一些橡树，早在欧裔美国人踏上加州这块土地之前，就在此落地生根了。除了灰棕熊和狼不见其踪影，鹿和其他动物随处可见。其实，灰棕熊和狼只是暂时没有落户加州罢了。迟早有一天，我们会把它们带回来的。

这些山麓小丘的山脊上实在没什么特别吸引眼球的地方，没有明信片中那般优美的风景。不过，鹿在怡然自得地活动着，以此为家。我想，这里可能就是个“鹿场”吧。事实上，正因为住在内华达山脚下，我的邻居、我的孩子们和我都受益匪浅。我们亲眼目睹了曾遭树木滥伐的土地现已绿荫葱葱，曾被大火烧光的土地现已焕然一新。几十年来，被认为一文不值的土地现在却成了我们的老师。就是在这片土地上，我们工作着、挣扎着，坚持度过了一个又一个严冬酷暑。为此，它给我们绽放出自己的娇小美丽。

那么圣地呢？沉溺于一点点玄妙的人会神秘兮兮地说，在我们重新栖居的这片土地上，有新近发现的圣地。我知道，我的孩子们（像其他任何地方的小孩一样）在树林里都有一些秘密地点。许多人喜欢徒步登上当地的小山，纵览全景。在浩瀚的夜空下，观赏皎洁的月光；在菩提节[①]拂晓时分，吹响海螺。在采矿留下的数英里砾石路上，我们举行过各种仪式：为砍伐树木、破坏土壤而忏悔；为加速植物演替恢复而祈祷。在一些树林深处，人们还举行过婚礼。

与本地有关的事情，即便像上述这样，也足以激起当地人抓住重新开采金矿与加速砍伐树木这样迫在眉睫的现实问题不放。为此，人们自愿组成委员会，集体研究采矿提案，评估环境影响报告，挑战公司的草率设想，以及抵制某些县府官员出卖居住者利益，拱手把整片土地送给盈利诱人的项目工程的打算。对于需养家糊口，有着全日制工作的人来说，这真是一份棘手、无酬、令人沮丧的苦差事。对于森林问题，大家做出了同样的努力。就拿附近的国家森林来说，我们揭露了管理者对于木材行业一些臭名昭著的偏袒行径，尽管他们试图花言巧语，用无关痛痒的统计数据来平息公众的怒气。任何一个人烟稀少却“资源丰富”的地区，即便是在美国境内，都会像第三世界国家一样，难免遭受掠夺的命运。我们正努力捍卫自己的空间，同时我们正竭尽全力保护公用地。这样做的目的远远超出了从逻辑上对自身利益的考虑。可以说，对土地的真诚无私的热爱才是激发我那些邻居们大无畏精神的源泉。

① 菩提节（Bodhi Day）：四月十五日成佛节，现证菩提节。——译者注

不要一时兴起，急匆匆地宣称一些东西是“神圣的”。我个人认为，我们应该耐心点，给土地足够多的时间，让它告知我们或后代，何谓“神圣”。在北美栖居的动植物中，一只扑动鴷的欢叫声，一只灰松鼠有趣而急促的吱吱声，还有橡树果砸落在谷仓屋顶所发出的敲打声，都足以为我们寻找“圣物”提供一些蛛丝马迹。

青山常运步

明王和观音

> 今之山水，古佛之道现成也；共住法位，成究竟之功德。以是空劫已前之消息，故是而今之活计也；以是朕兆未萌之自己，故是现成之透脱也。①

这是道元希玄的惊世之作《山水经》（日语：*Sansuikyo*）的开首语。《山水经》写于一二四O年秋，这时道元从中国宋朝返回日本已有十三年。道元希玄十二岁便离开了京都的家，攀行在破败不堪的林间小路上，穿过比睿山黑压压的日本扁柏和日本雪松（类似雪松和红杉）森林。这片三千英尺高的山脉位于鸭川河盆地东北角，这一广阔

① 本文是作者对日本道元禅师《山水经》一文的诠释。所引译文亦可参看道元著、何燕生译注的《正法眼藏》（北京：宗教文化出版社，2003）。——译者注

的山谷如今已被大城市京都占据。比睿山是日本佛教天台宗的总本山。道元希玄成了寺庙里的小沙弥。寺庙沿山脊而建，木质结构，刷着红漆，树木成荫。

“青山常运步。”

当时，旅行者通常是步行。寺院住持在京都大德寺的禅僧殿向我展示了十九世纪僧侣书写的寺院“佛事活动年鉴”。（二十世纪，这些手稿被另一卷手稿取代，其中有几处小的更改。）这些手稿是寺院住持一年到头可查阅的记录，上面记载着寺院庆典、冥想日程以及修行秘诀。手稿列出了与僧侣培训学校有密切关系的寺庙，并以云游所需的时间为顺序，如最近的寺庙需步行一天，最远的寺庙需步行四周。学僧通常每年至少回去一次，即使来自偏远地区寺庙的学僧也不例外。

事实上，整个日本是一片陡山峻岭，而山岭被湍急的浅溪分割。这些小溪通向狭长的山谷和一些朝向大海的比较宽阔的冲积平原。小山大多长满了小针叶林和灌木丛。从前，这些山被密林覆盖，森林里不仅有参差不齐的松树、高大笔直的日本扁柏和雪松，还有巨大的阔叶树。踩出来的小径足迹清晰、纵横交错，在地面上随处可见。这些小径是由许许多多的人踩踏出来的，他们当中有音乐家、僧侣、商人、搬运工、朝圣者以及参加定期法会的大批信众。

我们如同小孩一样通过步行和想象来了解一个地方，了解如何构思空间关系。地点和空间尺度必须以我们的身体及其能力来衡量。“一英里”最初是罗马人对一千步的量度标准。但乘汽车和乘飞机旅行，我们却不易感知空间距离。要知道，横跨龟岛需要每天用稳定、舒适的步伐走一整天，连续走上六个月，才能大致了解这段距离。中国人说的“四威仪”，指的就是立、卧、坐、行。这些行为之所以是“威仪”就在于它们是充分表现自我的方式，是我们身体感到舒适自在的方式，是这些基本行为模式表现自如的方式。我想我们很多人会认为这将会是非常美妙的事：如果我们再次步行出发，每隔十英里左右就有一个小旅馆或干净的营地可以住宿，也没有交通事故的威胁，走遍整个中国、整个欧洲那样巨大的景区。这就是亲眼观察世界的方式：用我们的身体。

设立圣山及朝圣是亚洲民间宗教的一种积习成俗的特色。道元说到山时，深知这些过去的传统。中国有数以百计的道教和佛教名山。日本也有类似的与佛教和神道教相关的山。亚洲有几类圣山：“圣地”是指神灵或神的居住之地，这是最简朴也可能是最古老的说法；而“圣域”可达数十平方公里，对神话以及道教或佛教的一个教派来说是很特别的地方，因为有着数英里的路程或有数十乃至数百个小庙或神社。朝圣者可能要攀爬数千英尺，住在平板搭建的小屋里，吃着稀薄的米粥和少许腌菜，沿着固定的路线一处接一处地烧香和祭拜。

最后，还有一些高度形式化的圣域被刻意制作成一个象征性的图案（曼荼罗）或神圣的文本，它们也可能相当大。人们认为，在指定的景观中漫步如同在精神层面制定具体的行动（格拉帕德，1982）。我与几个朋友曾经行走在大峰山修验者（*Omine Yamabushi*，山中隐士）所常走的古代朝圣路上，在奈良县内，从吉野走到熊野。这样，我们在大峰山顶（接近六千英尺）穿过了“金刚界曼荼罗”古老的中心。

经过四天的徒步旅行，我们下山来到了熊野（“熊的原野”）神社的“胎藏界曼荼罗”中心，该神社位于一个山谷深处。那是六月下旬的雨季，繁花似锦，薄雾萦绕。全程几英里的山脊很难见到有石头神社，每当遇到神社，我们都虔诚地鞠躬祭拜。这种将复杂教义图案呈现在景观上的做法是金刚乘佛教的日本门派真言宗与山区兄弟会的萨满教传统相互影响的结果。

从吉野上大峰山定期朝圣的人相当多。几百名各种各样的修验者带着老式的登山装备攀悬崖、爬山峰、吹螺号，还有些人则在山顶的寺庙里吟诵佛经。寺庙是泥土地面，弥漫着焚香的烟味。近些年来，这些长途跋涉的做法已经绝迹，因而小路杂草丛生，几乎找不到了。在四千英尺高的山脊上，这条直路走起来感觉颇佳。我想，在旧石器时代和新石器时代，这是从海岸到内陆常走的通道。它也是我在日本唯一遇见野生鹿和猴子的地方。

在东亚，“山”通常是荒野的同义词。长期以来，农业国家对低地进行排涝灌溉，将其整理成梯田。农耕在哪里停止，森林和野生生物的栖息地就在哪里开始。建有村庄、市场、城市、宫殿、酒店的低地被认为是充满贪婪、欲望、竞争、商业贸易而纸醉金迷的地方，即“尘世”。那些逃离这个世界并寻求纯净的人在山中寻找一个山洞或搭建一处隐居之所开始修验，这将使他们实现自我完善，至少能使他们过上健康长寿的生活。这些隐居的住所后来发展成了寺院建筑群的中心，最终也成了各宗教教派的中心。道元说：

> 帝王多好山而拜访贤圣，乃古今之胜躅也。是时，以师

礼而敬，不依民间之法。圣化之所喜，全不强为于山贤也。

所以，“山”不但使人在精神上得到深化，而且（人们希望）它不受中央政府控制。进入山中当隐士和僧侣的人中，有些是从监狱里逃出来的，有些是躲避税收或兵役的。（在中国西南部深山里有一些幸存下来的山地部落，他们崇拜狗和老虎，男女之间非常平等，但这是另一回事了。）山（或荒野）完全是精神自由和政治自由的避风港。

此外，山还与下列特征有着神话上的联系，如挺拔、活力、高度、卓越、坚硬、抗性、刚毅。对于中国人来说，山属“阳”：干燥、坚硬、阳刚、明亮。水属“阴”：湿润、柔软、幽暗。“阴”与以下特征联系在一起：流动不失强壮，寻求（或切向）最低点，具有灵性，赋予生命，形态万千。民间（与金刚乘）佛法的图像画法中将“山水”拟人化成为不动明王（不动智慧之王）的形象和观音菩萨（观察海浪的菩萨）的形象。不动明王长相凶残，滑稽可笑，瞎眼一只，尖牙一颗，或坐或站在一块岩石上，周身布满火焰。他被认为是山中苦行修道的支持者。观音菩萨优雅地倾身坐在她的莲花宝座上，手持净水瓶，长相慈悲。他们两位被看作佛事的搭档：一是苦行的修炼和无情的灵性，一是同情的忍耐和超然的宽恕，两者相互调和。山水是对立统一的，两者一起使得一切皆为可能：智慧和怜悯是实现这一切的两个主要因素。道元说：

《文子》曰：“水之道，上天为雨露，下地为江河。”……水之道，虽非水所知觉，然水能现行也。

显然，水在不断地循环，山与河无疑是在相互作用下形成的：河水由高处倾泻而下，在向下流动中通过冲刷或沉积形成各种地貌；河水夹带着的泥沙等沉淀物堆积在沿海岸大陆架上，最终使大陆架成倾斜状，向上抬升。通常，汉语合成词“山水”是对风景的直接描述。风景画就是“山水画”（“山脉”有时亦称作“脉”，即“脉搏”或“静脉”，如同手背上的静脉网）。即便不是专家，我们也能观测到，各种地貌的形成是水流冲刷和山脉阻挡相互作用的结果，而水与山在不断分化的律动中互相渗透。中国人对土地的认识总是融入了他们的辩证意识：岩石与流水，水流向下与岩石耸立，地表形态的不断变化与“缓慢流动”。就前现代时期幸存下来的几幅大型中国横轴画卷《山河无尽图》而言，其中几幅画面贯穿一年四季的变化，感觉好像是在描绘整体的世界。

“山水”是一种表述整个自然过程的方式。正因如此，山水远远超出了纯洁与污染、天然与人工诸如此类的万物二分法。河流和山谷构成的整体，显然包括农场、田地、村庄、城市以及（曾经相对渺小的）人间俗务的尘世。

一句箴言

“青山常运步。”

这是道元引自（北宋沂州）芙蓉道楷禅师的话。此时，道元的脑海中可能浮现出了那些亚洲的山脉，山里的小径他曾行走过多年。这些山峰高达三千到九千英尺，呈烟蓝色或蓝绿色，大部分被树覆盖着。它们可能是中国南部海岸陡峻叠嶂的山峰，十三年前他曾在这里居住修行过。（这些纬度的林线接近九千英尺，阿尔卑斯山区的林线没有达到这样的高度。）而且，他行走了几千英里。（“心者，参究赤足行走之道也。”）

若疑着山之运步，则自己之运步尚不知也。

道元并不关注“圣山”，也不觉得朝圣、修行同道、荒野有什么特别。在他看来，山脉和溪流是这片土地的自然进程，涵括所有的存在、作用、本质、行为、缺失。它们是有与无的共存。我们是什么，它们也是什么；它们是什么，我们也是什么。对那些能直接看到事物本质的人而言，神圣的观念只是错觉和障碍。它分散我们的注意力，使我们不能看清眼前之物：绝对真如。根、茎和枝都是一样参差不齐。既没有等级差别，也没有一律平等；既没有玄妙高深，也没有浅薄平庸；既没有超群的天才，也没有迟钝的胜者；既没有桀骜不驯，也没有俯首帖耳；既没有束缚限制，也没有自由自在；既没有自然生成，也没有人工造作。从整体上看，每一个都是非常脆弱的自我，即使与所有这些方面联系起来，情况也是这样，甚至正因为与所有这些方面联系起来，情况才是如此。

这个（万物的）本体，真如，是自然的本质之本质，是荒野中的野性。

因此，青山走向厨房，回到商店，走到桌前，来到炉火边。我们坐在公园的长椅上，任凭风吹雨打，全身湿透。青山走出去把另一枚硬币放进停车计时器中，然后继续走向7-11便利店。青山走出了海洋，托起天空，一会儿，又滑入水中。

无家

佛教徒说“出家（人）”指的是和尚或僧人（日语*shukke*的字面意思是“出家”），即摆脱家庭生活，忘却尘世诱惑与义务的人。另一术语“出世”意指离开人类行为方式不完美的世界，特别是过度城市化的世界，但不包括自然的世界。对于有些人来说，出世意指过着深山隐士的生活或成为宗教团体的一员。“家”依“山”或“净土”而建。公元五世纪诗人江淹对无家世界的含义进行了放大，评说道：真正的隐士应该“以紫天为宇，环海为池，倮身大笑，被发行歌”[①]（华特生，1971，82）。初唐诗人寒山被认为是一名真正的隐士，他的家宽敞到能延伸至宇宙的尽头：

粤自居寒山，曾经几万载。
任运遁林泉，栖迟观自在。
寒岩人不到，白云常叆叇。
细草作卧褥，青天为被盖。
快活枕石头，天地任变改。

“无家”在这里意味着“在整个宇宙的大家之中”。同理，那些

① 原文引自南朝梁国诗人江淹的《报袁叔明书》：“仆闻狂士之行有三，窃尝志之，其奇者，则以紫天为宇，环海为池，倮身大笑，被发行歌。”——译者注

独来独往的人，没有丧失他们住处的完整性，他们把自己的住处和他们所在地区的山岳或森林看作完全一样的东西。

有一年，我在神社参加了一场为诹访之濑岛的火山举行的仪式，诹访之濑岛位于中国东海。穿过丛林的小路需要先拨开杂草灌木才能行走，因而到那里去的人非常之少。我们中有两位来自榕树精舍[①]的成员，他俩成了三位年长者的帮手。我们花了一上午除掉繁茂的杂草荆棘，清扫场地，打开未上漆的木制祭台（如鸽子窝般大小），并擦拭干净，然后在空地前面的搁板上摆放些祭品，如甘薯、水果和烧酒。实际上，这一空地正对着这座山。一位长者面对山峰（最近曾喷出火山灰云），用方言说了一通直率、随意的开场白或祈祷词。我们汗流浃背，席地而坐，用镰刀切开西瓜吃了起来，然后喝了一点高度烧酒。此时，几个老人正在谈前几天在岛上发生的事情。周围绿色的树木高大茂盛，富有光泽，树的枝叶呈圆弧形遮盖着我们，还有知了在附近喧闹地鸣叫。祭祀可不是件小事。每一家都已准备好自己家的祭祀活动，有祖先的照片，用作祭品的米、酒和花瓶，花瓶里插着几根小枝条，枝条上的树叶四季常青。房子本身再加上质朴无华的小厨房、浴室、水井和玄关坛，一同构成了一个小小的神殿。

然而，当这座字面意义上的“房子”被认为是指另一个世界时，它本身就是暂时的、合成的，其自身也是简陋粗糙、“无家”可言的。房子是由这些材料拼凑而成的：松木板，黏土瓦管，雪松板条，用河中卵石砌成的支柱，从废弃工场捡来的窗户，从凯玛特超市买到的圆

① 榕树精舍（Banyan Ashram 或 *Buzoku*）：位于日本诹访之濑岛（*Suwa-no-se* Island），是日本流浪诗人榊七夫（Nanao Sakaki）、山尾三省（Sansei Yamao）和一些年轻人于二十世纪六十年代所建立的小区，专注于农牧及禅修的简单生活方式。——译者注

形把手，从科斯特普拉斯公司购买的席子和垫子，厨房的地板由山脊的砂岩铺成，门前的擦鞋垫则来自朗斯公司。这一切构成了同一个世界，这世界中有你，有我，还有老鼠。

> 青山既非有情，亦非无情。自己既非有情，亦非无情。而今疑着青山之运步，则不可得也。

不仅是梅花、云朵，或者经师、禅师，而且凿子、弯钉、手推车和吱吱作响的门，也都在传授事物之道的真谛。真正“无家”的境界是一种成熟，不依赖任何事物，对出现在门阶上的任何东西却都能作出回应。道元鼓励我们说，“山无处不参学”。

比狼大，比鹿小

我一辈子都是在荒野自然及其周围生活工作，从事探索与研究，甚至住在城市期间也是如此。然而，几年前我就意识到，我无法使自己成为一名出色的植物学家、动物学家或鸟类学家，而我所敬佩的许多从事户外工作的人却成了这些方面的专家。回想这些年我把才思和精力集中于哪些方面时，我发现自己把人类同胞当成了研究对象，成了研究自己同类的博物学者。我也曾是自己的研究对象。我喜欢了解不同的社会在不同的环境中如何处理日常生活和庆典活动的细节。科学、技术以及对自然的有效利用不必与庆典格格不入。在使用与滥用之间，在物化的实用性与庆典的精神性之间划清界限确实很好。

这一界限具体体现在细节上。我曾经参加过一座日本寺庙的落成典礼。这座寺庙建筑被拆解后途经太平洋被运送到西海岸重建。寺庙落成庆典采用日本神道教的风格，供品有鲜花和植物。引起争议的是这些植物在一次日本的传统庆典中曾被使用过，并且是从日本运送过来的，它们不是这个新环境中的植物。祭祀者在形式上是合乎礼仪的，但无疑没有抓住其本质。在大家走后，我尝试着独自做了一个简要的引见："扁柏木造的日本建筑，这是熊果树木和美国黄松木……请在这干燥的气候里照顾好你自己。熊果树木，这种建筑适宜于潮湿的空气和人多的环境。请在你们布满尘土的山坡上接受它吧。"人类会通过他们自己的途径去理解自然和荒野。

人类的时尚与服装的多样性，以及流行文化的不断变化，是一种象征的形态，仿佛人类是在刻意模仿鸟身上的颜色和图案。特别是来自高度文明的人对分离与差异有着清晰的想法，用多种方式宣称自己"脱离了自然"。作为一场竞赛，这可能是无害的。（人们可以设想一下，脊索动物会这样说："我们是进化进程中质的飞跃，大概完全超越了迄今为止的所有生物。"）但至少这种认为人类有特殊命运的说法，可视为无用的、种类繁多的理论中的一个案例（奥卡姆剃刀原理[①]）。然而，人类对自然造成了危害。

有一幅大型的山水画卷，名为《山河无尽图》（清朝画家陆俊创作，目前收藏在美国德州的弗里尔市）。在这一大片的岩石、树木、山脊、山脉及河流中，我们看到了各种各样的人以及他们劳作的情形。画中有农民和茅屋，僧侣和寺庙，坐在小窗户旁的儒生，待在小船上的渔民，

① 奥卡姆剃刀原理（Occam's razor）：是由十四世纪逻辑学家、圣方济各会修士奥卡姆的威廉（William of Occam）提出的一个原理，指排除不必要的要素 / 假设的思考方式，把论题简化的思考原理。简言之，"如无必要，勿增实体"。——译者注

踏上征途的商人以及随行的货物，还有他的妻子和孩子。当北印度和西藏的佛教传统创制出曼荼罗，描绘出意识和因果关系链的位置图，亦即他们的视觉教具时，中国的禅宗传统（特别是南宋）也出现了类似的情况，不过（我冒险地提出）后者采用的是山水画的形式。如果卷轴画被视为中国的曼荼罗，那么画中所有的人物就都是我们各种各样的小小自我；而且，山崖、树木、瀑布、云彩也是我们自身的变化和社会身份的呈现。（沼泽中丛生的芦苇沿着一条小溪生长着，它会说什么呢？）每一个生态系统是一个不同的曼荼罗，一种不同的想象。这让我又想起了阿伊努语中的词语 *iworu*（生物场，领地）。

> 大凡见山水者，依种类而异……有见妙花为水者，然其非用花作水。饿鬼以水见为猛火，见为脓血。龙鱼见水为宫殿，见为楼台……有见水为森林，见为壁者。人间见水为水者……故随类见诸水者，非他，乃依水之透脱也。

有一年的七月，我从科尤库克河源头往下走，河的源头在阿拉斯加的布鲁克斯山脉中，我发现自己能够看到多尔羊的王国。在绿云般的苔原带，夏季的阿尔卑斯山[①]——在这里我是一个弱小的访客——对我这个无毛的灵长动物十分友好。然而，漫长而黑暗的冬天也没有吓倒多尔羊，它们甚至没有往山下迁徙。风吹着稀疏松散的雪花，北极夏天干燥的非禾本植物和禾本植物在这整整一年中被羊一点一点地吃掉。夏季，几十只羊站在野外，白色的羊与绿色的草交相辉映。它

① 此处的阿尔卑斯山（alps）应指格林・阿尔卑斯山（Glen Alps）。——译者注

们有的在嬉闹，有的在打盹，有的在吃草，有的在用角相互顶推，有的在跑圈，有的坐着，有的在高而平坦的“床”上酣睡，这“床”就是屹立在极其险峻的悬壁上的岩脊。道元也许会说，多尔羊（在阿萨巴斯卡语中被称作“白大角羊”）把山看作了“宫殿楼阁”。但是这种临时使用的词语“宫殿楼阁”过于优雅，都市色彩太浓，人类特征太明显，以至于不能真正全面、独特地展现出每种生物应当是多么无拘无束地生活在其唯一的“佛土”上。

青山叠嶂，云雾缭绕
远坡山上，白点荟萃
舒缓变化，并非星星与岩石
“在午夜的微风中撒满”
白云碎点，淡紫色的北极光
照在恬静的野羊身上，它们正吃着
苔原上的绿草，群聚而成亲缘家族
咩咩叫声和羊骚味徐徐地
传递着它们的生活气息
停留半空中——湿气向上卷起
弥漫整个阿拉斯加北坡，尝尝浮冰之味，
便携式煤油炉此刻沸腾着，
歇息于此，沏茶而饮。

在山坡下这条北极的小河中，色彩斑斓的河鳟，生活在它们的天堂里，但此处对人类而言却是冰冷的世界，道元又说：

> 龙鱼视水为宫殿，当如人见宫殿，不见水之流也。若有旁观者告其“汝之宫殿即流水”，龙鱼定如我等今闻“山流”之说，忽而惊诧。

我们可以开始想象或设想非二元现行世界中这种嵌套层级和网状结构。系统理论提供了抽象的公式，但几乎没有提供形象的隐喻。在《山水经》中我们发现：

> 非唯世界有水，水中亦有世界。非水中有如是，云中亦有众生世界，风中亦有众生世界，火中亦有众生世界……草中亦有众生世界。

进化的普遍观点似乎是，竞争的物种在地球演化的漫长岁月中一直在赛跑，而所有的物种都在同一赛场上。有些快要出局，有些落在后面，有些却稳操胜券地跑在前面。如果将背景与前景互换，从“生存环境”和其各自可能的创造性等角度来看，我们可以通过其他成百上千个视点看到这些物种之间的大量互动。我们可以说是一种食物带来了一种生存方式。越橘和鲑鱼引来了熊，北大西洋成群的浮游生物召来了鲑鱼，鲑鱼吸引了海豹，接着是逆戟鲸。不断律动和波动的大群鱿鱼靠从抹香鲸身上吮吸养分生存。加拉帕戈斯群岛空旷的小生境使得一排雀科鸟身上呈现出多种鸟类的形态和功能。

保守生物学家谈到的“指示种”，指的是一个自然区域及其自然系统内非常典型的动物或鸟类，它们的生存环境是所有生物生存环境的指标。古老的针叶树林（的生存环境）可由栖息其中的“斑点猫头鹰”来衡量，大平原曾经（并将再次）以“野牛”作为其生存环境的指标。而我一直在问自己：“什么地方是以人类作为其生存环境的指标的？什么是靠吮吸我们这一物种而形成的？”答案当然是“无尽的山河”，也即整个地球，我们或多或少发觉我们在这里生活是舒适自在的。浆果、橡子、草籽、苹果、山药召唤着类似我们的灵巧生物前来采集。人类体型比狼大，比鹿小，在地球这一大环境中属于不是那么大的生物。从高空俯瞰，人类的成就是在大地上留下的乱刻乱划的印迹、栅格状的图案和大大小小的池塘。事实上，地球上大多数地方，从远处看似乎都是人类未曾涉足的空旷之地。（我们现在知道我们对地球的影响远远大于其呈现出来的程度。）

在城镇里，（对那些能看见的人来说）空旷之地是古老的树干、河床的沙砾、渗油的小坑、山崩的擦痕、刮倒的树木、烧焦的土地、水灾留下的废墟、珊瑚礁群落、胡蜂巢、蜂窝蜂箱、腐朽的原木、溪水河流、岩石劈理线纹、矿岩地层、鸟粪堆、吞食鱼、耀眼的凉亭、瞭望石以及地松鼠的巢穴。对少数人来说，它也可能是宫殿。

分解

“饿鬼见水为猛火，为脓血……”

荒野的生活不只是在阳光下吃浆果。我喜欢设想一种“深度生态学”[①]，这种研究将涉及自然的阴暗方面：粪便中碎骨的渣块，雪地里的羽毛，永不满足的传说。荒野系统具有一种超越批判的崇高意义，但它也可能会被视为无理性的、霉烂的、残忍的、寄生的。吉姆·道奇跟我说，他是如何带着兴奋而恐惧的心情，观察了逆戟鲸在楚克奇海中巧妙杀死灰鲸的过程。生命不只是属于白天活动的大型有趣的脊椎动物，也属于夜间活动的各种生物，其中有厌氧性的生物、食人的生物、微生物、有助消化的生物、引起发酵的生物，它们在温暖的黑夜中准备着各自的食物。生命在四英里深的海洋里仍能生存得很好，在冰冻的石墙上等待着与坚持着，在一百度沙漠高温中仍然执著地生存下来。这是一个腐烂的自然世界，一个在阴凉处竟然会腐烂和腐败的生物世界。人类创造了许多纯净的东西，但又被血腥、污染、腐烂的东西所压制。“神圣”的另一层含义是在满地蛆虫的阴间看着自己的挚爱。郊狼柯帝（玛雅守护神）、俄耳甫斯（希腊神祇）以及伊奘诺尊（日本神祇）都只能眼睁睁地看着自己失去心爱之人。羞愧、悲伤、尴尬和恐惧是黑暗想象中无需氧气助燃的燃料。荒野世界充满的鲜为人知的活力以及想象中它们的类似物，使我们有了生态意识。

在这里，我们也看到了神灵对独特居所的需要。他们住在山顶（如奥林匹斯山），地底下，或隐匿在我们周围，只是我们无法看见而已。（相传一位大神居住在地球之外。）亚娜族人说加利福尼亚州北部的拉森山，在伊希族的语言中被称为“瓦加努帕”（Waganupa），是一

① 深度生态学（depth ecology）：这是斯奈德本人提出的一个概念，与挪威哲学家阿伦·奈斯提出的“深层生态学”（deep ecology）有区别，主要表现在前者不像后者那样强调“扩展的自我”，而强调“关系中的自我”。——译者注

座高达一万英尺的火山。它是无数（夏威夷）库基尼人的家，他们为保存火种而走进山里[①]。（烟从烟洞冒出来。）而神灵则继续玩他们神奇的掷小棍赌博游戏，直到人类更新自己成为“真正的人”，使灵性能再度与其结合。

灵性世界是跨越物种、相互渗透的。它无须关注自身的繁殖，也不惧怕死亡，更不注重实用价值。但是，灵性在跨界交流中确实有一种矛盾的、选择性的兴趣指向。穿着猩红色和白色长袍的年轻女人跳舞祈求神灵，会让神灵附身，并以神灵的声音说话。雇用他们的祭司只能等待她们传递来的信息。（我认为这就是 D. H. 劳伦斯所说的：“喝吧，与酒神巴克斯一块畅饮，或者与耶稣吃干面包，但务必与其中一个神灵坐在一起。”）

（山像人一样在梦想：我半睡半醒躺在内华达山脉中位于塔湖边的岩石地上。有四块平坦的奶白色的岩石在悬崖峭壁上摇摆着；梦中，山在呓语：“这些岩石块就是你的女儿。”）

在同样的地方，道元和禅宗传统常倡导行走、诵经或打坐冥思，而本地年长的心灵技师则通过吹笛、击鼓、跳舞、幻想、听歌、戒食，与鸟类、动物或岩石交流。有个故事，说的是郊狼看着秋季三叶杨树的黄叶飘浮着、旋转着、轻轻地落在地上。觉得这一场景非常有趣，郊狼问树叶，自己是否也能这样飘落下来。树叶告诫它：“郊狼，你太重，你有很多骨头、内脏和肌肉。我们很轻，可以随风飘动，但你

① 这里指库基尼人（kukini）取火山口之火为火种，在附近的山里生活，故烟会从烟洞冒出来。这种生活方式在一定程度上可谓回归了自然。或许正因回归了自然，人类才能再次成为真正有灵性的人，人类才能从最简单、最原始的游戏，如文中提到的移动小棍游戏（stick-game gambling）中享受到乐趣。——译者注

会掉下来，会摔伤的。”郊狼没有理会这些劝告，执意爬上三叶杨树，慢慢爬到树枝的尖端，纵身一跃，结果摔在地上，死了。所以，会有这样一句忠告：不要过于草率地去“模仿他人”。 但我们也曾听说，郊狼会翻身而起，重新组合它的肋骨，安好它的爪子，用有深黑色小圆点的小鹅卵石做眼睛，便又能快步行走了。

叙说的故事是我们存留于世的一种痕迹。我们所有的文献均为遗留之物，与荒原民族的神话数量相当，只不过这些民族只留下了各种故事和一些石器。其他生物也有着它们自己的文献。在鹿的世界里，鹿与鹿之间依靠本能传递信息的一连串气味变成了它们叙说的故事。几处血痕、一点尿迹、一次发情、一段车辙、小树上的擦痕等等，早已成为过去。可能在其他生命中也存在“叙事理论”，这些理论可能在反复思考“雌雄间性”（intersexuality）或“分解批评”（decomposition criticism）。

我想原始人都知道他们的神话在某种程度上是“杜撰”的。他们不会照着字面意义来解读，但同时又对这些神话怀有崇敬之情。一个民族只有在被往事所干扰或遇到外来的价值观挑战时，才会宣称他们的神话“的确是真实的”。这种字面的意思又会引起质疑和彻底的批判。纵然神话不可信，但它们是构架美学和心理的观念，能给另一个混乱的世界带来秩序。对此，我们应该坚定地遵循这些观念。道元说：“须知诸佛虽以解脱而无系缚，各住其法位。”这句话对上述宣称来说是一剂良药。《山水经》被称为佛经，它不能断言“今之山水”是一个文本，一个符号系统，一个镜子指称的世界；然而，这个世界在其实际生活中就是一次完整的呈现，一场戏剧的表演，并且不代表任何具体的东西。

水上行

有各种各样的行走方式：从径直穿过沙漠到蜿蜒穿过灌木丛。沿着岩石山脊和岩屑坡顺势往下走，本身就很独特。这种行走方式是一种不规则的颠簸前行，人们一颠一簸地走在石板和碎石上面，呼吸和眼睛随着这种不均衡的节奏而活动。这样的路走起来一点儿也不顺畅，一点儿也不稳，弯弯曲曲的，走路的人很少跳跃，总是侧步而行，寻找能够看得清楚的地方，用脚踩在石头上，稳稳地踏上去，继续前行。这种行走方式曲曲折折，走路的人小心翼翼，眼睛警觉地往前看，一边选择前进的立足点，一边不停地迈开脚步。此时，他们的身心与这个粗野的世界是如此一致，一旦尝试了，就能轻松地行走下去。可谓山随山动。

一二二五年是道元在中国南方生活的第二年。这一年，他走出了深山，路过南宋的京城杭州（临安），一路向北到达径山的万寿寺。道元留下唯一有关中国的记载是对如净大师谈话的记录（科德拉，1980）。我好奇道元是否说过城市运步。杭州有着平坦、宽阔、笔直的街道，与运河平行。他一定看到了多层楼房，干净的鹅卵石铺成的街道，各式各样的剧院，大大小小的市场，和数不胜数的餐馆，还有三千座公共浴池。二十五年后，马可·波罗来到杭州这座城市（马可·波罗称之为 Quinsai①）。他认为，在当时，杭州是世

① 行在（Quinsai）：南宋都城杭州，宋人称之为“行在”，马可·波罗在其游记中称之为 Quinsai。——译者注

界上最大最繁华的城市（至少有一百万人）（谢和耐，1962）。即使在今天，杭州人仍记得十一世纪的伟大诗人苏轼，在担任杭州知州时修筑了一条跨越西湖的长堤（后人称其为“苏公堤”）。道元行走中国期间，中国的北方正处在蒙古人的控制下，五十五年后杭州落入蒙古人之手。

那个时代，从中国南方送往日本的山水画和书法，既有禅宗流派曹洞宗和临济宗的作品，又有当时中国南方都城的风景画。德川时期，日本人对杭州的记忆影响了大阪和东京的城市建设。这两地都拥有具世界影响的东亚遗产：一个是简朴的，适合禅宗修行的城市，有着各式各样、干净的大厅可用于禅修；另一个是充满生活欢乐的城市，有各种各样的欢庆节日、剧院和餐馆。如果禅宗代表了远东对自然的热爱，那么杭州就代表了城市的理想。大阪和东京两个城市都充满着活力与生命力。因为世界上大多数城市现在都陷于贫困、人口过剩和污染问题的泥沼之中，我们就更加有理由去重新找回梦想。正如詹姆士·希尔曼（1989，169）所说，疏忽城市的建设（从我们心灵和头脑中开始）是极其危险的。

《山水经》继续写道：

> 诸水现成于东山之下。诸水之顶颠者，诸山也；向上、直下之行步，共为水上。诸山之脚尖行步诸水，令诸水钩出也。

道元完成了对山水的沉思冥想，用的是这句话：“若参学，穷究于山，则山中功夫也。如是之山水，自为贤，自作圣也。”这种山水又“自为”路边的商贩和厨师，“自作”土拨鼠、乌鸦、河鳟、鲤鱼、响尾蛇、蚊子等等。所有的存在都是通过山水来“诉说”的，甚至履带牵引车叮当叮当地行驶，竖笛的音孔一闪一闪地发光，也是由山水来表述的。

远西原始森林

但是你们要拆毁他们的祭坛，打碎他们的圣像，砍伐他们的圣林。

《旧约 · 出埃及记》34:13

树木砍伐后

我们家有一个小型的奶牛场，位于普吉特海湾和华盛顿湖北端之间的村落边上，那儿的树木都被砍光了。生物区域主义者把华盛顿州西北部的这一地区叫作“伊什”（Ish），这个词是一个后缀，在撒利希语里意为“河流”。流进普吉特海湾的河流有斯诺荷米什河、斯凯科米什河、萨马米什河、杜瓦米什河和史提拉瓜米什河。

我记得，父亲炸了残留的树桩，用一辆牛马拉的大车将碎片运走，清理出两英亩的土地，围上篱笆，在里面养了三头格恩西种奶牛。他建起了两层带有畜栏与仓库的畜棚：底层用来养牛，上层用来养鸡。

父亲和母亲还种点果树，养些肥鹅，卖点牛奶。屋后的篱笆外面是一片长着桤木和鼠李树的次生林，树桩上爬满了本地的黑莓藤。这些树桩有的高达十英尺，直径达八或十英尺。在树桩较高处有些凹槽，这是伐木工砍出的，可支撑带有钢尖的支架，也就是踏板。这个装置可让伐木工站在树桩底部上方巨大的凸起物上，伐木工就踩在这些踏板上面砍树。也有两三棵老树得以幸存下来，但比起那些被砍的树，它们算是小树了。我爬上这些树，特别是那棵西部铅笔柏（斯诺荷米什语：*xelpai'its*），我非常喜欢，它成了我的顾问。多年来，我时常漫游在牧场远处的那片长着花旗松、西部铁杉和雪松的次生林里；出了奶牛场，穿过沼泽地，沿着一个长长的斜坡，就可进入一片干燥的松树林。这片树林比现实意义上的家更像个家。我在树林里有一个常设的营地，有时我会在那里做饭和过夜。

年纪稍长，我就远足进入古老的卡斯卡德斯和奥林匹克山谷。山谷有一片山麓小丘，长着原始矮树林，耐阴的臭菘和北美刺人参高过人头，地毯似的苔藓有一英尺厚。粉状而潮湿的有机生物——真菌，以及红色的朽木和几丛又酸又红的糙莓，散发出强烈的香味，使得这里一直芳香四溢。在树林的边缘，有一片沙龙白珠树丛，结着味淡多籽的浆果；还有黄色的美莓，缠结的藤槭。站在阴凉处，眺望树木被烧毁被砍伐的土地，只见一片疯长的杂草。

当年龄再大一点时，我就走进高山。在我们住处附近可以看见雪峰，尤其是北面的贝克山、冰川峰和南面的雷尼尔山。向西，跨过普吉特海湾，就是奥林匹克山。这些神奇的雪峰，光彩夺目、闪烁不定，像是对精神的承诺。十五岁时，我登上了圣海伦斯火山，第一次近距离地体验这样遥远的山峰。住在树林边，我早上三点便起身，拆除帐篷，这样就可以在六点进入冰雪世界中。在日出玫红色的霞光中，我站在九千多英尺高冻结的山坡上，鞋底的尖钉在冰上发出清脆的叮当声，这是登山带给人的某种难以言说的喜悦。沉浸在冰雪、岩石、寒冷和头顶的宇宙之间，便能经历一场奇异而严酷的洗礼与转变。云层之上，只有其他几座高山沐浴在晨光中，人类世界仍然在黎明灰色的云层下沉睡着。这是我朝着奥尔多·利奥波德说的“像山那样思考”所迈出的最初一小步。在随后的岁月里，我又前往了西北部的大部分山峰，如胡德山、贝克山、雷尼尔山、亚当斯山、斯图亚特山等等。

与此同时，我对低地有了更多的了解。卡车满载着粗大的木材，源源不断地从卡斯卡德斯山向下开往河谷。我们的住地位于湖城附近。在住地周围的矮山上漫步时，我意识到自己竟是在砍伐森林的灾后时期长大成人的，距这些山上的树木被砍伐的时间仅仅只有三十五年或四十年。现在我才知道，早在冰河世纪之前，这里就是世界上最大、最好的树之家，是一片长着铁杉与花旗松的原始森林，也是一片温带雨林。我想，当这些古树的魂灵盘旋在其树桩周围时，我应该受到过它们的某种指引。十七岁时，我加入了荒野协会，订阅了《幸存荒野》（*Living Wilderness*）杂志，并写信给国会讨论有关奥林匹克山的林地管理问题。

但同时我还受到了另一种指引，它来自我的叔叔、邻居以及整个太平洋西北部的工人都在做的工作。在我十岁时，父亲让我握住一把双人锯的一端，教给我一个经典的指令：“别骑着锯”，即：别用力推，只往回拉。我喜欢锯刀发出的清晰的沙沙声和唰唰声，喜欢它的节奏，喜欢伙伴之间的这种友谊，喜欢锯木所形成的白色而卷曲的刨花，喜欢安装把手的步骤，喜欢往刀片和锯齿上喷洒少量煤油（解决锯刀上下颠动的问题）。我们把倒在地上的木材锯成数截，然后再劈成小块作木柴。（大萧条时期，失业的人前来砍伐高高的雪松树桩。这些树桩是在第一轮砍伐过后留下的。他们先将树桩锯成一段一段的木坯，再用板斧劈开，然后再出售这些手劈的雪松盖板。）为了清理牧场，我们砍掉了树木，烧毁了巨大的灌木丛。

人们喜欢在一起干重活，喜欢工作时那种真实的感觉。更确切地说，这种真实是指最基础的、富有成效的、生活必需的工作。其中，最基本的是要了解和热爱我们的手艺和制作精良的工具。然而，一个令人痛苦的窘境是，许多需要人们合作完成的工作不再“正确”。我们知道，《白鲸》（*Moby Dick*）一书中描述了手工捕鲸的丰富知识，以及生剥鲸鱼皮、提炼鲸鱼油的所有步骤。但是现在，这些技能使我们对鲸鱼灭绝感到极度忧虑。甚至农民或木匠也在担心诸如此类的问题：杀虫剂、除草剂、令人恐怖的补贴、公益性水利工程、廉价的材料、令人困窘划分成小块出售的土地、即将坍塌的墙体。谁能为自己的工作自豪呢？我们那些自然资源保护者和环境保护者常常把自己的道德义愤（常常不起作用）对准伐木工和农场工。然而，真正掌握权力的却另有其人，这些人日进斗金，打扮得光鲜亮丽，在一流的大学受过极好的教育。无论男女，他们一边享受着美食，读着高雅的文学作品，一边却试图让毁灭世界的投资与立法齐头并进。我是在太平洋西北部地区长大成人的。年轻时，我受一棵雪松树的指引，学习本地历史，体验登山，研究当地文化，独创了一些小仪式，以此保持心灵健康。大萧条时期，在那个满是树桩的农场里，我学会了伐木技术，并常靠它来养活自己。

在树林中工作

一九五二至一九五三年期间，我在卡斯卡德斯山北部的林务局担任守望员。第二年夏天，因为想去别的山看看，便申请到雷尼尔地区的国家森林工作。我已经在去帕克伍德骑警车站的路上，也买好了守望员夏季所需之物，可就在这时，传来消息说（消息来自华盛顿）我被解雇了。那是在麦肯锡时期，维尔德委员会主持的听证会正在波特兰举行，电视中提到了许多我所熟知的人。我作为季节性林业工人为政府工作的生涯也因此告一段落。

我身无分文，于是决定重回伐木业。在俄勒冈州卡斯卡德斯东部，我搭便车来到温泉印第安保留地，接着到温泉木材公司报到。一九五一年夏天，我曾在这里做过丈量木材的工作。现在，他们雇我做套木工。这里是哥伦比亚河南部的熔岩高原地区，位于德舒特河流域，一直延伸到温泉河的发源地。我们在东边的斜坡中段砍伐年岁已久的北美黄松。这片疏林散发着芳香，大量高大笔直的树木生长在火山土上。疏林上部边缘紧挨着阿尔卑斯生物带，下部边缘则一直延伸到沙漠地带，逐渐生长成山艾树丛。伐木公司已与当地的部落委员会签订合同，砍伐树木所得到的收入会使所有的人受益。

一九五四年八月十一日

今天套了一天的木头。马德拉斯傍晚来喝啤酒。杰斐逊山的树荫下。长长的肉桂色的圆木。这是“松树”，属于“印第安人”，这是多么让人好奇而又纠结的事情。这些印第安人和这些树平等地共存了几个世纪，突然间，两者却成为拥有者和被拥有者的关系。这是我们的观念使然。

对我来说，干这种工作没什么大问题。是否应该对卡斯卡德斯西部茂密的花旗松雨林进行砍伐，始终存在着争议。不过，与卡斯卡德斯西部的花旗松不一样的是，这里的松林更加干燥，非常适合进行有选择的砍伐。另外，这里的山坡也比较平缓，只有百分之四十的地方被遮蔽着。许多健壮、中等大小的种树仍在那里生长。D8 型号的履带式牵引车能在林中穿行，不会刮掉任何一棵挺拔的松树上的皮。

套木头是伐木集材作业的一部分。首先进入林地的是森林勘查员，他们估测踏板的尺寸并在树上做好标记，然后开进森林的是修路的履带式牵引车和平土机，紧跟其后的是流动伐木工（他们的工资并不固定，取决于砍伐的数量），接着进入的就是集材工。山脉西侧的集材作业是典型的绞盘机集材作业或架空索道集材作业，通过与一根高集材架杆相连的缆索系统把原木运送到堆放场。在东侧的松林中，集材作业通过最大型号的履带牵引车来完成。牵引车后面拖着履带式“弓”形拖车，在拖车后面有一根从牵引车尾部的绞盘牵引过来的缆索，穿过弓形拖车顶端的滑轮，然后向下分成了三大股链条，链条末端拴着笨重的钢钩，也就是牵引钩。我们两人一组，跟在一辆履带式牵引车后面。这是一场两辆履带式牵引车的“表演秀”。

每一辆履带式牵引车通过各自的集材道，把砍倒的且砍成几段的原木拖到集材场，在那里装上卡车。在履带式牵引车拖运木材时，套木工（他们沿着集材道站在后面）需要考虑下一次的托运量。你需挑出履带式牵引车下一次拖运所需的木材，确定你要钩住的木材的顺序，这样它们就不会彼此交叉、扭动和翻转，不会撞倒活树，不会悬吊在树桩上，也不会造成别的危险或混乱地移动。套木工应该灵活敏捷，体型修长而结实。我穿着怀特牌防漏伐木工靴，靴底装有钢钉，如同黄鼠狼的尖牙。这样一来，我的每一步都能十分平稳地落地，所以才能够沿着巨大的原木或者爬上倾斜的原木跑出去。与此同时，我得查看木材所处的位置，推测原木堆移动时会发生的物理变化。履带式牵引车会沿着集材道返回，后面拖着空载的牵引套索，并在我发出指令的地方转向。我要从牵引钩上拉下两到三个套索，将身后十六英尺长的套索拖到存放原木和灌木的地方。履带式牵引车会继续开到另一名套木工跟前，这名套木工也会拉下套索，做跟我同样的动作。

当履带式牵引车向外转并调头时，套木工要躺在满是灰尘和半腐烂落叶的地上，捶击原木下方套索打结的球形一端，把木头提起来绕一圈，然后用一个叫作“铃”的滑动钢钩钩住。当套索拉紧时，这个“铃”就会套牢木材。履带式牵引车让弓形拖车回到我所站的位置，支撑着套索。我钩住牵引钩上的第一个“D”，即套索活动端上的环形物，然后让履带式牵引车转到下一根木材的位置。当我跳上另一根木材，将第二根套索挂在牵引钩上时，履带式牵引车可以向前转向，停在旁边。这时，履带式牵引车后部的绞盘会旋紧，从尾端把木材提离地面，悬挂着放入两个履带轮之间的弓形拖车里。

笔直而立
　　　　高举着套索
当牵引车转动弓形拖车
　　　　巨冷杉缓缓倒下
树枝猛打着钢盔
　　　　伶俐的 D 钩住
正在摇摆的牵引钩
　　　　撞击冷钢叮叮作响

（引自《神话与文本》）

接下来的问题是：这些原木会如何散开？我所在的那辆履带式牵引车的司机是小乔。他今年十九岁，最近刚结婚，嘴里嚼着烟草，总喜欢开玩笑。我一边用信号向他示意可全速前进，一边赶紧往回跑，躲开原木。甚至在他刚开始拉缆绳时，我就得迅速离开原木的后端。他们说，千万不要站在呈扇形排放在地上的木头之间。当牵引机拉紧缆绳时，木头可能会摆动，相互碰撞，“套木工如果站在木头之间，就可能失去双腿”。当木材被运出去时，别站在靠近死树的地方。即使只是被车上的木头轻轻触一下，死树的顶部甚至整棵死树都有可能倒下。我见过一棵死去的开叉树[1]，突然就那样折断、倒下，轻轻擦到了一位套木工的钢盔。这位套木工叫斯塔皮，当时他真走运。

① 开叉树（school-marm）：美国俚语，指一种有两个主干树杈的树，状如 Y，其顶部在三分之一处开叉，因看上去像古板女教师穿的裤子的两个裤筒而得名。——译者注

D8 型牵引车穿过巨冷杉
擦伤了种树
　　　　　花栗鼠惊慌逃窜，
一只黑蚂蚁拖着一个虫卵
漫无目的地爬行在破损的地面上。
小黄蜂成群飞舞，盘旋在
枯死压碎的原木上，它们的蜂巢处。
树脂从剥开的树皮里溢出
　　　　　树却依然挺立着，
碾碎的灌木丛中散发出种种怪味。
黑松脆枝易碎。
灰噪鸦展翅去守候。

从经验丰富的套木工那里，我学会了一些放置原木和拖拉原木的诀窍，这些方法利用套索摆动原木，甚至能令原木从下面弹跳出来。钩住套索的方法步骤刚开始看起来像织杂乱无章的蜘蛛网，但当履带式牵引车拉紧套索时，杂乱的木头就会变得非常有条理，缆绳神奇地散开，产生完美的拉力，便没有东西再交织在一起了。我们偶尔会得到一根直径八英尺的树，也会找到很多五六英尺的树：有一些树是我所见过的最完美的北美黄松。我们也会遇到白冷杉、花旗松和某种落叶松。我很快适应了履带式牵引车摩擦时产生的刺耳的轰鸣声和咔哒咔哒声，适应了灰尘，适应了从被碾压和搅动的土壤和植物中散发出的各种气味。吃午饭时，履带式牵引车安静下来，我们看到鹿群小心翼翼地穿过被破坏的树林。一只黑熊不断闯入破旧的卡车寻找午餐，最后有人开枪打死了它，整个营地的人就把这只熊当晚餐吃掉了。其实，我们跟黑熊无冤无仇，对伐木工作也没有征服感。这些人坚忍克己，灵巧熟练，有点过度劳累，还有满肚子糟糕（但很有趣）的笑话和言辞。他们当中的很多人都住在温泉印第安人保留地，那里是沃斯科族、唯希拉姆族和休休尼族印第安人共同居住的地区。木材公司优先雇用当地的美洲原住民。

雷·韦尔斯，大块头的尼斯夸利族人和我，
　　　　　　每人安装一个套索
系在两棵大落叶松的根端原木上
放在一片曼陀罗草丛和沼泽地中。
　　　　　　等待履带式牵引车的归来，
“昨天我们阉了几匹小马
“我岳父割开了其睾丸上的皮
“他是沃斯科族人，不会英语
“他抓住一把血管，不知咋的
　　　　　　切断了右边的血管。
“睾丸蹦出，小马嘶鸣
“却已被捆，不能动弹。”
履带式牵引车当啷当啷地返回。
在那嘈杂喧闹的附近
　　　　　　柴油机和铁履带在辗压着

我想起鼠尾草地上雷·韦尔斯的帐篷，
还有那些被阉的小马
在炽热的阳光下自愈伤口，吃着牧草。

雇员中还有一些年迈的白人，他们已在伐木业干了一辈子，其中一位是“世界产业工人组织（Wobblies）的会员”，曾在世界产业工人组织中相当活跃，但他讨厌后来的工会。我告诉他，我的祖父曾在西雅图的雅思利广场为世界产业工人组织做过街头演说；我叔叔罗伊的妻子安娜也曾于一战前后，在格雷港口的大型伐木工棚做过主厨。我告诉他，在波特兰，有些团体开始对无政府工团主义感兴趣。他说，已有二十年没人跟他谈过世界产业工人组织了，他很喜欢跟人聊这些。他的工作是清理原木上的节瘤，他得一直待在集材场，因为用于集材的履带式牵引车会把木材卸在那里。虽然可以用铲子铲除树枝，但有时也会留下节瘤，这些节瘤会使原木难以装载堆齐，所以他得用双刃斧砍掉木材上的节瘤。艾德穿着老式牛仔裤，由于长期随身携带圆形磨斧石，后面裤兜上都磨出了个圆形的印迹。装载的间隙，他总会把斧头磨得锋利。他可用斧刃把“日作牌”口嚼烟草削成纸一样的薄片，用来咀嚼提神。

艾德·麦卡洛，干了三十五年的伐木工，
电锯兴起，窘迫度日
困守集材场，砍掉树节瘤：
“我再也不想干这种狗屁工作，

再过二十年
　　　　　让它们见鬼去吧！”
　　　　　（那时他六十五岁）
一九三四年，他们住在棚屋里
位于沙利文峡谷的胡佛村。
当开往波特兰的火车到站，
列车员将煤全部卸下。

“成千上万的男青年开枪，痛打对手
为的是能在树林里——
　　　　　吃好、睡好、赚钱。”
无人知晓其中含义：
“那群不满的士兵。”

有一次，一辆履带式牵引车只拖着一根木材去集材场，这根木材不是通常的三十二英尺长，而只有十六英尺长。即使只有通常长度的一半，履带式牵引车也只是刚好能拖动这根原木。我们得在这根原木上装上两个套索，装完后的套索尾端还没有多少剩余。现在我了解到，当时的那棵树几乎达到了树木直径的最高纪录。在亚当斯山附近有着世界上最大的北美黄松，我曾专门踏着几英里尘土飞扬的泥路去一睹风采，却发现它比前面提到的那棵树大不了多少。

看着这样一棵巨树只用作木材，怎不叫人惋惜呢？这棵树年深岁久，其存在意义可谓非同小可，它见证了几个世纪的风风雨雨。我从这棵原木的树皮上，收集了几片棕褐色的、形状各异的鳞皮，并将这些鳞皮放进微型祭坛，然后再把这个祭坛搁放在工棚里床铺边的一个盒子上。树的鳞皮和其他祭品（一根闪亮的羽毛、一点儿破碎的鸟蛋、几块黑曜石，还有一张印有智慧超然的文殊菩萨的明信片），这些并不是“我”给森林的祭品，而是森林赐给我们所有人的祭品。我想我只是在做点儿记录罢了。

温泉森林中的所有树木都经年历久，非常适合做木材，且大多耐腐蚀。许多没有砍掉的种树和小树一定已经长得很茂盛了，那片树林也一定恢复了曾经的郁郁葱葱，对此我是深信不疑的。而在印第安人事务局工作的一名林务官和部落委员会原本是打算要砍伐这片森林的。

然而，那片森林是否真的恢复了曾经的郁郁葱葱？我不知道温泉林场是否再次遭到了砍伐。这些树本不应该遭到砍伐，但是……

二十世纪三十年代中期到五十年代末，来自林业和木材业的自然资源保护论者的声音曾让人们倍感欣慰。从肯恩河延伸到阿拉斯加州的锡特卡市的大规模砍伐，现已破坏了整个太平洋沿岸的森林。尽管当时这种砍伐还尚未开始。其实，在那段时期，林业专家仍然赞成选伐，而且关于（森林）保存率的政策也确实得到了有力的实施。但直到后来我才明白，这竟是美国正确实施森林管理办法的最后几年。

四季常青

西部原始而干燥的乡村对美国政治产生了独特的影响，它改变了一些人的想法，甚至让一些人变得很激进。一旦西部地区变成自耕农场，无主土地变成（美国政府的）公有土地，少数人就会意识到这些土地的未来命运容易受到公众讨论的影响。一些乐于探险、喜欢荒野的人就会变成政治上的激进分子。

道家哲人告诉我们，令人惊诧、微妙的启示可能源自“无用”之物。这一点完全适用于美国西部荒野：在大多数早期欧裔美国人的眼中，这片荒野人迹罕至、荒凉贫瘠、令人生畏；但在十九世纪和二十世纪初这片“无用”之地却成了一小部分男男女女们的梦想之所（参见约翰·韦斯利·鲍威尔对水和公有土地的论述，玛丽·奥斯丁对美洲原住民、沙漠和女性问题的论述）。这群人背井离乡，踏上这片荒无人烟的土地，进行了一番探索之后，又重归故里。他们这样做，不仅是为了批判美国日益扩张的政策及其异想天开的想法，还要以荒野与公用地的名义扬帆起航，乘风破浪。虽然一些新确立的公有土地确实具备伐木、放牧和采矿的潜在用途；但是，就伐木和放牧而言，最好的土地已经落入私人之手，所有成为公有土地（或偶然成为印第安保留地）的那些地区，以当时的标准来看，都是边缘地带。在大盆地，禁止进入的轰炸靶场和核试验场，也属于公有土地，这些都是军队从（美国内政部）土地管理局租借来的。

因此，留作最早森林保留地的那些森林，在当时并未被考虑用作主要木材产区。早期对太平洋西北地区木材的关注，转向了低纬度茂密的针叶林，我老家附近的那片森林，还有海边或河流附近的森林就在此列。这些地区交通方便，森林一旦遭到砍伐，就会有人来建房子、开农场；而更远一些地区的森林则由大公司掌控，用作用材林。奥林匹克半岛很多林地都归私人所有。如果运气够好，一些低纬度森林可能会侥幸成为公有土地，例如奥林匹克国家公园的霍河森林、加利福尼亚州的杰迪戴亚·史密斯红杉森林。正是因为这些岛上的森林得以幸存，我们才有幸看到西海岸的原生林呈现的最浓密、最集中的样子。它们曾一度被称为“处女林”（virgin forest），这是一个生动的说法，随后又被叫作“原生林”（old growth），有些情况下也被称作“顶极群落”（climax）。现在，我们开始称它们为“古森林”（ancient forest）。

在多雨的太平洋沿岸地区，有一百万英亩的森林进化了数千年，甚至可能一百多万年之久。森林中既有大量的死去和腐烂的物质，又有许多新生的绿色植物，还有维持腐质土壤与植物生长的能量传输通道。这些森林完美地见证了整个生态过程。原始森林中往往会有许多真正的参天古树：有些树冠奇形怪状，顶端被折断；还有一些树冠布满了“脏兮兮”的青苔，被大量的有机积聚物覆盖着；大多数树上有这样那样的腐烂洞孔。森林里也有依然伫立的残桩断枝和大量倒地而死的树木。这些特征，虽然会让伐木工感到不爽（“衰败的”），但它们正是使森林成其为古森林而非木材林的原因。这种森林是有机物的宫殿，许多生物的天堂，也是生命深入探究自身奥秘的圣域。有生命的生物活动在这儿持续上演，径直下落到地上或进入“地下”，成为枯枝落叶堆和腐叶层。这里有白蚁、幼虫、千足虫、小虱、蚯蚓、跳虫、鼠妇虫，还有繁茂的丝状真菌在地上蜿蜒伸展。“在十三英寸深的土壤里，每平方英尺就有多达五千五百个生命个体（还没计算蚯蚓和线虫的数目）。在不足一平方英尺的肥沃的森林土壤中，能收集

到的植物不少于七十种。在土壤和废物中，动物种群的数量可能达到每平方英尺一万个。”（罗宾逊，1988，87）

在这片森林中占优势地位的针叶树，如花旗松、西部红雪松、西部铁杉、红冷杉、锡特卡云杉以及海岸红杉，都是一些树龄很长的参天大树。这些树往往是所属树种中树龄最长的。西部沿岸的原始森林每英亩所蕴含的生物量，已达到世界之最，在生物总量上也只有澳大利亚的一些桉树林才能与其相提并论。一片古老的温带阔叶林或热带森林的生物量平均约为每英亩一百五十三吨，俄勒冈州卡斯卡德斯的西海岸森林平均为每英亩四百三十三吨。而海岸红杉林，生物量最大，每英亩高达一千八百三十一吨（华林和富兰克林，1979）。

森林生态学家以及古生态学家对这片广阔森林的形成过程进行了推断。大约二千万年前，西部森林中生长的似乎大都是落叶阔叶树，如白蜡树、枫树、山毛榉、橡树、栗树、榆树、银杏树，而针叶树只生长在纬度最高的地区。在一千二百万年到一千八百万年前，针叶林开始占据更广阔的地区，随后沿着高地持续不断地相互联结起来。到一百五十万年前的更新世前期，针叶林已经完全占据这片地区，森林的布局基本上同现在的一样。而该地早期盛行的森林类型，即阔叶林，今天在美国东部幸存了下来。（在农业和早期伐木业出现之前）阔叶林也曾是中国和日本的原始植被。今天，参观大烟雾山国家公园也许能让我们了解，早期被称为“长安”的中国古都西安在九世纪时看起来像什么样子。

在世界其他温带森林中，针叶树数目减少，退居其次，偶尔才能见到。美国西海岸针叶林的繁荣茂盛，似乎是多种条件共同作用的结果。因为这里夏季相对凉爽、相当干燥（这一点不太适合阔叶树生长），而冬季温和湿润（在此期间，针叶树不断进行光合作用），并且几乎遇不到台风。针叶树巨大的树干有助于储存水分和营养，以抵御干旱之年。在森林的幼年期，树木稳步生长，数量不断增加（从木材的角度来看）；在其他温带树木早就达到生长稳定期后，这些特有的物种仍不断生长，生物量也不断增加。

在这里，我们发现了北部飞鼠（它们以块菌为食）及其神圣的天敌斑点猫头鹰。道哥拉斯松鼠（亦称赤栗鼠）也生活在这里，就像其神圣的天敌松貂一样安家于此。松貂在树顶上横冲直撞，能够追捕到松鼠；黑熊缓步而行，在枯死已久的原木上搜寻虫子。这些动物与其他动物一起栖居在这大片幽深阴凉的树丛里，这里很少刮风，温度变化不大，湿度比较稳定。居住在树顶的红背鼠已经在两百多英尺高的树冠上生活了几个世纪，有些从未到过地面（马萨，1989）。在某种程度上，菌丝体是将所有一切联系在一起的网络，而调节植物根尖和土壤化学成分的真菌丝能够带来养分。这种关系就如同植物和树根的关系一样非常古老，整个森林就是靠这个埋藏在地下的网络来维系的。

太平洋西北部的沿岸森林，无论其面积大小，都是温带地区仅存的森林。柏拉图在他的《克里底亚篇》（*Critias*）一文中提到："当这个地区（阿提卡）处于原始状态时，这里曾山丘连绵，土壤肥沃……山上树林繁茂。现在仍然可以看到过去的一些痕迹，尽管有些山现在只能给蜜蜂提供食源，但不久以前，还能看到生长在那里的树木被砍下来做房梁的情形……那里曾长着许多参天大树……而且这片土地还有利于保持每年的降水，不像现在这样，雨水只能顺着光秃秃的地表流入大海，水白白地流失掉了。”地中海地区森林的历史颇具警示作用，这是众所周知的。虽然对森林的破坏大都发生在近几个世纪，但在古典时期，破坏早就已经上演了，尤其是在一些低地区域。新石器时期，整个地中海盆地的森林大概有五亿英亩。在海拔比较高的地区，森林全都存活下来了，即使它们仅占山林地区的百分之三十，大约有四千五百万英亩。原本大约有一亿英亩的土地曾长着茂密的松树、橡树、白蜡树、桂树以及桃金娘树，现在却只剩下一些植被的痕迹。我们在有着后林地或非林地植物群落的地中海地区所使用的词汇，与我们提及加利福尼亚地区（在那儿所有的树木都长得不高，因而被称为“丛林”）时所使用的词汇相比，要更为复杂。“马基群落”（亦称“地中海夏旱灌木群落”）指的是橡树、橄榄树、桃金娘以及杜松这样的丛林。低矮的、蜡质的抗旱灌木被称为“地中海常绿矮灌木丛”。“巴塔”则指那些在空旷裸露的岩石和腐蚀的地面上生长着的，稀稀落落的低矮灌木和一年生植物。

今天，在地中海地区生活的人甚至不知道，在那些灰色的石头山上曾经遍布着小树林，并栖息着各种野生动物。农耕方式使得破坏森林的行为愈演愈烈。小型的、自给自足的农田和公用地开始被雇佣大量奴隶的大庄园所取代。由于大庄园的领主并不在当地，生产计划往往根据主要市场的需求来制定。当新的领主驾临时，他可能会搜寻出公用地的野生动植物，把森林变卖，同时将值钱的农作物的种植面积扩大。“地中海沿岸城市深深卷入到密集型的区域性贸易中。在这里，工业产品价格低廉，市场化加剧，类似工厂的工业生产形式出现……这些发展变化体现在有计划的殖民化、经济规划、世界货币和媒介交

换等方面，对自西班牙至印度的自然植被都产生了极其严重的后果。”（瑟古德，1981，29）

随着农业的发展，中国的低地阔叶林开始逐渐消失，大约在三千五百年前大部分都已不复存在（在公元前四世纪，中国哲人孟子曾论述过砍伐树林的危害）。日本的森林布局在几个世纪的持续砍伐下已经发生了改变。现在，日本的锯木机已降到只砍伐大约八英寸粗原木的地步。原始的落叶阔叶林只能在最偏僻的深山里才能找到。珍贵的香味扁柏树（日本扁柏）是修建神殿和庙宇建筑的必需材料。在日本，由于现在这种树非常稀少，因此必须从美国西海岸进口规格大小适合修缮传统建筑的原木。我们把这种树称为美洲花柏，只有在俄勒冈州南部和加利福尼亚州北部的西斯基尤山脉才能找到。多年以来，美国人将这种树用于箭杆制作，但如今，已经消费不起。在价格上，世界上其他任何软木材都难望其项背，也就只有日本买家愿意挥金求购了。

西海岸商业化的森林砍伐大约始于十九世纪七十年代，其后数十年，砍伐规模一直保持在四千英尺以下。那个时代使用的是双人锯和双刃斧砍成的伐树砍口、踏板以及装上钩子挂在树皮上的煤油瓶。手工伐木的临时工把砍伐的树木放入普吉特海湾，在那里将原木联结成木筏，驶向木材厂。后来，有了装上轻便蒸汽发动机的集材绞盘机和公牛车队，便可以沿着木材滑送道拖运原木，或者使用巨大的木制集材车拖运原木的尾端，集材车的对接端这时会高高地翘起。后来，公牛车队被窄轨火车取代，轻便蒸汽发动机也被柴油机取代。西海岸低纬地区的森林实际上都被砍光了。

克里斯·马泽尔（1989，xviii）说："伐木技术和木质纤维应用方面的每一次进步都会加快对森林的开采。因此，从一九五三到一九八O年，年木材砍伐量以每年百分之四点七的几何级数在增长……到了二十世纪七十年代，对海拔四千英尺以上地区的木材砍伐甚至占到了年砍伐量的百分之六十五，而且，随着所伐之树的平均树龄和尺寸越来越小，年均砍伐面积的增幅已经达到过去四十年间增幅的五倍了。"

这些年来，窄轨火车已被卡车取代。在许多情况下，绞盘集材机也被更加灵便的履带式牵引车所取代，我们把这种牵引车称为"Cats"[①]。二十世纪四十年代末以来，优雅而悦耳的上等奇努克双人锯已被搁置于仓库的墙面，汽油电锯成了伐木工的首选工具。到第二次世界大战末，大型木材公司（除了极少数大名鼎鼎的公司外）绞尽脑汁过度开发，导致对所属的林场管理不当，于是，他们现在将目光投向联邦土地，即大众的森林，希望借此摆脱困境。鉴于他们的发家史并不光彩，关于这些私有森林业主的功德就谈这么多。然而，目前仍有一些消息闭塞人士，对私有化持浪漫观点，认为公用地就应该卖给出价最高的竞买人。

旧金山 2×4s 的标准住宅板材[②]

源自于西雅图的林木：

① Cats：caterpillar tractors 的缩写形式。——译者注

② 2×4s：指两英寸厚、四英尺长的标准住宅建筑规格（s=specification）。——译者注

有人砍伐，有人建造，一座房屋，
　　一片森林，千疮百孔亦或郁郁葱葱
整个美国维系于一吊钩之上
　　掩埋于自我吹嘘的人之中。

第二次世界大战前，美国林务局真正起到了保护自然资源的作用，并且公然反对早期砍伐森林的行为。通常，它要求订约人实行高标准的选伐，且允许砍伐的数目也比以前要少得多。但后来，伐木量却从一九五〇年的三十五亿板英尺[①]增加到了一九七〇年的一百三十五亿板英尺。一九六一年后，新任林务局领导层开始向木材业示好，在六十年代至七十年代期间，那些具有保护森林资源倾向的老职员接二连三地被淘汰。整个八十年代，美国林务局着手一个大型的道路修建规划。造林学家为了突显自己的专业水平而大谈“纤维”，却忽视了“森林”的现状。其中有些人声称，同龄树苗的单作种植园与野生林没什么区别。负责处理公共关系的人继续重复三十年代森林资源保护时期的豪言壮语，好像林务局从未批准过一次有问题的森林砍伐，也从未因财政亏损而出售过古老树木似的。这一处理方式持续了好几年，公众无法了解实情。

林务局被赋予立法委任权，毫无疑问它就有责任将林地作为森林来管理，这意味着木材只是需要考虑的价值之一。显然，必须采用长期可持续的方式来管理森林。但是，国会、农业部和企业却联合起来

① 板英尺（board feet）：木材的立方单位，等于厚一英寸、面积为一平方英尺的木材。——译者注

寻找突破这些限制的办法。可再生与可持续被混为一谈（仅仅因为某些有机体能不断自我更新，但这不意味着它们将永远更新下去，尤其是当它们被滥用的时候），同时，对树木“永远”生长期的定义从一片森林应持续生长的时间跨度变为了“大概一百五十年”。尽管环保组织对林务局管理失当的指控证据确凿，公众也早已明确地呼吁要求改变现状，但傲慢而顽固的林务局仍然固执已见，拒绝改变。“管理”这一形象不过如此，它不加批判地接受现代经济加速运行的观点（使森林砍伐的周期运转得越来越快），与之相对照的是，放缓森林砍伐周期的运行速度。

下层社会的（和基于哥伦比亚特区兴旺的）森林激进主义组织呼吁减缓砍伐的周期，对河边地带实施真正的保护，减少公路建设，禁止砍伐山坡上的树木，只允许间歇砍伐防护林，并且要求只有在十分谨慎周密的申请获准后，方可进行适当的小规模砍伐。我们需要恢复选伐的做法，使不同树龄的树木重现生机，并提倡重拾严肃认真的态度，全身心保护濒危物种（斑点猫头鹰、鱼貂、松貂只是其中一部分）。森林激进分子主张（并且现在仍在提倡）绝不允许在现存的原始森林里再出现砍伐的现象。此外，我们寻求建立自然走廊，使一片片古老的树林不至于变成濒危的生物孤岛。现在，美国林务局中很多人士认为，这些做法对于实现真正的可持续发展是非常必要的。但很可惜，他们常常严格受限于各方面强加的资源开发政策，这些政策既来自国会，又来自企业，偶尔也会来自行政部门。如果保护措施实施得当的话，它既能够维持北美伐木业的运转，又能保护北美半数规模可观的野生森林达一万年之久。这一时间跨度与中国渭河谷地不断形成的定居村落文化的时间跨度相差无几。对于人类来说，无论花费多少时间来考虑和计划这些事，都是值得的。

森林深处一个接一个轮回交替变化着，但西部的原始森林却仍然在我们的周围。旧金山、尤里卡、卡里瓦斯、波特兰、西雅图、朗维尤境内的所有房屋都是由那些古树建成的——从二十世纪初到二十年代，人们把从森林所采伐的原木加工成 2×4s 标准住宅建筑规格的板材和壁板。如果剥去旧金山旧公寓的油漆，就能发现上等的海岸红杉木板。我们每天都生活在古树的庇护之下，而我们的子孙后代将来很有可能不得不用河床上的砾石建造房子来遮风挡雨。到那时，古老的森林也将真正消失殆尽。

在森林里，一棵树的存活时间，可与其倒下后完全转化为土壤所需的时间相当。如果全社会都懂得按这样的速度去生活，那么木材资源就不会匮乏，森林也不会灭绝；溪流依然清澈，鲑鱼会不断回来产卵。

一片处女林
　　古老、丰饶
参天大树，错落有致
　　顶级群落。

附记：水手草原，内华达山脉

十月中旬，我们漫步在水手草原（海拔大约五千八百英尺），去观赏一片古树林，它们生长在一片广阔的台地上。那块台地高于美利坚河的北部河汊，地处内华达山脉北部。我们起初穿过一片美国栗树和熊果树林，从一个山脊顶部走下来，向北望去，宽阔的圆顶雪山以及皇家峡谷上的峭壁尽收眼底。若隐若现的羊肠小道趋于平缓，我们离开这条小径，朝位于陡峭盆地北部边缘的石山走去。之后，我们坐在岩石顶上的一棵雪松下，开始吃午餐。

紧接着，我们向西南走，越过几处草木丛生、乱石遍野的地方，最后爬过几个非常平缓的斜坡，走进一个更为开阔的森林世界。接下来的几个小时我们与一些老人在一起度过。

糖松是占优势的树种。这种树正当壮年，生长匀称，高一百五十英尺，树身挺拔，树枝错落有致。然而，在离糖松比较远的地方，或是在糖松的上方，还有一些古树隐约可见：有的树身巨大，有的形态怪异，有的枯损不堪，有的参差不齐。它们的树皮显得更红一些，树上的鳞皮铺得更多一些。这些树枝叶凋落，仅存的树枝长得粗壮、弯弯曲曲。每棵树都是那样的独特和奇异，如成熟的翠柏、相当粗大的红果冷杉、奇特的花旗松，还有一些高大的杰弗里松。（一些雪松有畸形的烧痕，这是古代的山火从树干底部燃起而留下的，所有的烧痕都在树朝西北的位置，其他树则没有。）

很多残留的树桩，情况各异：有些是刚刚死亡，红色或褐色的松针还附在上面；有些已经完全死掉，但树皮上的鳞片仍悬挂在树干上（成了蝙蝠巢穴）；有些纯白光滑的死树几乎没有任何枝杈，偶尔还有灵巧的啄木鸟留下的洞；最后还有已经死去很久的树，尽管树身已经变软腐烂，却依然在那里傲然挺立。

许多树已经倒了。有些残干是刚刚倒下的（常常会连带着其他几棵树一起倒下），有些倒下的时间更长一些。如果原木倒下后还很结实，你就可以爬过去。有时，你需要绕过倒下的树走，因为当你爬的时候，有些树会碎掉。这儿还有属于另一个时代的原木，但已经变软并开始逐渐脱落，只留下漆黑的心材和一些漆黑没有腐烂的树枝作为印迹。还有几处长长的、隐约的小丘，这算是死去的古老原木留下的痕迹。沿着平整地面长出的排成一条直线的蘑菇，则成为几个世纪前“死去”树木最后的标记和魂灵。

一片小树林长起来了，从六英寸到二十英尺，高低不一，在森林里等待着那些早已死去却依然挺立的大树倒下，从而得到更多的树冠空间。尽管大树环抱，但这里阳光明媚，通风良好，温暖开阔，光线充足。一道温暖的金色阳光穿过层层遮蔽的参天大树斜照进来。整个古树的树冠呈现出一片生机勃勃的景象，在天空的衬托下，树木的针叶各式各样，小巧玲珑，别具特色，紫果冷杉的针叶是其中最直、最细的一种。

同远离西海岸的森林一样，内华达山脉的森林，可追溯到早期落叶阔叶林开始消失的时期，那里的针叶林曾非常繁茂。这片森林也是一个有着上百万年历史的“家族”。当地森林中特有的树木群落，其生长的纬度随着冰河时期的温度变化而上下移动，南北坡的生长位置也在进退变化之中。但是，也有几种植物群落经历了几个世纪，却始终生长在一起，无论它们生长区域是位于山的高处还是山的低处。它们经受了大火的肆虐，适应了夏日的干旱，度过了虫灾的岁月。它们总是面临艰难的时刻。橡子是鹿的食物，熊果树是知更鸟和浣熊的食物，浆果鹃是斑尾鸽的食物，豪猪啃咬着幼嫩的雪松树皮，雄鹿在柳树的枝条中甩打着它们的茸角。

海拔居中的塞拉国家森林由糖松、北美黄松、翠柏、花旗松构成，海拔稍高地区还有杰弗里松、白冷杉和紫果冷杉，这些树年岁已高。在所有松树中，最为高大的莫过于糖松和北美黄松。常见的阔叶树则有黑橡树、槲栎树、鞣皮栎和浆果鹃。

塞拉国家森林一年中有整整半年是背阴而干旱的。地上有松散的落叶、折断的树枝、腐烂枝叶形成的尘垢、卷曲波状的浆果鹃树叶，还有像小硬币一样的熊果树叶。满是松针的地面踩上去嘎吱嘎吱地响，空气中漂浮着淡淡的树脂味和芳香味，到处都有刷布似的蜘蛛网，精巧纤细。夏天，阳光炽烈地照射，森林里的植物则显得沉静平和，不会停止吸取水分，不会枯萎，不会产生压力，只是静静地生长着。灌木的叶子很小，带有香味，质地坚硬如蜡，颜色常为蓝灰色。

一千多年以来，这片森林已适应了山火，而且一旦林下灌木丛被烧毁或是枯萎，森林就更能抵抗野火。根据早期移民的描述，当他们从山脉的西坡来到这一地区的时候，他们曾赶着四轮马车穿过这古树参天，犹如公园的森林。早期伐木后，会发生毁灭性的大火，随后森林管理部门前来控制火灾的发生。这样一来，灌木丛生的下层矮生植被就会生长，这种植被在如今的塞拉国家森林屡见不鲜。自古以来，水手草原森林一直是一片辽阔空旷，能经受得住山火的森林。

在这片小草地的南端——这一区域也因该草地而得名[①]——有一棵年代非常久远的残树，伫立于一片枝繁叶茂的冷杉之中，远处还有白杨树丛。那棵残树曾是一棵两百多英尺高的松树，现在树底部所有的边材都已经剥落，支撑巨大树干的是细小的心材，而且心材本身也

① 这里指“水手草原”（Sailor Meadow）。——译者注

是朽木，正在脱落，破损不堪。另外，这棵巨大的朽木已经倾斜，随时都有可能倒下。

这棵树本该倒地而亡，却依然屹立了一两个世纪之久，这是多么奇妙的事啊！欣赏一下这“虽死犹立的家伙”吧！如果人类也能如此，那我们就会听到这样的新闻：“亨利·大卫·梭罗终于倒下了。”人类社会在健全的时候，就像原始森林一样：大树为小树遮风挡雨，小树甚至会在死去的老树上面生根发芽。所有的时代，所有的树木都可以同生共死。有些造林学家提倡“经营同龄树木”，即只种植大小相同的树木，让它们一起生长。这仿佛带有理性主义色彩、乌托邦式的极权主义。我们并不会考虑让自己的孩子生活在严格管制的机构中，因为这样的机构不允许家长探望，专业人员左右着孩子的思想，而这些人遵循的只是官方的手册（更不要说这些手册是由那些从未抚养过孩子的人编写的）。那么，为什么我们要这样对待森林呢？

“无论年龄大小，各自成长听便”——这才是自然群落，人类社会或是别的种群应有的成长状态。伐木业重视幼年和中年期的树木，使这些树木长得匀称，使其树枝长度和角度都保持对称，但对那些真正的老树却听之任之。那些老树不修边幅，树枝随意生长，放纵不羁，婆娑摇曳，在死亡面前表现得满不在乎，无论世界或气候会有什么样的变化，它们都会去适应。我对这些老树表示敬意，它们就像中国那些不朽的畸人，它们是寒山和拾得一类的人物，活到如此高龄，因而有资格在言行举止上异于常人。他们成为树林中的诗人和画家：开怀大笑、衣衫褴褛、无所畏惧。他们几乎令我对年老的日子心驰神往。

在这片冷杉林中，我们能闻到蘑菇的味道；接着，沿着腐朽的原木底部前行，我们看见了蘑菇。只见腐木上长着一丛非常漂亮的多孔菌，一丛丝膜菌；而且，在开阔的地方，翻开干枯的松针，露出了很多红菇和牛肝菌。还有一些挖开的小坑，这是鹿挖走蘑菇的地方。鹿喜欢吃蘑菇。

我们本打算直接穿过草地的南端，但倒在地上看起来干燥的枯木与杂草之下的，是湿漉漉的、黏糊糊的地面，实在不好走。所以，我们只好绕着南端走过去，穿过更多的白杨树，看到（并积攒）更多的蘑菇。云朵开始从南边飘过来，习习的微风穿过空中，干燥的松针如雨点般落下。已是下午很晚时候了，于是，我们横过田野，转而沿着鹿的足迹，朝着陡峭的山坡走了一个小时，总算发现了那条已被丛生的草木遮掩，通向废矿场的小路。顺着这条小路，我们回到了卡车停靠的地方。

乡巴佬

我们可以把这篇关于西海岸大森林的小报道，视为地球上其他地方所发生的情况的一个范例。地球上所有的自然群落，依照它们自己的方式变得“古老”，每个群落都像一个家族，有婴儿、青少年、成年人和老年人。这片海岸森林的一角最近被火烧过，里面长着繁茂的杂草和黑莓，从森林的角落到那片年代更加久远，潮湿幽暗的小树林，就是整个森林群落的完整范围。那片古树林中最老的树（或是索诺兰沙漠里半腐烂的巨人柱仙人掌，或是内华达山脉中的老熊果树，树干粗大、根深蒂固）是森林家族里的祖父母，它们身上携带着所属群落的各种信息。一个群落需要古老的植物去延续它的生命。就像无法从一群幼儿园里的儿童中发掘出文化一样，一片森林也不能发挥出其自然潜能，除非有贮藏的种子、丝状的根菌、鸟鸣声、一堆堆神奇而细小的粪便，而这些都是老树送给小树的礼物。克里斯·马泽尔说过："我们需要原始森林，因此，要让原始森林生存下去。"

当早期的美国中西部农民使用铧式犁"切断草根"时，其发出的声音使人想起了拉拉链，其拉合的声音就好比开启了一种新的生活方式，同时也关闭了，有可能是永远关闭了一个年代久远的生态系统，该系统可追溯到三千万年前（杰克逊，1987，78）。不过，地球上现存最古老的生态系统位于东南亚潮湿的热带森林，据估计其历史可追溯到一亿年前。

纤细弯拱的树干，白色斑驳的树皮，
高大笔直的树木，枝桠处鹿角蕨旁逸而出，
虬枝盘旋直上。他们称这些树为毛刷盒树，
角瓣木，海棠树，澳大利亚红椿（所有树名
源自欧洲）——还有红卡拉宾树，黄
卡拉宾树，刺树，深蓝孔树，树冠张开
倾斜向前。

顶部树叶拱起，葱荫泛光
吸吮着林中树根输送来的水分，

特雷尼亚小溪，从盘古大陆流出，①
从冈瓦纳大陆倾泻而下，②
途经泥石土壤，蓝天下之树荫处

恒古悠悠，石之深处
擎天大树，根系发达
清水顺根一路畅流
灌溉林荫参天大树
莺啼鸟啭，沉睡初醒
群鸟叽喳，欢声唤醒我们——
红榉木，卡拉宾树，毛刷盒树，弹丸桉，尖叶金合欢树
（桉树在干燥、贫瘠的土壤上茂盛地生长着
在劣质的土地上探索了整整七千万年——）

但这愈发古老的树木群落
历经风霜，不离不弃。
树梢上方，山脊渐现
置身悬崖，向外张望，
端坐于满是尘土的岩架下

① 盘古大陆（Pangaia）：该词源自希腊词根，*pan*，“整个的”，*gaia*，“地球、大地女神盖娅”。又称泛古陆、泛大陆，指假定的古代超大陆，包括三叠纪时期前的地球所有大陆。当大陆漂移开始时，它分裂为劳拉西亚（Laurasia）和冈瓦纳（Gondwanaland）两块古陆。这一大陆漂移假说是由德国气象学家、地理物理学家魏根纳（Alfred Wegener）于一九一二年提出的。——译者注

② 冈瓦纳大陆（Gondwanaland）：指南半球一块假定性的大陆。根据地壳构造学说，这块大陆分离成印度、澳大利亚、南极洲、非洲和南美洲。——译者注

那曾是我们生活过的地方。

昆士兰，一九八一年

众多公司卷入了对热带森林的采伐活动。有些公司开始在密歇根州或太平洋西北部伐木——乔治亚太平洋公司和斯科特纸业公司目前就在菲律宾、东南亚或拉丁美洲使用同样鲜亮的履带式牵引车和嗡嗡作响的黄色电锯。一九八七年夏，在巴西西部的朗多尼亚州——有一部分亚马逊雨林被改作别的用途，这种混乱的“转变”（conversion）导致有俄勒冈州面积大小的林地葬送火海。有时候会听到这种无知的观点：现在每个人都是城市居民了。也许真的会迎来这样的时刻，但此时此刻，世界人口密度最大的单一群体是那些有着不同肤色，在温暖地区务农的人们。不久前，这个群体中的大部分人都还生活在树林里。深林居住文化曾蕴涵着多种多样富有成效的生活方式。在人口稀少的时代，刀耕火种的农耕方式循环周期很长，就算再加上采集觅食，人们的生活也不会对生态造成威胁。今天，对森林的肆意砍伐，农业综合企业的发展以及大规模的水坝项目，甚至已经威胁到了偏僻乡村的每一个角落。

在巴西，也可听到各种各样的反对声音。一方面，国家政府与跨国公司、富有的畜牧行业及大部分穷困农民联合起来，共同实施发展计划。另一方面，公有或私有林业工作人员和科学家一起，联合当地的小木材公司，森林周边的农民，环保组织以及在森林中定居的部落，共同抵制森林砍伐。第三世界国家的政府通常否认“本土所有权”（native title）以及公共森林所有权历史争端的有效性，例如，（马来西亚）

沙捞越邦本南族的亚达特法体系[①]。本南族是一个复杂且具有多维特征的平民群体，他们必须躺在路上才能阻止伐木车队开进他们的家园，之后还会被当作罪犯送进监狱。

第三世界关于荒地的政策常遵循一九三八年印度制定的方针。那时，印度对外开放了阿萨姆邦的部落森林，宣称“没有外来移民者的帮助，原住民在合理的期限内，只凭自己的力量是无法开发该地区巨大的荒地资源的”（理查兹和塔克，1988，107）。在政府及世界各大学的当权者中，有太多的人似乎对自然界持有偏见，对过去和历史亦是如此。看起来，美国人愿意信奉“商会创世论”（Chamber-of-Commerce Creationism），这种观点声称对“大型购物商场”感到满意，人们将之奉若神明。我们祖先的正直品格被那些几乎根本不懂得如何去生活的人抛弃了，他们坚持“我不会去过那样的生活”。原始森林被看成衰败的废物，就像是令人为难的老人。

森林地带。“有多少
树林
曾被砍伐
在越南？”

皆伐。“一些
是幼树，

① 亚达特法（Adat Law）：指印尼、马来西亚一种传统的不成文的习惯法。本南族（Penan）：居住于沙捞越与汶莱的游牧原住民，是现存少数的原住民之一。——译者注

一些是衰败的老树。”

按古老方式生活的社群（斯奈德，1977）具备许多超凡的技艺。为那些在森林里以采集食物为生的人，即原生林的植物学家和动物学家，丛林提供了丰富的纤维、毒药、药物、麻醉剂、解毒剂、容器、防水剂、食品、染料、胶水、熏香、乐趣、友谊、灵感，而且也给予了其被蜇、被打和被咬的机会。这些原始社群就像我们人类历史上的古森林，它们有着相似的深度和多样性（同时，又都很“古老”和“原始”）。随着征服文化的发展，有关荒野自然的知识正在消失。每个社群都有它自己的风俗、神话以及知识赖以存在的腐殖土壤，而这些土壤正在飞快地消失，对我们所有人而言这都是一场悲剧。

巴西政府鼓励这种破坏性发展。尽管允诺采取一些缓解措施，但是他们依然在执行这样的政策：主动偏袒大公司，赶走原住民，同时对穷人中的主流群体置之不理。美国通过补贴国内的产能过剩，使得第三世界农民丧失了竞争力。资本主义与大政府常常就像是提供给富人的专属福利，它们为企业破例提供砍伐森林的机会是以公众的经济损失为代价的。日本（马自达、三菱）是最大的热带阔叶树木材独立进口方，而美国则居第二位。

我们必须谨记，资本主义经济应该至少能够确保让资本家以公平的市场价格，来购买我们公有土地上的木材。我们必须指出这个不容置疑的事实：世界上的树木生长在森林里比成为木材更有价值。因为砍伐森林造成了一系列的后果：孟加拉国和泰国毁灭生命的洪水，成千上万动植物的灭绝以及全球变暖。最后，在谈到生态的完整性和可持续性时，我们要讲的不只是丛林定居文化或是像田鼠、狐猴这样的濒危物种，我们还要着眼于当代城市—工业社会的未来。不久之前，森林是一个让我们感到深不可测、阳光斑斓的世界，一个不会枯竭、亘古长存的源泉。现在，森林正在消失，我们却全成了濒危的“乡巴佬”[①]。（Yokel：某种英语方言，最初的意思是“一种绿色的啄木鸟或黄鸦”。）

① 乡巴佬（Yokel）：指其生存方式与原生的自然环境密不可分的原住民。斯奈德将 Yokel 在通常词典中极少标示的义项“一种绿色的啄木鸟或黄鸦”（a green woodpecker or yellowhammer）写出来，旨在强调随着工业和城市的发展，森林被大肆砍伐，自然环境越来越恶劣，越来越多的 Yokel 为了生存离开原生态之地，去城市寻求发展，因而，原住民越来越少，处于濒危的境地。——译者注

道之上，径之外

以行代寓

住处是一种场所。另一种“场所”指的是我们的工作之地，神灵对我们的召唤之处以及我们的人生之路。一个地方的成员同时也是一个社区的成员。一种从事某种特定活动的团体——无论是行会、协会、教会，还是商会——都是由人际网络中的成员所组成。人际网络超越了社区的界限，有着自己独特的地域性，类似于水鸟和老鹰的长途迁徙。

过去，人们常携带行囊徒步或骑马旅行，整个人类世界就是一个密织交错的道路之网。因此，从那时起，有关道路和小径的隐喻便应运而生。道路无处不在：便捷之路、颠簸之路、畅通之路，有时人们甚至还以路程标或路程石来测量其“里程”、“俄里”或“由旬”[1]。我曾在京都北部草木丛生的山林里，发现了长满青苔的石头测路标，几乎隐没在一片茂密的竹叶草地被植物里。（我后来才得知）这些路

① 由旬（yojana）：梵文，里程。——译者注

程石是古时人们背着干鲱鱼从日本海贩卖到古都的贸易线路标记。世上知名小径亦不少，像（美国）内华达山顶的约翰·缪尔小径[①]、（密西西比州的）纳奇兹古道[②]和（中国的）丝绸之路。

“道路”是指有迹可循，引领你去某地的“线路”。那么，与道路相对的词是什么呢？“无路”。故有“道之外”（off the path）、“径之外”（off the trail）这样的说法。什么是“道之外”呢？从某种意义上来说，任何独特之事皆远离道路。世上永无休止的繁杂之物均远离道路，隐现于无迹小径一旁。对于猎人和牧民而言，小径并非总是有益。对于觅食者来说，道路亦非久行之地。草药、卡马夏球茎、鹌鹑、染料植物都生长在远离道路的地方。一切满足我们需求的东西都远在路外他方。我们必须漫步其中，才能了解并记住这些地方的特征：波状的、皱状的、蚀状的、沟状的、脊状的（就像大脑表层的褶皱）。我们需将这块版图牢记在心。这就是美国阿拉斯加州伊努皮克人和阿萨巴斯卡人每天都要进行的“经济—视觉—冥想”（economic-visualization-meditation）的修炼。对于觅食者来说，常走之路毫无新鲜之感，徒令人空手而归。

在中国最古老的农耕文明图像中，路或道已被赋予特别稳固的地位。中国早期文明中，自然过程和实践过程皆用道或路来描述。这种关联在神秘的中国文本《道德经》中得到了清晰明了的阐释。这部关

① 约翰·缪尔小径（John Muir trail）：以美国博物学家、自然资源保护者约翰·缪尔命名。该小径从约塞米蒂峡谷（Yosemite Valley）到惠特尼山（Mount Whitney），是太平洋峰峦山径的一部分。——译者注

② 纳奇兹古道（Natchez Trace）：美国东南部的一条老路，从密西西比州的纳奇兹向东北方向延伸，穿过亚拉巴马州西北部到田纳西州的纳什维尔。——译者注

于"道与德"的经典著作，似乎汇集了所有的早期知识，并加以重述，为后世所需。汉字的"道"本身就意指"路、道、径或引领/遵循"。从哲学层面来看，"道"指的是真理的本质和门径。（中国早期佛经翻译家采用了"道"这一术语。要成为一名佛教徒或道教徒就是要成为一名"道人"。）"道"的另一引伸义是指一门艺术或手艺的实践。在日本，"道"发音为*d ō*，如*kad ō*，"花道"；*bushid ō*，"武士道"；或*sad ō*，"茶道"。

所有的传统艺术和手工艺行业通常都采用学徒制。十四岁左右的男孩或女孩跟着一名陶匠或一群木匠、织工、染工、民间药师、冶金师、厨师等做学徒工。年轻人常背井离乡去学艺。比方说，有些学徒工就睡在盆栽棚后面，三年里就干着搅拌黏土这样的简单活，或者耗费三年时间给木匠师傅们干磨凿的活儿。这可不是件令人开心的事。学徒们只能毫无怨言地忍受师傅那些怪癖和极度吝啬的行为。师傅总想不断地考验学徒的耐心和毅力，这确实无可非议。一个人一旦踏上学艺之路，就无法回头，唯有全身而进，潜心钻研，心无旁骛，苦心精练这一门手艺。然后，学徒逐渐进入学艺初级阶段，开始学习一些更为深入的手艺技巧、工艺标准、行规秘密。这时，他们才开始体会到如何"工作得心应手"。学徒们希望不仅学到行业技术，而且能汲取师傅之能量，即神力（*mana*），一种可超越常人理解或技巧的力量。

《庄子》一书出现于公元前三世纪，约在《道德经》问世一个世纪之后，是一本颇有智慧的道家学派经典之作。该书有很多关于技艺和"诀窍"的章节：

> 庖丁为文慧君解牛，如跳舞般优雅自如。庖丁曰："依乎天理，批大郤，导大窾，因其固然；技经肯綮之未尝，而况大軱乎！……今臣之刀十九年矣，所解数千牛矣，而刀刃若新发于硎。彼节者有间，而刀刃者无厚。以无厚入有间，恢恢乎其于游刃必有余地矣，是以十九年而刀刃若新发于硎。"文惠君曰："善哉！吾闻庖丁之言，得养生焉。"
>
> （华特生，1996，50—51）

这些故事不仅在精神与实践之间架起了一座桥梁，其描绘的画面也常在揶揄着世人：倘若一个人把毕生精力投入一项工作，那么这个人将可能获得怎样非凡的成就啊！

假若我们愿意如此理解的话，自资产阶级兴起以来，西方人对待艺术的方式就是看淡已有的成就，推动每一个人不断地去创新。这使得每一代工人肩负起重任，因为他们认为自己必须先去革新前辈的工作，而后要求自己做得更加出色、与众不同。于是，这就造成了双重负担。如今对于精通工具、重复训练的强调早已淡化了。在遵循传统的社会里，创造力几乎被视为偶发之物，不可预期，仅仅是上天恩赐给某些个体的天赋罢了。因此，它不能被列入教学计划之中进行培养，只能针对少数群体因材施教，效果才更好。而且，当创新性到来时，我们要心怀感激，不能过多奢望；一旦降临，那便是真实之物。比如，在民间陶器工艺制作传统中，一个学徒在长达八至十年的时间里被反复告知要"循规蹈矩，墨守成规"，而现在却要他转而学习一种新的方法，这需要多大的干劲。那么，这时会发生什么情况呢？在这种传统工艺中熬过来的老人们会望着他说："哈！你总算做出新的东西啦！不错，好样的！"

当技艺娴熟的工匠到了四十五岁左右时，就会开始自己带学徒，传授技艺。他们也可能培养一些其他的兴趣爱好（如余暇练点书法），外出朝圣，开拓眼界。如果还有下一步（严格地说，不需要下一步，因为假若一名工匠技艺精湛，并能制作出反映传统精美工艺的无瑕疵产品，此生足矣），那就是"超越常规训练"，旨在获取最终的成功之花，而这光靠努力是不一定能实现的。一旦超出临界点，即使训练和实践再多，你仍无法达到那个境地。世阿弥是日本十四世纪最杰出的能剧导演兼剧作家，同时也是一名禅师，曾将此刻的顿悟视为"惊喜"。他认为，这是一种忘却自我的意外惊喜，一种在循规蹈矩的工作中可达到游刃有余、优雅自如的境界所带来的惊喜。当一个人与工作融为一体时，便能看清一切本相，懂得何为黏土制作的旋转球，何为锉子凿下的一卷白花花的木片，何为大慈大悲千手观音菩萨的一只手，此时此刻，他会发觉自己在工作内外均能做到轻松自在、潇洒自如。

技艺娴熟的工人，无论其社会地位如何卑微，都拥有自尊心和自豪感，他 / 她的技能为人所需，受人尊敬。这并不是在为封建制度作任何的辩护，只是对早期事情的来龙去脉所作的单方面描述而已。远东工艺和训练的秘诀对日本文化的影响涉及方方面面，从面条的制作（电影《蒲公英》[①]就是一个例子）到大企业文化，再到高雅文化艺术，无不受其影响。禅宗成为其传播的载体。

①《蒲公英》(*Tampopo*)：一九八五年拍摄，被日本公众誉为第一部关于西方面条的喜剧电影。——译者注

禅宗是大乘佛教派别中最推崇“自救”（*jiriki*）的典范，其僧团生活和清规戒律酷似传统工艺中的学徒模式。长期以来，艺术和手工行业的人们对禅宗倡导艰苦、灵巧、有价值的训练方式仰慕已久。二十世纪六十年代，我曾在日本京都大德寺禅修，这是一个传授临济宗教义的地方。我把自己的这段修炼经历描写为“居士”（*koji*）的生活。每天，我们盘腿打坐至少五个小时。休息时，大家要干体力活，像种植、腌菜、砍柴、清洗澡堂、轮流去厨房做事。我们和小田雪窗禅师每天至少小参两次，那时我们要对事先指定的公案谈谈心得体会。

我们要熟记某些经文，并举行一些小仪式。日常生活讲究礼仪规矩，注重使用真正的古语，一切都在有条不紊地进行。进行默念和劳作的固定安排已成为每周、每月、每年周而复始的仪式和惯例。这一形式可追溯到中国宋朝，有些部分则显然可追溯到印度释迦牟尼时代。那时，睡眠时间短，粗茶淡饭，房间简陋，没有火炉。但（在二十世纪六十年代）这既是工人或农民，也是寺庙僧侣生活的真实写照。

（初学者被告知忘却过去、遁入空门、研习公案，需一行三昧，以平常心对待任何事物。日语中的 *hone o oru*，本义为“骨折”，引申义为“努力”。在日本，这一习语也用于工人阶层、武术馆大堂、现代体育和登山运动中。）

我们也与寺庙外的信徒支持者们，通常是一群农民，进行各种欢快的合作。我们总会站在菜园后与当地人天南海北神侃，从新种子品种、棒球到葬礼，无所不谈。每周一次，我们会下山去城市街道和乡村小巷化缘，边行走边吟诵。我们整个脸部全被罩在一个大竹篾篓帽子下（这是用柿子汁染成棕色且防水的竹篾帽）。秋天，寺庙僧团会组织特别的化缘行动，翻越三四座小山，去乡村地区讨要一些小萝卜和大米。

寺院日程按惯例进行，如遇特殊事情可打破寺规。有一次，我们全体搭乘火车去参加一个小型别致的乡村寺庙纪念活动。几百名僧侣聚集一堂庆祝寺庙成立五百周年。我们这群人跑过来做厨房勤杂工。一连好几天，我们忙着切菜、烧饭、洗碗，并安排在当地的农民妻子旁边打下手。盛宴开始时，我们成了一群侍应生。当天晚上，几百位宾客离席后，厨房勤杂工和劳动者举行了他们自己的盛宴和晚会，老农和妻子们与禅宗寺庙里的和尚一起疯狂而搞笑地唱歌跳舞。

行之自由

在一次称之为“摄心”（*sesshin*）的良久静修过程中，小田雪窗禅师就一句箴言讲道——“完美之路畅通无阻。努力奋斗！”这是“道”的基本悖论。总是有人呼吁我们要不遗余力，但与此同时，还必须有人提醒我们，其实道路本身并没有荆棘障碍可言。因此，有一种说法：努力本身会导致人们误入歧途。单纯的努力可以积累知识、增强能力或获取表面上的成就。与生俱来的诸多能力或许要靠清规戒律来滋养，但光有戒律，人们无法进入“逍遥游”（free and easy wandering）（《庄子》术语）的境界。世人须谨记，切莫因自己自律和勤劳之嗜好而深受其害。事实上，一个人只需少许天分就可能在手工业或商业上获得成功。但到了那时，或许一个人就永远发现不了自己可能会拥有更多有趣的才华。“学自我者，即忘自我也，”道元禅师告诫道，“忘自我者，为万法所证也。”[1]“万法”（ten thousand things）意味着现象界中的万事万物。当我们以宽广的胸襟看待所有一切，那个世界便会拥抱我们。

然而，我们仍被呼吁要全力解析人类自我这一复杂而奇奥的现象。尽管这一要求是必要的，但还是过犹不及，毕竟它将（人类之外的）那个世界拒之门外。禅修为我们提供了应对自我之道，即采取刮打、训诫、鞭笞（棒喝）的方法。禅宗公案的主题旨在为初学者提供一块敲门砖，以便通过且超脱初学的障碍。有许多深奥的公案专研（佛教）不二法门的本真问题，启迪教导习禅人（诚如佛教传统倡导的）在日常生活中最终成为聪慧机警、优雅得体、慈悲感恩、娴熟佛法之人，且能超越“自然”（natural）和“人工”（worked）这一二分法界限。从某种意义上说，这就是一种“生活艺术”的实践方式。

《道德经》本身对“道”之定义做了最精细的阐释。开篇的第一章第一行写着：“道可道，非常道。”此句的意思是：“可循之道并非精神之道。”一切事物的真实面目不能局限于一个已知的意象，想当然地认为“道路”就是线性的。只有当“追随者”已被忘却，才能达到训练的目的。“道路畅通无阻”指的是道路本身并未给我们设置任何障碍，它四通八达。相反，是我们自己挡住了自己的道路，故古时的禅师谆谆教诲道：“努力奋斗！”

也有禅师说：“不要试图向自己证实有些事比较艰难，这无疑是在浪费时间。你的自我和智商将会挡住你的去路；让所有那些虚无缥

① 引文出自道元禅师的著作《正法眼藏》。——译者注

缈的愿望见鬼去吧。”此时此刻，他们可能会说，只要保持清醒的头脑，你就能不费吹灰之力读懂这个世界。也就是说，你将有可能掌握宇宙间的大业。这些启示均来自于印度灵修大师拉玛那·玛哈希、克里希那穆提以及日本的盘圭禅师。这是艾伦·沃茨对禅宗的阐释。佛教中，整个流派持此观点的就是净土宗。诚如德高望重（说一口大阪话）的森本禅师所言：“净土宗是唯一能诘难禅宗的佛教流派。”他解释道，净土宗之所以能诘难禅宗，是因为禅宗过于执著、自视特殊、桀骜自恃。人们必须对这些毫不掩饰的教义及其无上准确表示尊重。净土宗堪称是最纯洁的，它坚决抵制任何自修的行为和所有的计划，只笃信“他助”（*tariki*）的方式。对于那些可能施舍帮助的“他者”，净土宗将之神化地称为“阿弥陀佛”（Amida Buddha）。阿弥陀佛就是“空”——无念或无欲之心智，即佛性。换句话说，“不要试图改变自己，让自我的本来面目还原为你真实的自我”。这些教义令那些有明显动机的人颇为沮丧，因为倒霉的追求者得不到真正的训诫。

还有数不清的“开悟菩萨”一直未被世人所知，这缘起于他们尚未经历过任何正式的灵性训练或哲学探索。然而，生活中的困惑、磨难、不公、希望和矛盾塑造了他们，使之变得成熟老练。这群人大公无私、心胸宽广、勇敢无畏、慈悲怜悯、谦卑谨慎，凡胎俗骨的他们实际上一直团结着人类这个大家庭。

世上有可行之路，也有不可行之路。后者不能称之为“路”，只是“荒野”，因为那只是一整片可“去”，却无人前往、无目的地的旷野。我第一次步履艰难的跋涉是在太平洋西北山区的偏僻小径上。那年，我二十二岁，在北卡斯卡德斯山上当森林防火员。而后，我决定去日本研习禅宗。三十岁时，我去了一座禅宗寺院的藏经阁。顺着图书过道再次往下扫视时，我意识到自己这辈子不可能出家当和尚。我搬到寺院附近，以俗家弟子的身份参加寺院主持的默念和其他宗教仪式活动，同时还帮着干些农活。

一九六九年，我偕同当时的妻子和长子回到北美。不久，举家迁往内华达山脉。除了干些农活、修护树林、参与政治事务之外，我和邻居们还尝试坚持进行了一些正规的佛教修炼活动。我们特意将之世俗化、非专业化。在近几个世纪里，日本禅宗界在禅修的严格训练问题上已经日趋内行和专业，以至于在很大程度上，其本身的震撼力早已消失殆尽。对此，一群忠诚奉献、心地善良的日本禅师，为了捍卫其自身的专业人士地位，总是指出世俗平民不可能体会教义的精髓部分，因为他们没有足够的时间去研习。其实不然，俗家弟子能够诚心专注其佛教修为活动，就如同任何工人、工匠或艺术家能专心致志于他们的工作一样。

原始佛教秩序之结构是受到释迦（意为“橡树”）部族管理方式的启迪而构建的。这个小型共和国有点像美洲易洛魁土著居民联盟，实行民主投票制（加德，1949，1956）。佛陀乔答摩是释迦族人，故被尊为释迦牟尼，“释迦族之圣贤”。所以，佛教的僧伽就是仿照一个新石器时代社团的政治形式而架构的。

因此，我们的修炼、训练以及奉献的模式不应局限于寺院或专业训练。我们也可反观一下原始群落特有的分工和共享传统。有些真知灼见只能从工作、家庭、损失、爱情和失败这些寺院之外的经历中获取。我们不应长期忽视人类与其他生物之间所存在的生态—经济链。这种关联促使我们去深入思考种植与丰收、饲养与屠宰之间的关系。我们所有人都师从同一禅师，亦即宗教体系最初面临之物：现实。

持现实观的人具备一种紧迫的政治和历史使命感，能调控自己的时间，合理支配二十四小时，且竭尽全力做好每一件事，从不自怨自艾。生活中，赶着几个孩子钻进合伙使用的小车，然后沿着马路开车去赶公交车实在是件苦差事。这份艰辛丝毫不亚于在一个寒冷的清晨待在佛祖大殿里诵经。谈不上这一件事比另一件事差多少，其实每件事都相当枯燥乏味，都需具备能重复单调之事的良好品性。若能以对待仪式的方式对待重复，好的结果就会以多种形式出现。更换过滤器、揉擦鼻子、参加会议、收拾房子、洗刷盘子、检查量油计——不要以为这些事正阻碍着你的更高追求。为了能进行“修炼”，将自己推向“道”，这堆琐事并不应是我们希望逃避的困难。其实，这就是我们的道。当然，道也可自行完成，因为当一个人自性圆满，身处于一个完美现实、完全虚幻的境界时，谁会愿意用开悟之心去交换蒙蔽之心呢？诚如道元禅师喜欢的说法：“行即道”。当我们明白，“完美之路”并非是引领大家通往易辨之地，从而抵达某一目标的胜利终点之“道”时，这就更容易理解了。登山运动员攀登顶峰的目的就是领略壮观之景，体验合作之情，经历艰险之苦。然而，在很大程度上，是“道”引领你抵达山顶，让你亲临未知，邂逅惊喜。

真正有经验的人，有修养的人，也能从平凡之事中体验出一份快乐。这样的人会把在家里或办公室里枯燥的工作想象得和登山一样，充满挑战和乐趣。我想说，真正的快乐源自完全不遵循常人所走之路——为了某个实践或精神目的而远离人类或动物的任何踪迹。人们外出进入“无迹可循之路”，就会发现它能带着你进入任何一个无名之地。这是一个无限编织之网，同样的主题，其可能性层出不穷，优雅变异百万次，而每个主题都独一无二。岩屑坡上的巨石千姿百态，同一棵冷杉树上的两片针叶迥然不同。怎么可能一部分比另一部分更重要呢？假若不跳进熊果树灌木丛中，人们将永远不会发现一个由小树枝、石头、树叶堆积起来有三英尺高的，多毛尾林鼠的巢穴。努力奋斗吧！

待在自己家里，靠近壁炉边，漫步在附近的小道上，我们备感安逸和舒适。与此同时，我们也感受到这些地方依然存在着枯燥乏味的家务和周而复始的琐事。但是，万物无常的法则意味着任何事物都不会永无止境地重复。所有行为稍纵即逝的短暂性将我们带入一种时间荒野的状态。我们生活在能滋养万物的无机进程与生物进程的网络之中，就像地下河纵横流淌，抑或天空中的蜘蛛网熠熠闪光。生命和物质相互作用，令人体会到一切都是那么的冷漠艰难、危险有趣。相比我们称之为“路”的这一临时秩序中的小领地，这是一个更大的秩序，那就是“道”。

松散自在、井然有序是荒野世界本身的固有特征，我们的技巧和作品只不过是它的一个微小反映罢了。没有什么比远离道路，走向分水岭这一新领地更重要。这并非是为了猎新，而是为了寻觅一种回归家园，入住我们整个领地的感觉。“径之外”（off the trail）其实就是“道”的另一种称谓。故而，径外漫步就是禅定荒野的体现，实际也是指我们应在所处之地竭尽全力地工作。当然，这听上去有点似是而非。但我们的确需要道路和小径，而且将会一直保留它们。因为，在你转而走向荒野前，首先你必须“在道上”（on the path）。

和熊结婚的女人

故事

从前有一个小女孩，十岁左右。每年夏季，她常常出去采摘浆果，而且是和家里人一块儿去的。他们把浆果采摘下来，然后晒干。有时候，他们会在小路上看到熊粪。女孩子对熊粪必须小心，不要跨过去，男人可以，但是小女孩一定要绕着走。然而，这个女孩喜欢从熊粪上跳过去，踢上一脚。她总是不听妈妈的话，一见到熊粪，就踹上一脚，接着跳过去。她老是看着自己周围的熊粪。从孩童时期开始，她就这样对待熊粪。

这位小女孩长大成了姑娘。有一年夏天，她们外出采浆果、晒鱼和露营。她和妈妈、婶婶及姐妹们采了一整天浆果。到黄昏快收工时，她看到一堆熊粪，便对着它们唠唠叨叨地说了一大通话，然后踢了一脚，跳了过去。女人们提着沉甸甸的满是蓝莓的篮子，准备回家。其他人已经往前走了，可这姑娘看到一些特别好的蓝莓便去采摘。她向前追赶时滑了一跤，一些蓝莓落到地上，她便弯腰去捡。而此时，其他人已经下山了。

这时，一个男人出现了，他穿着体面，脸色绯红。姑娘看到他站在树荫下。之前她从未见过他。男人说："我知道哪儿有又多又大的蓝莓，比这些好得多。我陪你一起去采满篮子，然后再送你回家。"于是，他们摘了一会儿，天渐渐黑了。但他说："还有一个采蓝莓的好地方。"不久，天就黑了。他便说道："现在回家已经太晚了。我们来准备晚餐吧。"他在火，或者说看上去像一堆火的东西上做饭。他们吃了一些烤熟的囊地鼠，随后，他们用树叶作床。睡觉时，这个男人说："天亮时，你不要抬起头看我，哪怕你醒得比我早。"

第二天早晨醒来时，男人对姑娘说："我们可以继续摘蓝莓，就吃剩下的囊地鼠，不用生火了。我们去摘很多很多的蓝莓吧。"姑娘说想回家，说想爸爸妈妈。男人便安慰说："别担心，我会送你回家的。"接着，他用手在她的头顶上拍了一下，再用手指沿着太阳移动的方向绕着她的头划了一圈。然后，姑娘就忘了刚才说过的话，再也不提回家了。

姑娘忘了回家的事，只是跟着这个男人到处走，采摘蓝莓。每一次露营，对她来说都好像是过了一个月，虽然确确实实只有一天。他们不断地从一座山走到另一座山，最后她认出一个地方，看起来好像是她以前常常和家人去晒肉干的地方。这个男人在林木线的地方停下来，又拍了一下姑娘的头，在她头上向右划了一圈。接下来，在她坐着的地方也划了一圈。男人说："在这里等一下。我去抓几只囊地鼠。我们没肉吃了。在这儿等我回来。"他回来时带了几只囊地鼠。晚上，他们搭好营地，动手做饭。

第二天早晨，他们起床，继续走。最后，姑娘明白了他是一只熊。秋天来临，天气变冷。她意识到这个男人其实是一只熊。男人说："是时候该安个家了。"然后，他开始挖洞。这下，姑娘确定他是只熊了。男人用了很多办法挖洞，然后对姑娘说："去弄些杉树枝和树杈。"姑娘从高处折断树枝，扎成一捆递给他。他看到后说："这些树枝不好。你留下了痕迹，人们会看到，会知道我们住在这里。我们不能待在这儿。"于是，他们就离开了。

他们走到一个山谷的顶部。姑娘认出了这个地方，她的兄弟们过去常在这里打猎和吃熊肉。他们会在四月份带着狗到这儿猎熊。他们先让狗钻进熊的洞穴，接着熊便会逃出来。这就是她兄弟常来的地方。她很清楚这一点。

她的这位熊丈夫又挖了一个洞，然后让她出去找树枝。他说："从地上捡些树枝，不要从高处折断。这样，就不会有人知道你是从哪弄的树枝，而且痕迹会被雪覆盖住。"她的确从挨近地面之处折断树枝，但同样也特意拉弯了一些高处的树枝，使它们垂悬着好让她兄弟知道。此外，她还用沙子在自己身上擦，擦遍了身子及四肢，接着又擦周围的树，这样一来，她家的狗便会嗅出她的气味。做完这一切，她才带着几捆树枝回到熊的洞穴。

这个男人挖洞时看起来像一只熊，但只是在那个时候像。在其他时候，他看起来像一个真正的人。女人不知道除此以外还有什么办法能活下去。所以，只要他对她还好，她就和他待在一起。

"这就很好。"男人说道。他把树枝拖了进去，布置洞穴。干完后，他们就离开了。大灰熊是最后进洞穴的，它们喜欢在雪地里到处走走。因此，他用了几天时间捕捉囊地鼠，为过冬储备食物。女人从未看到过他做这事，只是坐在晚秋的阳光里，俯瞰着山谷。男人不想让她看见自己像一只大灰熊一样挖掏囊地鼠。

几乎每天，他都去抓囊地鼠，他俩也会去摘蓝莓。对这个女人而言，他完完全全像是一个人了。

真正到了深秋，男人说："我想现在我们该回家了。我们有足够的食物和蓝莓，可以停下来休息了。"于是，他们进了洞，待在那儿睡觉。他们一个月醒来一次，吃点东西，然后继续睡。每个月醒来好似每天清晨醒来，一个月就好似一天。他们从未真正外出过，日子似乎就这样过着。

不久，女人发现自己怀孕了。等到冬季过了一半，她在熊的洞穴里生下了两个小宝宝：一女一男。她生孩子的时候正是母熊产仔的季节。

她的丈夫常在晚上唱歌，她醒来听着他唱。这只熊在与这个女人一起生活时，就像一个萨满教的巫师。他唱着歌仿佛巫师附魂到他身上一样。他唱了两遍。她是第一次听到这样的歌。第二遍时，他发出了"呜呼？呜呼？"的吼叫音，女人惊醒过来。

"别动手！他们是你的内兄内弟！如果你爱我的话，就会爱他们。不要杀死他们。让他们杀了你吧！如果你真的爱我，就不要拼杀！你对我很好。如果你想杀死他们，为什么要和我生活在一起呢？""好吧，"他说道，"我不会去拼杀的，但我希望你知道将要发生什么！"他那大大的犬齿就像利剑。"这些就是我拼杀时用的。"他说。女人不断恳求："什么都不要做。他们杀了你，我还有孩子！"她那时完全明白他是一只熊了。

他们回去睡觉。当她再次醒来时，他正在唱他的歌。“没错，”他说，“他们正在走近。如果他们杀了我，我希望你跟他们要回我的头和尾巴。在他们杀死我的地方生一堆大火，把我的头和尾巴烧掉，在我的头烧着的时候唱这首歌，直到头和尾巴全烧尽。”接着，他又唱起歌来。

他们吃了些东西便去睡觉。又一个月过去了。整个月他们都没有睡好，这个男人时不时就会醒来。“越来越近了，”他说，“我无法入睡。地面上渐渐变得空荡荡的。往外看，洞穴前的雪是不是融化了？”她朝外看，地上露出了泥和沙。她用手抓了一些，捏成一个球，接着在自己身上擦了擦。这个泥球上全是她的气味。她把泥球朝山下滚去，她家的狗可能会闻出她的气味。然后，她进了洞，对丈夫说：“有些地方已经全部露出来了。”他问她为什么留下那些标记。“为什么？为什么？为什么？他们很容易就会发现我们。”

他们睡了半个月，接着就醒了。男人又在唱歌。“这是最后一次了，”他说，“你再也听不到我唱歌了。现在，那些狗随时都可能来到门口。他们就在附近。好了，我得去战斗了！我会干出糟糕的事来！”妻子说：“你知道他们是我的兄弟！千万别那样干！你杀了他们，谁来照顾我的孩子？你得为孩子考虑。我的兄弟们会帮助我。我的兄弟们要猎杀你，就让他们来杀吧！”他们回来只睡了一会儿。第二天早晨，他说：“啊，快来了！快来了！快起来！”

他们刚起床就听见了嘈杂声。“是狗在叫。哎呀，我得走了。我的刀剑在哪儿？我需要它们！”他取下刀剑。女人看到他把它们装在牙齿上。他是一只大灰熊。

“请不要拼杀。如果你要我的话，为什么做得这么绝？想一想孩子们吧。不要伤害我的兄弟们！”他说：“你再也见不到我啦！”说完就走了。在出口，他吼叫着，接着把一个东西扔进洞里。那是一只猎犬，一只小猎熊犬。当小狗被扔进来时，她抓住它，把它塞到窝下面的树枝中。她把小狗放在那里藏好，然后自己坐在树枝上。这样，小狗就不会跑出来。她这么做自有其理由。

喧闹声止息良久。她走出洞穴，听到她的兄弟们在下面说话。他们已经杀死了那只熊。她觉得很难受，在地上坐下来。她看见一支箭，便把它捡起来，然后用一细绳子绕着小狗的脖子系成一个颈圈，再将箭系在狗身上。小狗跑着去找它的主人。猎熊的年轻人在山下清理被杀死的熊。他们认出这只狗，看到那只箭，便把箭取下来。

“太有趣了，”他们说道，“熊穴里如果没有人，谁会把箭系到狗脖子上呢！”他们商量了一下，决定派最小的弟弟去洞里看看。通常，弟弟能与姐姐搭上话，但哥哥不能。因此，哥哥们对弟弟说：“妹妹丢失一年了。可能会有奇迹发生。也许是熊把她带走了。你最小，别害怕。那里除了她不会有别的。你去看看她是否在那里。弄清楚到底是怎么回事！”

弟弟动身去找。她坐在那里哭泣。小伙子慢慢走近。她看到时大叫起来：“你们兄弟几个杀了自己的姻兄！我是从去年夏天开始跟他在一起的。你们杀死了他。去跟其他人讲，把头和尾巴留给我。放在那里不要拿走。你回家叫妈妈给我缝一件衣服，我好穿着回家。缝一条裙子给小女孩，裤子和衬衣给小男孩，还有软皮鞋。叫她来看我。”小伙子回去后，把这些告诉了哥哥：“是我的姐姐。她要我们留下熊的头和尾巴。”

他们照她的吩咐做了，然后回家。他们把这事跟母亲说了。她便忙着缝制衣服，做好一件女装、几双软皮鞋和几件小孩的衣服。第二天，母亲上山去那里找她。到后，便给小孩穿上衣服。然后，她们下山到了熊被杀死的地方。她的兄弟留下一堆大火。她把熊的头和尾巴放进火里烧，接着就唱那首歌，直到它们烧成灰烬。

随后，他们回到了家，但这个女人没有直接走进去，她不习惯人的气味。她对母亲说："让兄弟们给我搭一个帐篷。我不能马上进屋里，需要一段时间适应才行。”她在帐篷里待了很长一段时间，直到秋天才进屋，跟母亲待在一起。整个冬天，她的孩子都在成长。

第二年春天，她兄弟要她扮成熊。他们已经杀死了一只母熊，还有两只幼熊，一只是雌的，另一只是雄的。他们想让她披着熊皮装扮成熊的样子。他们安装了一些小箭，并不断地缠着她跟他们一起去玩，也要她的两个孩子去。她不想这么做，于是对母亲说："我不能做这事！一旦做了，我就会变成一只熊。我已经是半个熊了，我的手臂和腿上都已经长满了毛，很长的毛。”假若她与她的熊丈夫再待一个夏季，那她就会变成一只熊。"如果让我披着熊皮，我会变成真正的熊。”她说。

但是，他们不断地劝她去扮演熊。有一天，他们偷偷地溜进她的房间，把熊皮盖在她和两个小孩的身上。她竟用四肢行走，像熊一样摇动身子。这一幕确实发生了！她成了一只大灰熊。她无能为力，只得对抗那些射来的小箭头。她把她的兄弟全都杀了，甚至连她母亲也杀了。但留下了她最小的弟弟，她没杀他。她实在控制不住自己，掉下了眼泪。

随后，她只好继续做一只熊，带着她的两只小熊，爬上斜坡，回到山林里去了。

所以，大灰熊有几分像人。现在，人们吃黑熊的肉，但不会去吃大灰熊的肉，因为大灰熊是半个人。

评论“和熊结婚的女人”

美莓、岩高兰、北悬钩子、兴安悬钩子、高丛越橘、低丛越橘、香莓、覆盆子、无患子、黑莓、花楸树、熊果树浆果、小叶越橘、蓝莓……

美莓成熟得早，而大多数别的莓要等到夏末才会成熟。美莓浆果的光泽、芳香、甘甜以及那一点点刺激的味道，很早就为人所知了。它是为谁而生？它的浆果吸引鸟和熊来吃。这是一份礼物，但也有回报，因为这样美莓的种子便会到处播撒。埋藏在甜甜果汁里的小小种子将随着鸟儿和浣熊的肚子去旅行，跨过岩石，越过河流，飞过天空，在另一片森林的土壤中，发芽生长。

采摘浆果是需要耐心的。熊会拉下灌木的枝条来掩藏自己，小心翼翼地用爪子耙下灌木上结着的浆果。人们制作出像熊爪的木耙，把浆果耙进篮子里，或者一手用木匙击打灌木，一手用箕篮接住浆果。有些妇女采得很迅速！她们十指并用，还不会弄坏浆果。浆果成熟时，人们每天都出去采摘，然后把浆果晒干，或是用酸模腌制，以备冬天食用。吃浆果既不会伤害灌木又不会伤害种子。或许这个故事是从浆果开始的。

很久以前，棕熊、大灰熊（但我们不会直接用这样生硬的名字来谈论它们）来到长满浆果的地方。春天一来，它们就出外搜寻食物，常常独自搜寻几十甚至几百英里。当它们聚集在长满浆果的山坡时，很多熊便会挨在一起采浆果，所以，它们需要尽量避免相互争斗。

它们整个夏天都在吃，储备脂肪过冬。如果因某些原因到晚秋时还没有增加足够的体重，那么母熊体内的幼熊便会夭折，因为仲冬时节养育幼兽会消耗它的体力。它们在山上采完了无患子和蓝莓后，就去小溪和河边寻找游不动的鲑鱼。

（大鳞大马哈鱼或称帝王鲑鱼，红大马哈鱼或称红色三文鱼或太平洋红鲑，粉鲑或称细鳞大马哈鱼，白鲑或称大马哈鱼，樱花鲑或称马苏大麻哈鱼，鲑鱼从萨克拉门托遥远的南部进入河流，绕着北太平洋远道来到朝鲜半岛。每一条河的边缘都有熊在活动。）

长期以来，只有熊和鸟生活在既有浆果灌木丛，又有河流溪水的地方。后来人类到了这里。起初，他们和睦相处，有一点食物总是互相分享。小动物和大动物拥有同等权力。一些动物和人类少部分可以变换外型，改头换面。有时，他们会进入灵性的世界，为了证明自己的杰出能力或是为了参加一次竞赛。原初时期，人类并没有那么糟糕。后来，他们似乎渐行渐远，彼此都忙碌不停，把所有的时间都花在自己身上。于是，他们放弃了聚会，变得越来越吝啬，学了很多小技艺，却忘了自己来自哪里。

有些动物开始躲避人类。有些动物喜欢人类，因而对人类感兴趣，喜欢待在离人类近的地方，对人类的生活方式感到好奇。熊就有点关注人类。它们仍然希望被人看见，有时想要吓人一跳，甚至希望被人抓住或杀掉，所以它们会走进人类的房子，听听人类的音乐。也许这就是为什么熊在路上留下粪便，以这种方式提醒人们，它们就在附近，避免吓着人。如果熊或人受到惊吓，有一方可能会受伤。当人们见到熊的粪便时，可以观察一下，看它们留下的时间有多长，检查熊吃了什么东西。如果是本周的浆果，你就会知道。粪便是了解熊生活的一扇窗户：它们会告诉你熊去过哪里。当人们到山上时，熊会发出啸叫声，也会在意人类的想法，因为每一头熊都知道人类正在想什么。

年轻的女孩喜欢跑呀、跳呀、唱呀。她们中有些喜欢作弄人，但这并不总是怀有恶意的。跳绳时，她们跳啊唱啊；玩“跳房子”游戏时，她们跳啊唱啊。尽管如此，一个女孩或是一个妇女终究不应该从熊粪上跳过去。其实，从任何粪便上跳过去都不妥，对男人来说也一样。观察并思考这些标记所代表的意义是件好事，但不要蠢到对它们有什么想法。但是，这个女孩总是从熊粪上跨过去，不断对着熊粪说这说那。或许，她只是顽皮淘气。不过，也可以说她是一个非常特别的小女孩，她在某种程度上喜欢荒野。

喜欢荒野。熊身强体大、性情平静。同时，它们也是所有动物中与人类形象最接近的。大家常说：“脱掉熊皮，它看起来就像人。”它们的举止很像人：有点滑稽，会教导幼熊（爱吵闹、有好奇心），而且这些小熊也能记住这些教导。它们有自信心，吃点小松糕，也能击倒势均力敌的驼鹿。它们的爪子非常精巧，能夹着两端拾起坚果。它们会花数小时在一起亲热爱抚，白天小睡后脾气很坏，一整夜可以大步慢跑一百英里。它们似乎是不可毁灭的。它们知道正在发生什么，往哪里逃，如何到达那里。它们是慈悲的，但也会发怒。它们搏斗时似乎感觉不到痛。它们没有敌人，也不会害怕，但可能比较傻，没心没肺的。它们对地球的环境十分熟悉，喜欢人类。很久以前，它们就决定让人类与它们一起生活在这块土地上，这里既有鲑鱼游动的河流又有长满浆果的土地。

这个女孩一定明了其中的一些奥秘，以某种方式呼唤着熊。大多数人都知道，破坏规则会导致严重的后果。当他们偷偷这样做时，会觉得自己是在做坏事。有些人破坏规则是由于糊涂和贪欲；而有些人却是明知故犯，他们破坏规则是因为想知道后果。他们也明白这样做要付出代价，但不会抱怨。

规则是关乎知识、权力以及生死的行为方式，因为它涉及杀生、取食和死亡。人类由于无知，往往易于触犯规则。在我们所见的世界背后还有另一个世界，虽然是同样的世界，但更开放、更澄明、更畅通。就像在宽广的心灵里，动物与人类可以交谈，途经此处的人会变得健全，得到救助。他们学会怎样说话做事，如何不去触犯规则。接触这一世界，无论多么短暂，对人的一生都大有裨益。人们寻求这一世界，但实属不易。在这里，形态是流动的。对熊而言，所有的生物看起来都像熊；对人来说，所有的生物看起来都像人。每一种生物都有自己的故事，自己的奇异之处，所有的动物都有幽默的天性，表演不同的角色。“龙鱼视水为宫殿，当如人见宫殿，不见水之流也。若有旁观者告其‘汝之宫殿即流水’，龙鱼定如我等今闻‘山流’之说，忽而惊诧。”[1]道元禅师如此评说道。有时候，那些有能力，或是有理由，

① 引文出自道元禅师的著作《正法眼藏》。——译者注

或是仅仅有好奇心的人才会跨过这一界线。

因此，当这个年轻女子长大时，与家人一起采浆果，那些熊就知道她在那里。当她落在后面，拾捡从篮子里散落在地上的浆果时，一个小伙子站在前面的树荫下，向女孩介绍自己，并帮她捡浆果。他穿得很好，衣着体面得像外出做客。在女孩眼前，他就是一个人。所以，女孩走进了中间世界，一个既不完全属于人类，也不完全属于动物的世界。在那里，雨看起来像火，火可能是雨。他比较机灵，相当有力地使她进入这个世界，用掌拍了她的头，让她忘记过去。他们走在缠结的、被风吹落的果子下，当他们出来时，已经走过了一条山脉。每一天好像是一个月，或是数年。

但她没有完全忘记过去的事。我们总能身处两个世界，是因为它们并非是真正意义上的两个世界。即使她记得在自己身后有家人，有一个家，那还不足以促使她回家，因为当时她正处于热恋之中。他是一个强壮英俊的男子，而且他也很爱她。他们生活在最美的山中，有着夏末金灿灿的天气，每一处山坡上都长着成熟的浆果。她少女的梦想实现了。如果要她爱上一只熊，那熊就必须克服对人类的偏见：体格弱、身体轻、难捉摸、有臭味。因此，他们在激情和交流中结合，共同生活在林木线旁。

然而，冬天来了，熊体重增加，长出厚厚的毛。如果它们要建新的洞穴，会选择在斜坡处挖下去，然后再往上挖，把睡觉的地方安在高山的树根下或是一块大石头下。入口的过道可能有三到十英尺长，睡觉的地方有八或十英尺宽。接着这些熊折断一些树枝：它们折弯树枝放在一只手臂上，再用另一只手臂把树枝折断，它们就这样收集铺床用的东西，在洞里把这些折断的树枝铺好。把家安好后，大灰熊会四处游走，只要天气暖和就继续寻找猎物。当雪真的来了，下得很大的时候，熊就会爬进洞里，让落下的雪掩盖洞的痕迹。

在洞里，熊停止喝水、进食、撒尿、排便，时间长达四五个月之久。它们保持警觉，能相当快地醒来。熊的身体以某种方式排出废物，虽然减轻了体重，但增加了肌肉，并能保持原有的骨容量，好像它们是醒着的、活动着的。它们做梦。或许，它们的梦是关于在内山的聚会，在那里熊作为“山的主人”举行盛大的宴会，招待所有其他动物。对这个年轻的女人来说，这是一个好机会，她可以私下反复闪现往事。风景又进入她的故事：她认出一个山谷。在那里看到她的恋人，她的丈夫，先是作为一只熊在挖洞，后来作为一个人坐着与她交谈。她帮着他收集香脂冷杉的树枝用于铺床，可又忍不住留下了痕迹、记号，好让她的兄弟来寻找她。熊看到时，感到烦恼、悲哀，好似一种宿命，但他没有对她发怒，只是继续前行，挖了一个新的洞穴，在那里她还是设法留下了她身体的气味。

他们进入洞穴。这个女人还没有变成熊，所以他们为她提供所需的食物。冬天，她像熊一样生下了宝宝。接下来发生的是，他们必须与自己的命运搏斗，必须努力完成自己的任务。他“在与这个女人开始一起生活时，就像一位萨满巫师”。他不是普通的熊，他能改变形状，接受人性，但有一种力量仍然在影响着他。难道是年长的熊正从远处注视着他吗？知道他需要力量吗？巫师唱着有力量的歌，他也唱着这样的歌。如果说他之前还不知道将会发生什么，那么现在他感觉到了：

这个女人的兄弟和一场战斗即将到来。他当然会杀死他们，保住他的妻子和孩子，走到更远的深山里安全地生活。这是非常有诱惑力的：他在不同世界之间闪现，带着巨大的灰熊犬齿，而这在她眼里就是剑／齿／剑／齿。

然而，如此深入人的世界，他也学会了强迫自己去遵循人类的习俗，其中有一条严格的规则，就是要求姻亲兄弟间不能发生争斗。孩子的姓氏跟随母亲这边，孩子也应由她的兄弟而不是他们的父亲抚养。要是他们能接受他为内兄内弟就好了！那会是一个理想的家庭组合。唯一奇特的是，组合的一半是熊（因为她正在变成熊），而另一半是人！对他来说，这该是一个多么美好的乌托邦梦想时刻啊！

她讲究实际，知道自己的兄弟是绝不会接受他的，而且觉得自己的孩子应该被当作人来抚养长大。但是，她爱她的丈夫，不只是变成人时的英俊模样，还有他那熊的身体。她自己正在长毛。数周里，他们的生活不得不面对这些抉择和即将来临的命运。他再次在晚上唱歌：这首歌是在熊被捕获和杀死时必须唱的。他吩咐她几件事："无论他们在哪里杀了我，在那里生一堆大火，烧掉我的头和尾巴；当头燃烧时，就唱这首歌，一直唱到头和尾巴都烧光。"

这就是他们在一起的原因：通过她完成这件事，使他从熊的世界来到人的世界。当时，他们都明白了这一点。只是他尚无法完全放弃。他问："为什么？为什么？"甚至，在最后一天还想要反击。她总是强调她的兄弟，因而他不能反击。出了洞口，他一路走向死亡，他一掌打下了身后的那只塔尔坦人的猎熊犬。这条可爱的狗是野生动物与人类之间的某种连接点，有助于让她重新回到人类的世界。她的丈夫死在她看不见的地方，可她能听到狗的吠叫声。她坐着哭泣，让一直抑制住的丧亲之痛发泄出来。她对着弟弟说：“你们刚刚杀死了你们的姻兄！”这对他们来说也是一件悲伤的事。

（春天，熊从洞穴里爬出来，又瘦又饿，如果不能找一头冻死的麋鹿、驼鹿或驯鹿，那就要饱饱地吃一顿春美草或其他类似的植物。）

她烧掉了那头熊的头和尾巴，唱着他哼的那首歌。

她不能回到她母亲的房子里，花了整个夏天来习惯人的气味，同时为丈夫服丧。那年秋天和冬天，她住在村子里，告诉亲戚们她所学到的：在他们杀死熊后，烧掉它的头和尾巴，并教给他们那首歌，还有更多她从丈夫那里学到的关于得体的捕猎和熊的仪式。她的讲授是间接的，不自夸，也不指向熊，且慢条斯理。

那年冬天过得真不容易。孩子们不习惯，她也一样。人们跟她说话的方式让她不舒服。兄弟们对他们的姊妹知道这么多关于熊的情况，感到有点诡秘，难以理解。来年春天，他们出发，开始每年一度的猎熊行动，捕猎回家时带回一张母熊皮和两张小熊皮。他们一再劝说她扮演熊。传说的秘密正困扰着他们：他们的姊妹是一只熊。他们吃什么？他们谈论什么？她梦见什么？它过去像什么？她现在有多大的力量？她值得信任吗？她的力量和她周围的神秘情况此刻已让人感到不舒服。

她试图让母亲阻止他们，因为她知道将要发生什么，她的毛长得更长了。但是，事情还是发生了。兄弟们忍受不了这种模棱两可：他们逼迫她跨过人与熊的界线。她重新变成了熊，杀死他们，只留下最小的弟弟。现在他们为猎杀他们的姻亲兄弟付出了代价，为取笑和逼迫妹妹付出了代价，而且母亲也死了。这个年轻的女人和她的孩子现在完全变成了熊：人类世界不会接受他们。他们必须回到荒野，他们已经完成了自己的使命：教给人类正确对待熊的方式。或许，所有的这一切都是熊的父母安排的，它们挑选一只勇猛的熊作为这样的使者。每个参与者都要付出代价：那只熊和那个女人的家人都失去了生命。不付出高昂的代价，谁也不能跨越不同世界的界线。她失去了爱人和人性，变成了一只熊，带着两只幼熊孤独地生活在荒野中。

这是很久以前的事了。在那以后，人类与熊友好相处。在世界之巅（北极）周围的地区，每年的仲冬季节，很多民族与熊一起做同样的事情：捕猎、庆祝，在户外雪地上举行盛宴。每逢夏季，熊与人类分享浆果之地和鲑鱼之溪，一年又一年，很少会发生冲突。熊一直小心谨慎，不会把人当作猎物来捕获和猎杀，尽管它们在遭到攻击时会反抗。

他们的故事还有着更深远的影响：这位熊的妻子被人类作为女神来纪念，她被赋予很多名字，而且有许多故事传颂着她的孩子们以及他们在这个世界上所做的事情。

但是，那段时期已经结束了。现在，熊正遭受猎杀，人类无处不在。这个绿色世界正在被拆开、撕碎、烧毁，其原因在于一个灰色世界正在不断地扩张，而且这种扩张似乎没有尽头。如果不是因为有几位幸存于世的老人经历过此前那段时期，我们甚至连这个故事都不会知道。

玛丽亚·约翰斯及故事的版本

这个版本的《和熊结婚的女人》来源于玛丽亚·约翰斯讲述给凯

瑟琳·麦克莱伦的故事，后者是一位从事人类学和人种史学研究的学者。这个故事有很多版本，麦克莱伦在其研究《嫁给熊的女孩：一部印第安人口述传统的杰作》（1970 年）中调查了其中十一种版本。关于玛丽亚·约翰斯，她写道：

“玛丽亚·约翰斯可能出生于十九世纪八十年代。她与家人曾挑战沿海的奇尔库特山路[①]，穿越奇尔库特山口到达狄亚，在一家名为威尔逊的商店做生意，那是她第一次见到白人。八十年代，玛丽亚还是一个年轻女孩，属于图奎韦迪或德西坦·西布部落。其祖先的居住地最早可追溯到沿海的特林吉特人聚居的城镇——安贡。她的第一语言是阿萨巴斯卡语的塔吉什方言，她也会说很多特林吉特语。事实上，特林吉特语是塔吉什的主要土著语言。她几乎不会英语。

“虽然她似乎已经过着相当富裕、充实的生活，但在成年时期的大多数时间里，她身体很差，眼睛半瞎。我在一九四八年见到她时，她已经全瞎了，大部分时间待在床上，盖着囊地鼠皮做的长袍。玛丽亚至少创作了三首属于她自己的歌。显然，她给孩子们讲过许多故事，因为她两个成年的女儿能讲很多的故事。

“一九四八年七月十六日，玛丽亚自愿讲述熊的故事。之前，我在她的女儿多拉家拜访过她，曾问她是否熟知关于熊的仪式典礼。

“玛丽亚一看就是一个健谈的人，她频繁地打着手势，变换声音来表现不同人物说的话，还模仿狗和熊的叫声。最后，她有点匆忙地结束了故事，因为担心我会错过从卡克罗斯开来的火车。

① 奇尔库特（Chilkoot）：指位于美国阿拉斯加州狄亚镇（Dyea）与加拿大不列颠哥伦比亚省贝尼特镇（Bennett）之间的一条崎岖的山路，该山路全长约五十三公里。——译者注

“口译员多拉·奥斯汀·韦奇去了学校，她英语说得非常好。多拉的女儿安妮是唯一在场的人（除我与玛丽亚外）。她对这个故事非常感兴趣，显然她以前没有听说过。”

阿卡迪亚

Ursus Arctos 即灰熊。

Arktos 在希腊语中指熊，拉丁语中是 *urs*，梵文是 *rksha*，威尔士语是 *arth*（亚瑟王）——梵文 *Rakshasas*（罗刹）可能是它的派生词，指夜晚漫游的魔鬼，它怒吼、嚎叫、吃尸体。帕达瓦认为，这个词最最原始的词根是“*Rrrrrr*！”

“北极”是熊所在的地方。

阿耳卡斯是宙斯与大熊女神卡利斯托的儿子。据说他是阿尔卡德斯部落—阿卡迪亚人—“熊人”的祖先。他们崇拜潘神、赫尔墨斯和阿耳忒弥斯（野生生物的守护女神），这些神也与熊有联系。

阿卡迪亚：伯罗奔尼撒半岛中部内陆的山地高原和山脉，沿着其北部边缘有七千英尺高的山峰。最初这里是长着松树和橡树的森林和草地。别的希腊人认为阿卡迪亚人是一直住在那里的土著人。其实，在希腊历史上，他们始终是坚韧不拔、独立自主的民族。他们没有受到多利安人入侵的影响。他们是园丁、放牧人和猎手。城市里的希腊人和罗马人把他们视为传承本国生存文化的楷模，这种充满复原力的文化没有丧失与自然的联系。在公元后最初的几个世纪里，砍伐森林和土壤耗竭使阿卡迪亚人口减少；在十八世纪，斯拉夫移民可能终结了这种古老的文化。一些阿卡迪亚土著人无疑知道并讲述过某个版本的《和熊结婚的女人》。

熊舞

一位老奶奶模样的妇女，身着印花连衣裙，正在对一位头发斑白、穿着呆板的老头说话。这老头穿着伐木工穿的牛仔裤和吊裤带。“万物都有魂灵，是这样吗？”他向妇人点了点头说。她笑道：“你看起来不太确信。”

老头个子高，结实有力，尽管有点驼背。他的头发鬈曲着，齐肩长，银灰色，从他十英寸高的牧场靴上露出半截裤腿，一双巨大粗糙的手上有一个折断的拇指。他说：“以前的人不像我们现在，没有这些来自科学的准确表述，所以，他们只是把阳光称为‘魂灵’。他们把许多东西称为‘魂灵’。这并不是说他们笨，但他们确实把这些有力量的东西和有活力的东西称为‘魂灵’。”

一名年轻的英国人正在一旁倾听。这位妇女热情洋溢、目光犀利、有幽默感，继续着她的解释：“有很多东西已经被遗忘了。我查明了其中许多东西。它不适合所有的人，但适合我们这些人。我们需要教教年轻人。”

在满是灰尘的舞场，孩子们正围成一圈。马文·波茨戴着旧毡帽，穿着粗斜棉布工作服和牛仔裤，拖着工作鞋，正指导孩子们坐好，并和善地向他们解释将要发生的事情。一根八英尺长的柱子竖在舞场的中间，柱子上悬挂着一张熊皮。在柱子的底部有一堆刚采集的山艾树枝和树叶，还沾着清洗过后的湿气。这堆树叶是由前来参加舞会的人每人带来一小把集聚而成的。沿着斜坡往上走，是一个遮阳的阴凉处，那里正在进行着手技游戏，可以听到击打原木产生持续的节奏，还有歌声的此起彼落。

一个女人和两个男人在烈日下一直站着，人群在他们周围流动，年长男人的声音轻柔得我们几乎听不见，年轻男人在旁听着，只偶尔提些问题。

“科学升得这么高，”年老的男人说，“是时候回落了。我们正凭借古老的知识向上爬，很快我们就会碰到正在走下坡路的科学了。”一名年轻的土著妇女加入人群，而那位年长的妇女说：“不要叫我迈杜族人或是肯科镇人，我是台语族人。这是我们民族的名字。”那个老头转过身来，对她说：“台语族人是什么人？”“我就是台语族人，”她说，“你不懂。”

“啊，我是迈杜族人，像你一样。”老头说。年轻的土著妇女轻松一笑，说：“你真的是一个……”她说出一个土著词。“它的意思是中部山。”他轻松地重复这个词，显然知道它的含义：“是的，中部山。这就是我们？”“是的，你的部族。白人中的人类学家给我们取名为迈杜族人。”“好。”老人转过身对那个年轻人说：“我现在去跳舞。有空来看我们。我们费了很大劲阻止人们抢夺我们的墓地。”“你做什么工作？”白人问道。“我在一个锯木厂做点兼职工作。”随后，他离开了，带着三个小孙子，领着他们走进熊舞的孩子内圈。

玛丽·波茨坐在轮椅上，靠在一根立柱旁，立柱是用一条条枫树皮装饰的，它们在柱子周围吊垂着。一个便携式扩音系统启动，弗兰克开始唱：“喂哒……喂哒……喂哒……”跳熊舞的人围成两个圈：孩子们在内圈，大人们在外圈；两个圈都开始旋转。他们慢慢地朝顺时针方向转，人们伴着节奏挥动着他们的小扎苦艾枝。这里有青年和老人，有很多白人，很多土著，以及混血儿。

不久，那只“熊”出现了，硕大的脑袋朝前伸着，厚厚的黑皮盖在背上，两条前腿装备着藤条，“熊”的下半身穿着白色的牛仔短裤，接合处是半开的。他行走得很逼真，确实像真熊一样，在跳舞的人群中穿进穿出，在他们之间绕着圈走，一下子穿过人圈，一下子后退。他抓住一个孩子，牵着孩子在熊皮下跟着他，接着放开孩子，让其自由走动。有一个很小的孩子在他走近时，被吓得突然哭起来；这时，另一个小孩在他身后用苦艾枝条拍打他的背。“熊”跑向妇女，去干扰她们。她们一边尖叫，一边也用苦艾枝条拍打他。歌声时不时地停一下，歌手要吸几口气。熊朝着轮椅上的玛丽走过去，把爪子放在她的肩上，用鼻子嗅她。她眼睛闪光，笑得很厉害，非常开心。

同时，马文领着他那圈跳舞的人，高高地举着悬挂着枫树皮彩旗的柱子。（他说，树皮卷曲就好比响尾蛇嘎嘎行进的模样，我们与响尾蛇、熊一起玩，使它们精神良好，心情愉快。这样，我们就能融洽地度过这个夏天。）

圆圈继续兴奋地旋转。最后，马文领着一圈人出去，离开跳舞的场地。跳舞队伍中有土著男人、女人以及孩子，还有中年的白人牧场主，他们穿着牛仔裤，戴着牛仔帽；这些人跳着舞穿过一排排密集停放的小汽车和敞篷小货车。队伍朝下行进，穿梭在成荫的杰弗里松浅红褐色的树干之间，围绕着做手技游戏华美达的人们（歌声仍然嘹亮，伴随着熊舞音乐）。然后，通过绿色的斜坡来到一条水流湍急的小河边，大家沿着河岸散开，用凉水洗手洗脸。他们让手中小扎的苦艾枝自由地随河水漂浮。这一扎一扎的苦艾枝将经过松树林，回游到山艾树林，最后消失在大盆地里。

熊舞就这样结束了。熊皮又被悬挂到那根柱子上，人们走向烧烤台去吃烤全牛和烤鲑鱼。这些鲑鱼是来自海边的人带来的礼物。玩手技游戏的人继续唱着那铿锵有力的曲子，没有停歇。

沙斯塔县，诺托科约镇，韦潘孔印第安领地，四〇〇七七年六月[①]

① 这是斯奈德采用的新石器计年系统，四〇〇七七年即一九七七年。——译者注

生存和圣餐

师洗钵次，见两乌争虾蟆，有僧便问曰：“这个，因甚么到恁么地？”师曰：“只为阇黎[①]。”

洞山（良价禅师）[②]

生之终结

安史之乱，都城长安满目疮痍。为此，杜甫写下《春望》一诗，抒发其对长安及神州大地的悲悯情愫。诗的起首句为：

国破山河在。

这首诗是中国最著名的古代诗歌之一，即使在日本也家喻户晓。

① 阇黎：佛教用语，阿阇黎之略称，意指僧徒之师。——译者注

② 洞山禅师（807—869）：世称洞山良价，唐代高僧，与其弟子曹山本寂共同创立了曹洞宗，为中国佛教禅宗分支曹洞宗的开山祖。原文出自洞山良价禅师语录。——译者注

日本诗人榊七夫最近将这一诗行颠倒次序，赋予其当代解读：

国在山河破。

要理解其意，必须先到北美之外去看看。一九八四年，我在北京对着一群中国作家和知识分子谈及将河堤与森林斜坡纳入工农委员会管理的必要性时，援引了榊七夫对这句伟大诗行的改写，他们皆报之以苦笑。

据说现在约有一百五十万种动植物进行了科学描述，然而地球上共有一千万至三千万种生物，所以这只是沧海一粟而已。约有一半以上的物种被认为生活在潮湿的热带森林里（威尔逊，1989，108）。其中，位于亚洲、非洲和南美洲的热带森林，约有一半早已不复存在。（与此同时，在巴西仍有七百万无家可归的儿童露宿街头。难道日渐消失的树木会不断重生，就像这些被遗弃的孩子一样会不断出现吗？）一次清场伐木或甚至一个一英里宽的露天矿井也会在一定地质时期内得以恢复。每一个物种都像朝圣者一样，经历了四十亿年的进化；倘若灭绝，则是无法挽回的损失。如此多的动物曾陪伴我们走过漫漫长路，其灭绝自然也会给我们带来无限的伤痛。死亡可以被接受，也可以在一定程度上被转换。然而，血脉的断流以及所有未来幼小生命的失去则是无法让人接受的。因此，我们必须采取明智措施，予以严厉抵制。

是否需要平等地保护所有这些植物、昆虫和动物？比如，在动物园或野生动植物杂志上从未见过的幼小无脊椎动物，近在咫尺，与我们相距不过发丝远的物种。这不仅仅关乎独特血脉的传承情况，而且还关系到整个生态系统（一个更大的几乎包括全部有机体的集合）内危在旦夕的生命。有些狡黠的言论称，所有物种和群落都同样面临灭绝的命运。有些人援引佛教明理之言“世事无常”来反驳我们的观点。的确如此。然而，我们有更多的理由采取温和的措施，将危害减少到最低点。具有高度适应性的大型脊椎动物，一旦灭绝，便再也无法以我们熟知的形式出现。如有可能，也许历经亿万年，类似于鲸鱼或大象的动物才可能会再度出现。因此，损失之大史无前例。“死亡是一回事，而生命的终结却是另一回事。”（苏雷和威尔科克斯，1980，8）

人类的新生命则在源源不断地诞生。自二十世纪五十年代以来，世界人口暴增一倍，人口数量已逾五十亿。到二〇二五年，人口将达到八十五亿。据估计，第三世界国家有十五亿人口即将面临柴火短缺的问题，而发达国家的人们却拥有五亿辆汽车（凯菲茨，1989，121）。二十世纪末，第三世界国家的人口增长速度超过了经济增长速度。近期内，第三世界国家不会出现能明显稳定其人口出生率的“人口结构转型”（demographic transition）现象。

讨论地球的承载能力有一定的标准。事实上，生态人口数量最优化的提出并不是某些人所想的那样，是通过杀戮或者堕胎来强行控制人口数量。这一提议还有待商榷。倘若执行的话，坚持降低人口出生率，通过几十年甚至几百年的努力，便能达到减少人口数量的目的。我曾推断，将人口减少到当今（二〇〇〇年）世界五十多亿总人口数量的百分之十，或许是一个可追求的目标。这一数量能保证所有人类，包括野生动植物在内，拥有足够的生存空间和栖息地。有人曾心存疑虑地引用我的数据，借以证实我对“荒野的痴迷”（顾哈，1989，73）。

其实，大约在一六五〇年，人口数量仅为现在人口数量的百分之十。当时，地球上只有大约五亿五千万人口，却拥有如此宏伟的建筑、璀璨的艺术和浩瀚的文学；他们对根深蒂固的哲学和宗教问题争论不休。同样是这些问题，今天我们仍在孜孜不倦地探讨其中的奥秘。

目前，我们亟待处理的事情以及所争论的对象实际就是我们自己。假若认为大地母亲盖娅非常需要我们的祈祷或治愈心灵的感应，那未免太自以为是了。人类自己的危险处境，不仅仅体现在某些文明生存的层面上，更根本的体现在心灵层面上。我们正面临着失去自我灵魂的危险。我们对自己的本性愚昧无知，对人之定义困惑不解。本书大部分内容涉及如何重审人类身份、经历以及人类早期生活方式所体现出的超强智慧。如同厄休拉·勒·奎恩的小说《经常回家》（*Always Coming Home*）一样，是一本真正的教科书，是关于人之为人的深邃思考。

自距今约一万两千万年前的冰河世纪至未来的一万两千万年，这段时间就是我们研究的小领地。我们将对人类在这两万多年中如何相互依存、如何生存于世进行评判以及自我评判。倘若我们的存在有什么好的理由（除了整理文本、开通河道、研究星象）的话，我猜想应是为了娱乐自然界的其他成员。真是一群迷人的灵长类小丑。当人类心情愉快，愿演奏几曲的时候，所有的小生物们便会悄悄地爬向人类，开始聆听。

教化的或野生的

我们仍只了解自己所认知的事物，诚如埃兹拉·庞德所言，“桃杏之味的辨识从未失传，两者皆非通过书本学习而得以传授”。其他认识均为道听途说。作为在自己生活的环境里得心应手的居民，人们熟悉所认知的事物，自然就体会到力量、自由、持续、自豪的存在。认知可分两种。

第一种认知使你置身于真实情境之中。一切都是你熟知的：南北走向、松杉之别、新月方向、活水源头、垃圾去向、握手姿势、磨刀技巧、利率调节。这类知识本身可以提高民众的生活质量，拯救濒危物种。通过复兴文化，我们学会了此种认知。这就好似重新栖居一样，我们迁徙到一个曾被滥用且近乎被遗忘的领地，然后重新种植树木、疏导河床、清除沥青。有些人会说，倘若没有“文化”传承下来，那将会怎样呢？总会有的，正如（无论在何处）地方和语言总会存在一样。一个人的文化修养是在家庭和社区中培养出来的。当你们开始携手做某项真正意义上的工作，或嬉戏玩耍、讲故事、捣蛋，或当有人生病、去世或出生，或当你们参加诸如感恩节的聚会时，文化就会展现出它的光芒。文化是一个根深蒂固，且需要予以管理的邻里或社区之网；它有所限制，但普通寻常。“她很有文化”这句话并不意味着她是“精英”，倒更像是说她“有修养”。

（culture，“文化”，一词可透过*colere*追溯其拉丁语含义，如“崇拜、护理、培养、尊重、耕耘、照顾”。词根*kwel*的基本义是围绕一个中心旋转，与whee，“旋转”，及希腊语*telos*同源，意即“完成一圈”，故teleology有“目的论”之意。梵语中用的*chakra*，“精神中心、心灵中心”，即指“轮”或“宇宙巨轮”。现代印度语中的*charkha*，“手纺车”，表示“纺车轮”之意。甘地身陷囹圄时，曾通过“手纺车”

的隐喻来沉思冥想印度的自由问题。）

另一种认知源于野外游荡。梭罗曾记叙过野苹果（亦称酸苹果、海棠果）一事：“我们的野苹果是野生的，就像我自己，也许并不属于这里的土著居民，而是偏离了教化世系，误入了一片森林。”此想法一直萦绕在约翰·缪尔心中。在《野羊毛》（*Wild Wool*）一书中，他引用了一位农民朋友告诉他的话：“文化是一个果园里的苹果，而自然是一个野生的苹果。”（回到荒野，苹果就会变酸、变涩、变野，而且不需施肥、不需修剪。这些野苹果生命力旺盛、适应力强；每年春天，花开灿烂、惊艳群芳。）事实上，当代所有人都属教化一族，但我们依然能偏离方向，重返森林。

一个人背井离乡，开始探寻一片危机四伏的原始荒野。在这片荒野中野兽成群，到处都是满怀敌意的陌生生物。这种与他者（异类群体）的相遇经历，从里到外均要求一个人放弃舒适安宁，忍受饥寒，并且选择饥不择食。或许你再也见不到故乡，孤独就是你的面包。或许你的尸骨某天会出现在某个河堤的泥泞里。然而，荒野给予你自由、扩展和释放的天地。你可以无拘无束、轻松自在、片刻疯狂。在这里，荒野打破禁忌、濒临放纵、教导谦卑。走出去——忍饥挨饿——独自高歌——跨越物种区域而开怀畅谈——祈祷——感恩——回家。

从神话层面上来看，荒野是世间广为流传的英雄叙事的源泉。从精神层面上来看，荒野要求我们像接受自己一样去拥抱他者，跨过物种的界线。这不是简单的“融为一体”，也不是将所有东西混杂在一起，而是在内心深处，小心翼翼地坚持事物间的同一性和差异性。它既可指我们见到故乡的房屋、道路和乡亲时宛如初次相识的感觉；它也可指听到的每个字在我们心灵深处产生的共鸣；它还可指我们由于感恩流下的神秘泪水。总之，我们的“灵魂”就是我们对他者的梦想。

“荒野文化”是一场在当代文明内部发起的运动。深层生态学哲学家以及他们与绿色运动、社会生态学家和生态女性主义者之间的冲突和争辩，是正在时兴的运动的一部分，这些都是可以尝试的。深层生态学思想家们坚持认为，自然界本身拥有价值，自然体系的健康应是我们首要关注的焦点，如此才最契合人类的利益。他们深知，任何地方的原始人在这些价值理念方面都是我们的老师（塞申斯和戴维尔，1985）。“地球第一！”（Earth First!）组织的出现使环境保护论的紧迫性、冒进性与幽默性上升到一个新的层面。民权运动和劳工运动时期所采用的直接行动[①]策略被运用于生态事务。正因为“地球第一！”组织，美国大盆地最终登上了世界政治舞台。这些持不同意见的人迫使已有的环保组织机构变得更加激进。与此同时，亚洲、婆罗洲、巴西、西伯利亚的草根运动迅速壮大。它唤醒了世界众多民众的希望——从捷克的知识分子到居住在马来西亚沙捞越州热带雨林的母亲们，都意识到了自己的权利。

最初的美国环境保护传统来自于对公共土地和野生动植物的保护政策（为了保护鹅、鱼、鸭，成立了奥杜邦协会[②]、艾萨克·沃顿联盟[③]、鸭无界协会[④]）。几十年来，荒野保护这一有限而重要的议程促使人

① 直接行动（directaction）：指使用直接有效行动的战略，如为达到政治或社会目的而进行的罢工、示威或破坏活动。——译者注

② 奥杜邦协会（Audubon Society）：以海地裔美国鸟类学家及艺术家约翰·奥杜邦（John James Audubon）而命名，旨在保护野生动物，尤其是鸟类。——译者注

③ 艾萨克·沃顿联盟（Izaak Walton League）：美国有名的草根环境保护组织。——译者注

④ 鸭无界协会（Ducks Unlimited）：由美国约瑟夫·纳普（Joseph Knapp）发起，旨在保护湿地和高地丘陵地带的水禽。——译者注

们开始参与这项志愿者工作。二十世纪七十年代，随着“保护”变成“环保”，其关注领域便从荒野地区扩展到更广泛的领域，涉及诸如森林管理、农业、水污染、空气污染、核能等我们熟知的其他问题。

环境意识和环境政策已拓展至全球范围。有些国家将工作重心几乎完全放在人类的健康和福祉问题上。将此运动所涉范围从野生生物转移到城市健康是合适的。然而，假若忽视自然的其他部分，人类和城市健康就无从谈起。适度激进的环保主义者的立场绝不可能是反人类的。我们需全方位领会人类生存条件艰苦的复杂性，加强意识，认识到某些重要物种和栖息地是何等岌岌可危。自相矛盾的是，关于这一切，我们却企图从文明深处、生物科学和社会科学中获取大量信息。现在，环保界的批评焦点主要集中在两类人之间：一类人具有以人为本的资源管理心态；另一类人的价值取向则反映了他们对整个大自然完整性的认识。后者的立场实质就是深层生态学的立场，在政治上表现得更鲜明、更勇敢、更欢快、更冒险、更科学。

让我们再来了解一下“自然”（nature）与“野性”（wild）这两个术语之间细微却关键的差别。有人认为，自然是科学的主体，可对其进行深入探究，如微生物学，而野性却不能以这种方式被归为主体或客体。要对其进行探究，我们必须承认它自身内部有一种固有的特性。自然最终不可能濒临消亡，而荒野却存在这种风险。野性坚不可摧，但我们却可能看不到它。

荒野文化兴起于此领域的某处。文明是自然的一部分，因为我们的自我在潜意识领域发挥作用。历史发端于全新世时期，而人类文化却扎根于原始时期和旧石器时代。我们的身体属于脊椎哺乳动物，但我们的灵魂却在荒野中四处游荡、无拘无束。

四面聚合，漫山遍野
成群结队的驯鹿穿越而过
长满了金色苔藓的大地
悄然无声，飞奔数千里

W. H. 奥登
选自《罗马的秋天》

感恩

禅宗佛教徒吟唱的偈颂中有一首叫作《四弘誓愿》，其中第一行是“众生无边誓愿度”（日语：*Shujo-muhen seigando*）。每天，对着宇宙大声宣读这一誓言时，有点令人心悸。这一誓言困扰了我好多年，最终我才有所顿悟。我意识到自己早已发誓让众生来拯救我。同理，不杀生、不伤害的戒律不能光停留在否定的层面上，它要求我们珍爱生命、消弭伤害。

那些最终参透诸法者被尊奉为“佛”（Buddhas），意指“觉悟的人”（awakened ones）。这个词与英语动词“萌芽”（to bud）有关联。我曾写过一篇小寓言：

谁是佛

宇宙间万物生灵，除一两个以外，早已开悟。在这罕见情形下，城市、村庄、草原、森林，以及生活于斯的鸟类、

> 花卉、动物、河流、树木和人类都围绕这个人，共同对其进行教育、服务、挑战、教导，直到此人也变成“一个被教化开悟的初学者”。于是，这些初悟者热衷传道授教，办学苦修。此番修为培养了他们的自信心和洞察力，使他们得以做好充分准备加入这个相互依赖、相互作用、浑然天成的世界。这些初悟者被称作“佛”。他们喜欢说，“整个宇宙与我同悟”，诸如此类的话。
>
> 《暴风雨中的一叶扁舟》，一九八七年

也许，有人会说“祝你好运！”然而，布丁好坏，不尝不知，这一点可细化到观察进食的行为举止。用餐时（大家一排排席地而坐），禅宗僧侣吟唱道[①]：

粥有十利
饶益行人
果报无边
究竟常乐

还有

汝等鬼神众

① 下面三段偈颂的原文分别来自曹洞宗的食施偈、生饭偈和折水偈。——译者注

我今施汝供
此食遍十方
一切鬼神共

还有

我此洗钵水
如天甘露味
施与诸鬼神
悉皆获饱满
唵摩休罗细悉娑婆诃

还有其他一些偈颂。这些听起来很迷信的古老仪式套话从不会在训诫中被提及，不过，它们恰是教义的核心，其出现早于佛教或任何其他世界宗教。它们是禅定荒野最初也是最后的修行，即：感恩（Grace）。

人类自古以来通过剥夺其他动物的生命、拔扯植物和采食果实而得以生存。原始人对于“不伤害”（nonharming）有着自己的理解方式。他们懂得，剥夺其他生命必须心存感激与怜爱。死意味着成为他人之食，生则意味着他人之死。有人会把这当作宇宙存在根本缺陷的标志。它会导致一种对自我、人性以及自然的厌恶。超现实哲学旨在终结对地球（以及人类灵魂）造成的伤害，而非终结人们因试图寻求超越生存条件而面临的痛苦和磨难。

古代宗教旨在杀神、吃男神或是女神。微光闪烁的食物链和食物网是生物圈可怕而美丽的存在条件。人类的生存不需任何理由。当你将肝脏从胆囊中分离出来时，你的双手沾满了淋漓的鲜血。你已观察到鲑鱼微光隐现的色彩渐渐褪去。自给经济是一种圣餐经济，因为它已面临一个有关生与死的关键问题：杀生取食。当代人不需要狩猎，许多人甚至买不起肉；而在发达国家，品种繁多的食品能让我们轻易避免选择肉类。为了向美国市场提供牛肉，热带森林惨遭砍伐用以牧场建设。远离食物来源地，这使得我们表面上过得非常舒坦，实则更加彰显我们的无知。

吃等同于圣餐。我们的感恩祷告旨在让我们净化心灵，引导孩子，欢迎宾客，一举多得。我们望着鸡蛋、苹果、炖汤，发觉它们是富饶丰足、再生繁殖的证明。数百万粒谷物种子将会变成大米或面粉；数百万条油炸鳕鱼将永远不会、肯定不会长大成熟。不计其数的小种子为食物链做出了牺牲。地上的欧洲防风草是一个活生生的化学奇迹，它能从泥土、空气、水中汲取养料生长，可用来制作糖和调料。假若我们吃肉的话，吃下去的便是高度警觉的动物。它们原本活蹦乱跳、奔跑如飞、沙沙作响；长着一对敏锐的耳朵、一双可爱的眼睛、四条粗壮的腿和一颗跳动的巨大心脏。让我们别再自欺欺人啦。

我们也将成为祭品，因为我们都是可被食用的。假如不被迅速吞噬掉的话，我们也足够庞大（如同年老的倒下的树），能为更小的生物提供长期的慢餐。沉入深海数英里的鲸的尸体，在黑暗中可为有机体提供长达十五年的食物。（这样看来似乎需要大约两千年才能消耗一个高度文明社会的养料。）

我们家常做的佛教感恩祷告是：

我们敬仰三宝（教师、荒野和朋友）

感激这顿饭菜

众人辛苦劳作

共享其他生命

任何人都可用他们自己的传统方式进行感恩（并赋予其真正的含义），抑或创造出属于他们自己的感恩方式。发表某种感恩的箴言永远不会不合时宜，人们演讲和宣告的内容都可以紧扣感恩这一话题。这可以说是一件简单平凡、老生常谈的小事，但却可以将我们与所有的先祖联系起来。

一僧人问洞山禅师："有人修行否？"师云："待公作男子，即修行。"①

祈福所有的人（*Sarvamangalam*），祝天下人好运。

① 原文出自洞山良价禅师语录。——译者注

致谢

这本书中大部分文章的内容是基于我近十五年随意闲聊、工作式研讨和正式交谈的所得。我非常感谢许多美好的人和地方，是他们触发了我对这些问题的思考。虽然我的工作和兴趣使我远游他乡，但我首先是一个生长在尤巴河地区的人，这个地区位于加利福尼亚州北部的内华达山脉。圣胡安岭和生活在那里的许多人是本书探讨的这种体验的中心，我与这些人一起工作，一起参加宗教仪式，一起分享观点。首先我要感谢的是我的妻子和助手卡萝·幸田，并将此书题献给她。在整个写作过程中，她阅读了全部书稿，并与我一起讨论书中的内容。还有不少人给了我独特的(常常是无需言语的)启迪，他们是：杰里·特克林，鲍勃·格林斯费尔德，吉恩·格林斯费尔德，吉姆·派尔，帕特·费里斯，玄·斯奈德，开·斯奈德，查克·多克汉姆，布鲁斯·博伊德，霍莉·托尔海姆，史蒂夫·贝克威特，埃里克·贝克威特，大卫·特克林，史蒂夫·圣菲尔德，伦尼·布拉克特，唐·哈金，迈克尔·基利格鲁，罗宾·马丁，阿洛·阿克顿，托尼·莫丘恩，戴维·塞缪尔斯，纳尔逊·福斯特，上原真佐，保罗·诺埃尔，德奥尼·诺埃尔，威尔·施塔佩尔，迈克尔·布拉肯尼，鲍勃·埃里克松，莫特·洛伦佐，罗比·汤普森，安·格林斯费尔德，萨拉·格林斯费尔德，雅基耶·贝伦。整个圣胡安岭社区的人都是我的师友。

我曾多次去阿拉斯加旅行，从中获益良多。阿拉斯加人文学科论坛的加里·霍尔特豪斯告诉我应该去什么地方，并和我在一些地方的社区聚会上分享他对北方价值的深刻认识。这些地方包括阿莱克纳吉克、育空堡、朱诺、荷马、锡特卡、贝瑟尔。史蒂夫·格鲁比斯领我沿着科伯克河走，邦尼和汉斯·伯尼斯为我们提供食宿。罗恩和苏西·斯考伦向我介绍了他们工作时使用阿萨巴斯卡语和其他北方语言的情况，还介绍了海恩斯北部的雪山。迪克·道恩豪尔和诺拉·马克斯·道恩豪尔给我稍微描绘了一下阿拉斯加东南部的文化环境。吉姆·卡里向我解释了地名的微妙之处。迪克·纳尔逊带我越过了泥岩沼泽和海边碎浪，进入了人迹罕至的荒野。我要感谢罗杰·罗姆与阿拉斯加大学合作资助了两次连续的夏季旅行考察，这是由我们带队在布鲁克斯山脉进行的考察。我还要感谢詹姆士·卡茨在塔琴希尼河上召集的一次泛舟研讨会。简·斯特拉利领我们在阿拉斯加冰峡追随驼背鲸的尾鳍（作为她研究的一部分），乔纳森·怀特驾驶“征服者”号帆船穿过福特恐怖海湾，让我们得以观赏到处是冰与水的约塞米蒂国家公园。

我在加利福尼亚大学戴维斯分校的许多同事都对荒野以及自然与文化间的相互作用很感兴趣。我特别感谢这些同事的真知灼见，他们是：大卫·罗伯逊，杰克·希克斯，威尔·贝克，斯科特·麦克林和大卫·斯科菲尔德·威尔逊。听我讲课和参加我举办的研讨会的学生，用他们独到、敏锐的看法检验了我的观点，开阔了我的视野。几笔数额虽小但比较及时的大学科研补助金，与英语系的同事和职员友好并饶有兴趣的合作，都对我有所帮助。

这些文章中有些最初是我在旧金山荣格研究所作演讲时的文稿（有几次振奋人心的成果是与詹姆士·希尔曼、吉欧雅·蒂帕内里、厄休拉·勒·奎恩等人合作取得的）。我还要指出本书的某些部分原来也是我在不同场合，如在杰克逊·霍尔的提顿族科技学校，林迪斯法恩协会的聚会，英国布里斯托尔的舒马赫学会的年会，蒙大拿大学主办的一九八四年荒野研讨会，哈得逊河流域大会，不列颠哥伦比亚霍利霍克农场等的演讲内容。约翰·斯托克斯（和澳大利亚艺术学院）使得我与榊七夫（日本流浪诗人）能够畅游澳大利亚，游览了澳洲中部沙漠通常不对游客开放的一些地方。

在我写这本书时，很多朋友阅读过其中的部分文章或全部文章，并提出了好的建议。大卫·帕德瓦和彼得·科约特给予我大胆且有益的鼓励，吉姆· 道奇和彼得·伯格也是如此。马克斯·厄尔施莱格和温德尔·贝里则提出了一些积极的建议。

我感谢日本的榊七夫和（美国）龟岛的许多朋友。他们是李·斯文森，乔治·塞申斯，犹他州和落基山脉的汤姆·里昂，保罗·谢泼德，瓜达卢佩峡谷牧场的德拉姆·哈德利，倡导“地球第一！”的戴夫·福尔曼，德洛丽丝·拉·查佩尔，谢尔曼·保罗，马尔科姆·马戈林，阿拉斯加州科策布的鲍勃·乌尔，阿克塔的杰里·马汀，阿拉斯加州彼得斯堡的库尔特·霍尔廷，汤森港的杰里·戈斯兰，不列颠哥伦比亚桥河的弗雷泽和阿里·兰，堪萨斯州的凯利·金德切尔，缅因州的加里·劳利斯，目前在圣克鲁斯的戴尔·彭德尔，波兹曼的格雷格·基勒，纽约和博尔德的艾伦·金斯伯格，提顿族印第安人杰克· 特纳，圣达菲的杰克·洛菲勒，约塞米蒂的吉姆·斯奈德，艾德·格拉宾，爱沙尼亚的杨·凯普林斯基，南非开普敦的朱莉娅·马丁，新南威尔士的约翰·西德，日本屋久岛的山尾三省，阿克维萨尼的彼得·布卢克劳德，保罗·温特，洛杉矶河之友协会的刘易斯·麦克亚当斯，科罗拉多州特立尼达附近山区的诺恩和伯德，威斯康星州的丹·科兹洛夫斯基，《硫磺》杂志的编辑克莱顿·埃什尔曼，《哺乳动物》一书的作者迈克尔·麦克卢尔，京都妙心寺盛永宗兴老师。他们是我众多杰出友人中的一小部分，他们的生活和工作是我编写这本书时进行沉思冥想的对象。

我感谢威斯康星大学人类学荣誉退休教授凯瑟琳·麦克莱伦允许我重新叙述她的“和熊结婚的女人”的故事。这个故事是她早年听玛丽亚·约翰斯讲述的，并在对玛丽亚·约翰斯的回忆中也是这样记载的。

我感谢加里·卡普肖赠送的书桌和他对卢·韦尔奇的回忆。我特别想感谢伊万和马林达·乔伊纳德以及巴塔哥尼亚公司在我最后一年写作中所给予的慷慨且及时的经济资助。

有这么多好朋友和评论家的建议，似乎很难相信此书还会有错误和不足。无论有什么问题，责任悉数归咎于我。

参考书目

Berg, Peter, and others. *A Green City Program for San Francisco Bay Area Cities and Towns*. San Francisco: Planet Drum, 1989.

Blainey, Geoffrey. *The Triumph of the Nomads*. Melbourne: Sun Books, 1976.

Cafard, Max. "The Surre (gion) alist Manifesto." *Mesechabe*, Autumn 1989.

Cook, Francis. *How to Raise an Ox*. Los Angeles: Center, 1979.

Cox, Susan Jane Buck. "No Tragedy in the Commons." *Environmental Ethics*, Spring 1985.

Davidson, Florence Edenshaw. *During My Time*. Recorded by Margaret B. Blackman. Seattle: University of Washington Press, 1982.

Dodge, Jim. "Living by Life." *CoEvolution Quarterly*, Winter 1981.

Dōgen. *Moon in a Dewdrop: Writings of Zen Master Dōgen*. Tanahashi, Kazuaki (trans.). San Francisco: North Point, 1985.

Dong-shan. *The Record of Tung-shan*. William F. Powell, trans. Honolulu: University of Hawaii Press, 1986.

Ferguson, Denzel, and Nancy Ferguson. *Sacred Cows at the Public Trough*. Bend, Ore.: Maverick, 1983.

Friedrich, Paul. *Proto-Indo-European Trees*. Chicago: University of Chicago Press, 1970.

Gard, Richard. *Buddhist Influences on the Political Thought and Institutions of*

India and Japan. Phoenix Papers, no. 1. Claremont, 1949.

————. *Buddhist Political Thought*. Bangkok: Mahamukta University, 1956.

Gernet, Jacques. *Daily Life in China: On the Eve of the Mongol Invasion*. Stanford: Stanford University Press,1962.

Grapard, Allan. "Flying Mountains and Walkers of Emptiness: Toward a Definition of Sacred Space in Japanese Religions." *History of Religions*, February 1982.

Guha, Ramachandra. "Radical Environmentalism and Wilderness Preservation: A Third World Critique." *Environmental Ethics*, Spring 1989.

Gumperz, John J. "Speech Variation and the Study of Indian Civilization." In Dell Hymes (ed.), *Language in Culture and Society*. NewYork: Harper & Row, 1964.

Hardin, Garrett, and John Baden. *Managing the Commons*. San Francisco: W. H. Freeman, 1977.

Hillman, James. *Blue Fire*. New York: Harper & Row, 1989.

Illich, Ivan. *Shadow Work.* London: Marion Boyars, 1981.

Jackson, Wes. *New Roots for Agriculture*. San Francisco: Friends of the Earth, 1980.

————. *Altars of Unhewn Stone: Science and the Earth.* San Francisco: North Point, 1987.

Kari, James. *Dena'ina Elnena, Tanaina Country*. Fairbanks: University of Alaska Native Languages Center, 1982.

——————. *Native Place Names in Alaska: Trends in Policy and Research.* Montreal: McGill University Symposium on Indigenous Names in the North, 1985.

Keyfitz, Nathan. "The Growing Human Population." *Scientific American*, September 1989.

Kodera, Takashi James. *Dōgen's Formative Years in China.* Boulder: Prajna Press, 1980.

Kroeber, A. L. *Cultural and Natural Areas of Native North America*. Berkeley: University of California Press,1947.

Le Guin, Ursula K. *Always Coming Home*. New York: Harper & Row, 1985.

Maser, Chris. *The Redesigned Forest*. San Pedro, Calif.: R. & J. Miles, 1988.

——————. *Primeval Forest*. San Francisco: Sierra Club, 1989.

McCay, Bonnie M., and James M. Acheson (eds.). *The Question of the Commons: The Culture and Ecology of Communal Resources*. Tucson: University of Arizona Press, 1987.

McClellan, Catherine. *The Girl Who Married the Bear: A Masterpiece of Indian Oral Tradition*. Publications on Ethnology, no. 2. Ottawa: Museum of Man, 1970.

——————. *My Old People Say: An Ethnographic Survey of Southern Yukon Territory*. Pts. 1 and 2. Ottawa: Museum of Man, 1975.

Mitchell, John H. *Ceremonial Time*. New York: Doubleday, 1984.

Moyle, Peter, and F. Ranil Senanayake. "Wildlife Conservation in Sri Lanka: A Buddhist Dilemma." *Tigerpaper* 9, 1983.

Muir, John. "Wild Wool." In *Wilderness Essays.* Salt Lake City: Peregrine Smith, 1984.

Myers, Norman. *The Primary Source*. New York: Norton, 1984.

Netting, R. "What Alpine Peasants Have in Common: Observations on Communal Tenure in a Swiss Village." *Human Ecology*, 1976.

Núñez, Alvar (Cabeza de Vaca). *Adventures in the Unknown Interior of America*. Trans. Cyclone Covey. New York: Macmillan, 1961, 1972.

———. *Adventures in the Unknown Interior of America*. "Interlinear" version by Haniel Long. Frontier Press, 1939.

Polanyi, Karl. *The Great Transformation*. New York: Octagon Books, 1975.

Raise the Stakes. Journal of the Planet Drum Foundation. P.O. Box 31251, San Francisco, Calif. 94131.

Richards, John F., and Richard P. Tucker. *World Deforestation in the Twentieth Century*. Durham, N.C.: Duke University Press, 1988.

Robinson, Gordon. *The Forest and the Trees: A Guide to Excellent Forestry*. Covelo, Calif.: Island Press, 1988.

Sessions, George, and Bill Devall. *Deep Ecology*. Salt Lake City: Peregrine Smith, 1985.

Snyder, Gary. *Myths and Texts*. New York: New Directions, 1960.

———. *Turtle Island*. New York: New Directions, 1974.

———. *The Old Ways*. San Francisco: City Lights, 1977.

———. "'Wild' in China." *CoEvolution Quarterly*, Fall 1978.

———. *He Who Hunted Birds in His Father's Village*. San Francisco: Gray Fox, 1979.

———. "Ink and Charcoal." *CoEvolution Quarterly*, Winter 1981.

Soule, Michael, and Bruce A. Wilcox (eds.). *Conservation Biology.* Sunderland, Mass.: Sinauer, 1980.

Thirgood, J. V. *Man and the Mediterranean Forest: A History of Resource Depletion*. New York: Academic Press, 1981.

Thoreau, Henry David. "Wild Apples." In *The Natural History Essays*. Salt Lake City: Peregrine Smith, 1984.

Todorov, Tzvetan. *The Conquest of America*. New York: Harper & Row, 1985.

Waring, R. H., and Jerry Franklin. "Evergreen Coniferous Forests of the Pacific Northwest." *Science*, 29 June 1979.

Watson, Burton (trans.). *The Complete Works of Chuang Tzu*. New York: Columbia University Press, 1968.

———. *Chinese Lyricism: Shih Poetry from the Second to the Twelfth Century*. New York: Columbia University Press, 1971.

Wilson, E. O. "Threats to Biodiversity." *Scientific American*, September 1989.

Zeami. *Kadensho*. Sakurai and others, trans. Kyoto: Doshisha University, 1968.